Rob Reef
STABLEFORD

STABLEFORD

Ein Krimi aus Cornwall
von Rob Reef

 DRYAS

**Reef, Rob: Stableford. Ein Krimi aus Cornwall.
Hamburg, Dryas Verlag 2021**

3. Auflage 2021
ISBN 978-3-940258-67-0

Dieses Buch ist auch als E-Book erhältlich und kann über den Handel
oder den Verlag bezogen werden.
E-Book ISBN 978-3-940258-94-6

Herstellung: Dryas Verlag, Hamburg
Lektorat: Kristina Frenzel, Berlin
Korrektorat: Birgit Rentz, Itzehoe
Umschlaggestaltung: © Guter Punkt, München (www.guter-punkt.de)
Umschlagmotive: Landschaft: © John Wollweste / shutterstock;
Golftasche: © lalito / shutterstock;
Skizze & Plan: Seite 252/253 © Rob Reef
Satz: Dryas Verlag, Hamburg
Gesetzt aus der Palatino Linotype

Eine „Skizze des Petershead Golf Club", den „Plan des ersten Stock-
werkes von Peters Inn – Grimpen Manor" sowie ein Glossar mit allen
relevanten Golf-Begrifflichkeiten finden Sie auf den Seiten 252 bis 261
am Ende des Bandes.

Bibliografische Information der Deutschen Bibliothek:
Die Deutsche Bibliothek verzeichnet diese Publikation in der
Deutschen Nationalbibliografie, detaillierte bibliografische Daten
sind im Internet über http://dnb.ddb.de abrufbar

Der Dryas Verlag ist ein Imprint der Bedey und Thoms Media GmbH,
Hermannstal 119k, 22119 Hamburg.

Die Suche nach dem Mörder
wird in jedem Detektivroman
ungemein dadurch vereinfacht,
dass in jedem Fall
der Autor der Täter ist.

Elliot Paul

KAPITEL I
I0 Uhr 30 ab Paddington

Ungeheuer ist viel. Doch nichts ungeheurer als der Mensch, dachte John Stableford, Professor für Literatur am Londoner Lazarus College, als er sich einen Weg durch die graue Menschenmasse in der gewaltigen Halle der Paddington Station bahnte. Sein Ziel war der Zehnuhrdreißig nach Penzance, der berühmte Cornish Riviera Express. Es war ein kalter Oktobermorgen im Jahr 1936 und die Menschen, die sich an ihm vorbeischoben, trugen dicke Mäntel und Schals. Stablefords Gepäck bestand aus einem kleinen Reisekoffer und einer Golftasche aus Segeltuch. Fröstelnd tastete er nach dem Ticket in der Innentasche seines alten Tweedanzuges, den er dem Anlass entsprechend trug. Über diesen Anlass wusste er reichlich wenig. Die Einladungskarte, die er nur eine Woche zuvor mit der Nachmittagspost erhalten hatte, war knapp gefasst:

> „Das Bankhaus Milford & Barnes gibt
> sich die Ehre, Sie, John Wickham Stableford,
> als langjährigen Kunden zu einem
> Golf-Wochenende in Peters Peter (Cornwall)
> einzuladen. Wir haben uns erlaubt, für Sie ein
> Zimmer im Peters Inn (bei Peters Peter) zu
> reservieren. Das Turnier beginnt am Samstag
> um 8.30 Uhr. Gespielt wird Stableford."

Obwohl er tatsächlich ein langjähriger Kunde dieses Bankhauses war, hatte Stableford das Schreiben zunächst für einen dummen Scherz gehalten, denn Witze über seine Namensgleichheit mit Dr Frank Stableford, dem Mediziner und Erfinder der im ganzen Land immer populärer werdenden Golfzählmethode, hörte er nicht nur in seinem Golfclub. Sprüche wie „Stableford spielt Stableford" oder „Hey, Stableford, wie steht's?" waren auch unter seinen Studenten sehr beliebt. So war er nicht wenig überrascht gewesen, als nur einen Tag nach der Einladung und ohne Zusage seinerseits ein Brief mit einem Zugticket erster Klasse eingetroffen war. Da er allein lebte und ihn die Studien für sein neuestes akademisches Buchprojekt, „Die abenteuerliche Reise (Quest) als philosophischer Erkenntnisweg im Werke Joseph Conrads", über viele Wochen an seinen Schreibtisch gefesselt hatten, war ihm die Entscheidung für Peters Peter letztlich nicht schwergefallen. Trotz seiner tiefen Abneigung gegenüber gesellschaftlichen Anlässen jeder Art erschien ihm das Wochenende auf dem Lande als eine willkommene Abwechslung und ein geeignetes Mittel, seine geistige Erschöpfung zu überwinden.

Die große, dreiteilige Bahnhofsuhr der Paddington Station zeigte Viertel nach zehn. Am Bahnsteig Nr. 1 angelangt, wo der Express schon bereitstand, machte Stableford sich auf die Suche nach dem St.-Ives-Kurswagen erster Klasse. Er fand ihn im hinteren Teil des Zuges, klopfte die kurze Bulldog-Pfeife aus, die stets zwischen seinen Zähnen steckte, stieg ein und las – nun vollends von der Echtheit der Einladung überzeugt – seinen Namen an einer Abteiltür. Koffer und Golftasche waren schnell in den Gepäcknetzen des noch leeren Coupés verstaut, und bereits bevor sich der Zug in Bewegung setzte, saß Stableford an einem Tisch im Speisewagen. So begann seine abenteuerliche Reise.

KAPITEL 2
Die Dame im Zug

„Verzeihung, ist dieser Platz noch frei?"

Stableford sah von seinem Frühstück auf und verlor sich in einem graublauen Augenpaar. Vor ihm stand eine junge Frau von sieben- oder achtundzwanzig Jahren. Sie war schlank, trug ein grünes Tweedkostüm, dunkle Strümpfe und flache Schuhe. Ihr ovales, von kupferfarbenen Locken umrahmtes Gesicht war das Schönste, was er seit Langem gesehen hatte. Während er noch ungläubig darüber nachdachte, ob sich die oft besungene Liebe auf den ersten Blick so anfühlen mochte, bemerkte er, wie sich ihr zunächst freundlicher Gesichtsausdruck zusehends in Empörung verwandelte.

„Hat es Ihnen die Sprache verschlagen? Ist dieser Platz noch frei oder ist der Tisch für Sie und Ihre schlechten Manieren reserviert?"

Der scharfe Ton ließ ihn aus seiner Starre erwachen.

„Entschuldigung, nein – ich meine ja, der Platz ist noch frei", stammelte er. Dabei spürte er, wie Wut in ihm aufstieg. Wer war dieses schnippische Geschöpf, das ihm jetzt gegenübersaß und ihn gegen seinen Willen so verzauberte? Aber geschah es tatsächlich gegen seinen Willen? Während Stableford dieser Frage nachhing, begann sich sein Ärger zu legen. Er hatte – nun vollends verwirrt – das brennende Bedürfnis, den missglückten Erstkontakt durch eine leichte Unterhaltung wiedergutzumachen, obwohl das seichte Geplauder definitiv nicht seine Stärke war. Von ihrer barschen Art und seinen eigenen Gefühlen verunsichert, verwarf er nacheinander

„das Wetter", „das Reisen mit der Eisenbahn" und „die neuesten West-End-Produktionen" als mögliche Themen und zog es schließlich doch vor zu schweigen.

Das war seit Jahren seine sichere Festung, ein Ort, an dem er sich wohlfühlte und den er nur selten verließ. Und doch ertappte er sich jetzt dabei, wie er die junge Frau gebannt beobachtete. Erst als sie aus ihrer Tasche ein Buch hervorholte und – ihn demonstrativ ignorierend – darin zu lesen begann, eröffnete sich ihm ganz unverhofft die Chance auf ein Gesprächsthema, bei dem er sich sicher fühlte. Es war ein Detektivroman, den er kannte, denn Detektivromane waren seine heimliche Leidenschaft.

„,Der Mord am Viadukt', ein gutes Buch", begann er vorsichtig und etwas mühsam. „Wussten Sie, dass der Autor ein katholischer Priester ist?"

„Nein, das wusste ich nicht, aber sicherlich wird mir dieser wertvolle Hinweis helfen, die ethisch-moralische Dimension eines völlig banalen Rätselromans besser zu begreifen. Sie müssen sich nicht mit mir unterhalten, nur weil ich an Ihrem Tisch sitze."

„Ich unterhalte mich eigentlich gern", log Stableford, dann ergänzte er gereizt: „Und, nebenbei bemerkt, ein wenig ethisch-moralische Dimension würde Ihren Manieren sicherlich nicht schaden."

Sie sah auf und für einen Moment hatte er das instinktive Bedürfnis, in Deckung zu gehen. Doch der erwartete Angriff blieb aus. Stattdessen musste sie lachen und Stableford stimmte erleichtert ein.

„Wollen wir Frieden schließen?", fragte er. „Mein Name ist John Stableford, und nur für den Fall, dass Sie mich weiter ignorieren wollen, möchte ich noch anmerken, dass das Rührei hier nicht zu empfehlen ist."

„Nennen wir es zunächst einen Waffenstillstand, wenn Sie einverstanden sind. Mein Name ist Harriet Taylor. Ist das Rührei wirklich so schlecht?"

Harriet Stableford – ja, das würde gut klingen, dachte er und erschrak. Dann riss er sich zusammen und sagte mit fester Stimme: „Ja."

Erst jetzt schien die junge Frau ihn etwas genauer zu betrachten. Offenbar fand sie ihn nicht unsympathisch. Ihre Anspannung legte sich zusehends, und als ihr Tee serviert wurde, begann sie ganz unvermittelt von ihrer Familie in Yorkshire zu erzählen: von ihrer über alles geliebten Mutter, ihren drei jüngeren Schwestern und ihrem Vater, dem Vikar von Upper Biggins, einem kleinen Dorf in den North York Moors. Und da Stableford ihre Geschichten sichtlich genoss, erzählte sie weiter – von ihrer abenteuerlichen Ankunft in London, ihrem ersten Job als Verkäuferin in einem Hutladen in der Oxford Street, dem zweiten als Garderobiere in einem Nachtclub nahe der Tottenham Court Road und von ihrer letzten Beschäftigung, dem Modellsitzen für eine Gruppe junger Künstler, die ihre Ateliers größtenteils in Chelsea hatten. Dann schwieg sie plötzlich und schien ihren Gedanken nachzuhängen, sodass schließlich Stableford nach einem kurzen Zögern ins Erzählen geriet: von seinem Studium in Oxford und seiner anachronistischen Existenz als Literaturprofessor in einer Zeit, die die Naturwissenschaften und ihre Anwendung, die Technik, vergötterte.

„Und wie kommt es, dass sich ein Literaturprofessor für ein so triviales Genre wie den Detektivroman interessiert?", fragte Harriet und deutete auf ihr Buch.

„Nun, meine Beschäftigung damit liegt näher, als Sie vielleicht ahnen", antwortete Stableford lächelnd.

„Fragen Sie den nicht mehr ganz nüchternen Dekan eines x-beliebigen Colleges in Oxford oder Cambridge nach dem interessantesten Buch der letzten Jahrzehnte und er wird Ihnen erklären, dass er sich nicht zwischen ‚Trents letzter Fall' und ‚Roger Ackroyd und seine Mörder' entscheiden kann. Früher spielten die Gelehrten in ihrer Freizeit Schach, heute messen sie ihre intellektuellen Fähigkeiten im Wettstreit mit den Autoren von Detektivromanen. Der obligatorische Mord zu Beginn dieser Geschichten ist, um im Schach-Jargon zu bleiben, der Eröffnungszug des Autors, auf den hin der Leser seine erste Schlussfolgerung ziehen muss, bis schließlich einer der beiden Kontrahenten den König, also den Mörder, schachmatt setzen kann. Das Ganze hat schon an sich einen hohen intellektuellen Reiz, der eigentliche Clou liegt für mich allerdings in der strukturellen Nähe der typischen Handlungsmuster dieser Romane zum philosophisch-wissenschaftlichen Denken selbst."

„Jetzt wollen Sie mich aber veralbern!", rief Harriet lachend.

„Nichts liegt mir ferner! Ich halte den Detektivroman tatsächlich für die letzte Form des reinen spekulativen Denkens in unserem säkularisierten Zeitalter. Er hat, wenn Sie so wollen, eine metaphysische Grundstruktur, obwohl das zu lösende Problem, also der Mord, stets ein immanentes ist. Aber ich langweile Sie bestimmt mit meinem trockenen akademischen Gerede."

„Ganz und gar nicht! Mein Vater hat meine Schwestern und mich früh an die klassischen Denker herangeführt. Wenn ich Sie richtig verstehe, fasziniert die Gelehrtenwelt am Detektivroman das freie Spiel mit logischen Schlüssen, die durch die Abkehr von den großen philosophischen

Fragen in der Welt der Wissenschaft kaum mehr von Belang sind."

„Ganz genau, Miss Taylor", sagte Stableford beeindruckt und verliebte sich gleich noch ein bisschen mehr in die junge Dame. „Der Detektiv stellt wie der Philosoph Hypothesen in einer für ihn unerklärbaren Welt auf. Er betritt sozusagen ein Labyrinth, wenn er mit der Aufklärung des Falls beginnt. Dort folgt er verwirrenden Hinweisen, Spuren und Aussagen, die er logisch ordnen muss, um dem Zentrum näher zu kommen."

„Wo ihn dann der Minotaurus erwartet?", fragte Harriet mit einem leicht ironischen Unterton.

„Eher ein zeitgemäßeres Monster, Miss Taylor – der Mörder, den er überwältigen oder zumindest überführen muss. Der glückliche Theseus hatte den Ariadnefaden zu seiner Unterstützung, der moderne Held aber muss sich seinen eigenen Faden spinnen, um dem Labyrinth zu entkommen. Dazu knüpft er aus Beobachtungen und Befragungen den Tathergang zusammen und bringt so die Wahrheit mit ans Licht."

„Bitte verstehen Sie mich nicht falsch, Mr Stableford, aber Ihr Ariadnefaden erscheint mir doch eher als das Seemannsgarn alter Sagen. Ist nicht vielmehr die Rationalität der Leitfaden, an den sich die populären Ermittler in Ihren Detektivromanen halten?"

„Sie denken vermutlich an Doyles Sherlock Holmes und Poes Dupin, die ihre Fälle nach strengen rationalen Methoden aufklären. Nun, es mag Sie überraschen, aber von den etwa zweihundertdreißig Schlüssen, die Sherlock Holmes in seinen Abenteuern nach seiner deduktiven Methode zieht, erfüllen nur knapp dreißig die Kriterien einer wissenschaftlich fundierten logischen Deduktion.

Nur in diesen wenigen Fällen nimmt er es auf sich, die Gültigkeit seiner Hypothesen empirisch zu prüfen. Holmes ist durchaus vielseitiger, als uns sein Chronist Dr Watson glauben machen will. Er schließt deduktiv und induktiv, also sowohl vom Allgemeinen auf das Besondere als auch von beobachteten Phänomenen auf eine allgemeine Erkenntnis. Aber vorrangig stellt er Hypothesen im Sinne der Abduktion auf, das heißt, er folgt seiner Intuition, wird kreativ und rät. Tatsächlich sind seine Nachforschungen so erfolgreich, weil er das Raten perfekt beherrscht. Natürlich nutzt er auch hin und wieder naturwissenschaftliche Methoden, aber wenn Sie Holmes einmal näher betrachten, führt er, sieht man von seinen Lastern ab, das asketische Leben eines gelehrten Mönchs. Selbst Dr Watson passt in diesen Interpretationsansatz: Holmes hat keine Familie, dafür einen ewigen Novizen, der die Taten seines Lehrers preist und für die Nachwelt niederschreibt."

„Ich fand Dr Watson immer sehr sympathisch", sagte Harriet nachdenklich. „Und das nicht nur, weil Watson der Mädchenname meiner Mutter ist. Er mag naiv erscheinen, aber er verleiht den Geschichten Menschlichkeit und hält den gesunden Menschenverstand trotz all seiner Schwächen in Ehren."

„Da haben Sie vollkommen recht! Holmes wäre allein nicht zu ertragen. Und doch wünschte ich mir, ein Mal in seine Fußstapfen treten zu können. Mir muss ja nicht gleich ein Mörder über den Weg laufen. Ein Diebstahl oder die Jagd nach einem Erpresser würden mir für den Anfang schon genügen", gestand Stableford. „Ich verbringe dieses Wochenende übrigens auf einem Golfplatz, ganz so wie die Protagonisten in Ihrem Detektivroman. Vielleicht kommt die Gelegenheit zur Aufklärung eines Verbrechens ja ganz unverhofft in Peters Peter. So heißt der Ort, an dem das Turnier stattfindet."

Harriet blickte ihn fassungslos an. Dann stand sie ohne ein weiteres Wort auf und verließ hastig den Speisewagen.

Stableford starrte ihr hinterher und fragte sich, was er falsch gemacht hatte. Frauen waren für ihn wie ein Buch mit sieben Siegeln. Er fühlte sich fraglos zu ihnen hingezogen, aber er verstand sie nicht. Bei Harriet schien es anders gewesen zu sein, aber hatte er sich nicht schon einmal gründlich getäuscht?

Obwohl er keinen Alkohol vertrug, bestellte er sich einen Whisky, entzündete seine alte Pfeife und betrachtete, seinen düsteren Gedanken nachhängend, die vorbeiziehende Landschaft. Als der Zug ein Waldstück durchquerte, sah er sich plötzlich selbst in der Fensterscheibe und musterte sein Spiegelbild. Er war schlank, mittelgroß und sicher kein Adonis. Trotz seiner zweiundvierzig Jahre wirkte er eher wie Mitte dreißig. Die Narbe über seiner rechten Augenbraue verlieh seinem Gesicht etwas Düsteres, aber seine lebendigen braunen Augen, seine schmalen Hände und seine intelligente, leicht melancholische Ausstrahlung erschienen ihm nicht unattraktiv. Doch wer wusste schon, was Frauen an Männern attraktiv fanden?

Mit dem dritten Whisky brachte ihm der besorgt dreinblickende Kellner unaufgefordert die Rechnung. Resigniert kam Stableford zu dem Schluss, dass er wohl genauso flirtete, wie er Golf spielte: Er machte einfach zu viele dumme Fehler. Wie war er nur dazu gekommen, einer vollkommen fremden Dame beim ersten Aufeinandertreffen seinen albernen Pennälerwunsch zu offenbaren, ein Mal Sherlock Holmes spielen zu dürfen?

Kein Wunder, dass sie verschreckt das Weite gesucht hatte! Vielleicht war es besser so, versuchte er sich selbst einzureden und merkte doch sofort, dass er über das abrupte Ende dieses unverhofften Tête-à-Têtes noch lange nicht hinwegkommen würde.

Erst jetzt fiel ihm auf, dass Harriet ihr Buch auf dem Tisch vergessen hatte. Er nahm es an sich und öffnete es. Auf der Innenseite des Buchdeckels befand sich ein kunstvoll gestaltetes Exlibris: An einer dorischen Säule lehnte eine griechische Göttin, die eindeutig Harriets Gesichtszüge trug. Unter der Abbildung stand mit roter Tinte geschrieben: „Eigentum von William Slocum".

KAPITEL 3
Ein missgelauntes Trio

Zurück in seinem Abteil fand Stableford die drei Plätze gegenüber seiner Bankreihe belegt. Er grüßte und ließ sich am Fenster nieder – froh, wieder zu sitzen, denn der Whisky wirkte jetzt deutlich. Ihm gegenüber blätterte eine junge Frau von vielleicht zweiundzwanzig Jahren sichtlich gelangweilt in einem Magazin, das sie ungeschickt in einer Ausgabe der Vogue versteckt hielt. Sie trug ihr kurzes dunkelbraunes Haar wie die Dame auf dem Titelblatt und ein elegant geschnittenes rubinrotes Kleid mit Pelzbesatz am Kragen, das nach Stablefords Einschätzung ein kleines Vermögen gekostet haben musste. Als der Zug über eine Weiche fuhr, verrutschten ihr die beiden Zeitschriften für einen Moment, sodass Stableford den Titel ihrer wirklichen Lektüre erkennen konnte: „Ich gestehe. Wahre Geschichten um Liebe und Leidenschaft."

Sieh an!, dachte Stableford amüsiert und sank noch etwas tiefer in den gemütlich gepolsterten Sitz des Erste-Klasse-Coupés.

Ihm blieb nicht lange verborgen, dass die Stimmung im Abteil nicht die beste war. Der groß gewachsene korpulente Mittfünfziger im dunklen Anzug, der neben der jungen Dame saß, hatte Stablefords Gruß bei seinem Eintreten gänzlich ignoriert. Nun blickte er von seiner Zeitung auf, nickte ihm, mehr drohend als grüßend, zu, um gleich darauf wieder hinter dem Wirtschaftsteil der Times zu verschwinden.

Verwundert wandte sich Stableford der dritten Person im Abteil zu. Sie wirkte wie eine reifere Version der jungen Frau am Fenster. Ganz offensichtlich handelte es sich bei dem Trio also um eine Familie. Die Dame war etwa Anfang vierzig und schön, in einem erwachsenen Sinn des Wortes. Unter ihrem Pelzmantel trug sie ein durchaus gewagt geschnittenes schwarzes Kleid, an dessen Kragen eine große goldene Brosche in Form eines Skarabäus prangte. In ihrem Blick entdeckte Stableford nach einiger Zeit etwas, womit er nicht gerechnet hatte – Angst.

Er fühlte sich unwohl, denn die drei mussten sich kurz vor seinem Eintreten gestritten haben.

Mit der Spannung, die in diesem Abteil herrscht, könnte man halb London illuminieren, dachte er und stellte sich schlafend, bis ihn der Schlaf tatsächlich übermannte. Kurz vorher aber hörte er noch eine Frau flüstern.

„Ich habe ihn gesehen, Arthur, hier im Zug. Arthur, ich habe Angst."

Und die leise, aber scharfe Antwort eines Mannes: „Halt den Mund, Helen!"

KAPITEL 4
Den Anschluss verloren

„Sir! Hören Sie, Sir! Wir haben die Endstation erreicht. St. Ives, Cornwall. Sie müssen den Zug jetzt verlassen."

Stableford erwachte aus einem tiefen traumlosen Schlaf. In der Tür stand ein Schaffner. Das Abteil war leer.

„Wie lange stehen wir hier schon?", fragte Stableford verwundert.

„Nun, der Zug traf pünktlich um fünf Uhr fünfundvierzig hier in St. Ives ein", erwiderte der Schaffner und verschwand ohne ein weiteres Wort im Gang.

Stableford gähnte herzhaft und rieb sich die Augen. Dann erhob er sich, nahm sein Gepäck aus dem Netz über seinem Platz und stand wenig später auf dem völlig menschenleeren Bahnsteig, der nur schwach von zwei Gaslaternen beleuchtet wurde. Die Bahnhofsuhr zeigte sieben an. Ihre Zeiger waren das Einzige, was sich an diesem Ort bewegte.

In dem kleinen Gebäude hinter dem Bahnsteig fand Stableford zu seiner großen Erleichterung den Bahnhofsvorsteher. „Entschuldigen Sie, ich muss noch heute Abend nach Peters Peter weiterreisen. Wie mache ich das am besten?"

Der Mann sah ihn mitleidig an. „Peters Peter? Da haben Sie aber wirklich Pech. Vor dem Bahnhof warteten drei große Limousinen, die Gäste aus London nach Peters Peter bringen sollten. Sie sind allerdings schon lange weg. Aber ich kenne da jemanden, der Sie fahren könnte. Mein Schwager hat eine Garage am anderen Ende der Stadt. Wenn Sie wollen, rufe ich ihn an."

„Wenn Sie das organisieren könnten, wäre ich Ihnen wirklich dankbar. Wie viele Gäste waren es denn?"

„Drei Frauen und drei Männer, wobei die Frauen deutlich hübscher waren", erwiderte der Mann lachend und verschwand in seinem Büro, um zu telefonieren. Kurze Zeit später kehrte er zurück. „Sie haben Glück! Mein Schwager ist in zwanzig Minuten vor dem Bahnhof. Das Ziel Ihrer Reise hat ihn zwar ziemlich überrascht, aber so eine Fuhre kann er sich nicht entgehen lassen. Über den Preis müssen Sie selbst mit ihm verhandeln."

Stableford dankte dem Mann und trat wenig später auf den kleinen Bahnhofsvorplatz hinaus.

„Haben Sie Feuer?", fragte eine Stimme hinter ihm, als er gerade damit begonnen hatte, seine Pfeife zu stopfen.

Stableford fuhr herum. Auf einer Bank neben dem Eingang saß ein groß gewachsener Mann, vielleicht fünfundvierzig Jahre alt und von auffällig athletischer Statur. Er stand auf und kam langsam auf Stableford zu.

„Es tut mir leid, wenn ich Sie erschreckt haben sollte", sagte er, sah aber selbst aus, als ob er gerade einem Geist begegnet wäre.

Stableford holte seine Streichhölzer hervor, gab dem anderen Feuer und zündete anschließend seine eigene Pfeife an. Sie rauchten eine Weile schweigend. Da sich kein Gespräch zu entwickeln schien, ließ Stableford seinen Blick schweifen und entdeckte neben der Bank, auf der der Fremde gesessen hatte, eine Art Seesack und – eine Golftasche.

„Verzeihen Sie meine Neugierde, aber könnte es sein, dass Sie auch nach Peters Peter müssen?"

Der Mann musterte ihn misstrauisch. „Ja", sagte er

schließlich müde, um dann, als wenn er gerade eine schwere Entscheidung getroffen hätte, fortzufahren: „Aber ich glaube nicht, dass wir diesen Ort heute noch erreichen werden."

„Nun, ich glaube, Sie haben Glück", entgegnete Stableford. „Ich warte auf einen Wagen, der mich dorthin bringen soll. Wenn Sie wollen, können wir gemeinsam fahren."

Der andere zögerte erneut, nahm das Angebot aber schließlich an. „Thomas Fitzpatrick, Reiseschriftsteller aus London", stellte er sich vor.

Kurz darauf kam ein Wagen in Sicht, der sehr dynamisch auf dem Bahnhofsvorplatz gewendet wurde und mit äußerst wenig Spielraum vor den beiden Männern zum Halten kam. Auf der Seite des betagten hellblauen Vauxhall 14/40 stand in goldenen Lettern: „E.R. Finch & Son. Taxi Services & Motor Engineers".

KAPITEL 5
Reise in die Unterwelt

Mr Finch, ein älterer Mann, von dem Stableford inständig hoffte, dass er die schmalen Straßen, die sie mit atemberaubender Geschwindigkeit Richtung Westen entlangjagten, besser kannte als die englische Grammatik, war vor Begeisterung für seine kornische Heimat kaum zu bremsen. Nach einem kurzen Ausflug in die Geschichte der Artus-Legende, die er wie jeder waschechte Bewohner Cornwalls mit den Ruinen von Tintagel Castle verband, kam er auf den Bergbau zu sprechen, der die Region über Jahrhunderte geprägt hatte. Die Dunkelheit ignorierend, zeigte er mit ausladenden Bewegungen auf jede noch so unbedeutende, vom fahlen Mondlicht beschienene Zinn- oder Kupfermine, die sie passierten, und brachte sich und seine Passagiere dabei fast jedes Mal ernsthaft in Gefahr. Erst als Zennor hinter ihnen lag und Finch die Bergmannsgeschichten langsam ausgingen, kam er auf das Ziel ihrer Fahrt zu sprechen. Die beiden Männer erfuhren, dass Peters Peter auf Petershead nordöstlich von Cape Cornwall lag.

„Das Eigentümliche an dieser Landzunge ist übrigens seine Trennung vom Festland, müssen Sie wissen", schrie Finch gegen das Motorengeheul an. „Da fließt 'n Bach am Boden von so was wie 'ner kleinen Schlucht. Es gibt bloß eine Brücke, und die ist älter als wie wir drei zusammen, wenn Sie mir diese Bemerkung erlauben tun. Der Bach ist manchmal auch 'n Fluss, kommt auf die Jahreszeit und das Wetter an. Heißt übrigens Acron oder so, der Bach mein ich."

Acheron, dachte Stableford düster, denn natürlich kannte er den Fluss, der in der griechischen Mythologie in die Unterwelt führte. Ich hoffe, dass wir ihn zwei Mal überqueren werden.

Nach gut eineinhalb Stunden Fahrt erreichten sie die besagte Brücke, eine wenig Vertrauen einflößende Holzkonstruktion, die zur Gegend passend Petersbridge hieß und tatsächlich uralt sein musste. Sie passierten sie im Schritttempo, und selbst ihr todesmutiger Chauffeur atmete hörbar auf, als sie wieder festen Boden unter den Rädern hatten. Danach kamen sie nur noch langsam voran, denn die Straße war nicht mehr befestigt und voller tückischer Bodenwellen und Schlaglöcher. Nach etwa zwanzig Minuten durchfuhren sie ein Dorf mit nicht mehr als zehn oder fünfzehn Häusern und einer kleinen Kirche. Die Gebäude, allesamt aus grauem Granit errichtet, wirkten ärmlich und verfallen. Nicht ein Mensch war auf der Straße zu sehen und hinter keinem der kleinen Fenster brannte Licht.

„Wie heißt dieser Ort?", fragte Stableford etwas beklommen.

„Peters Peter", antwortete Finch fröhlich. „Ist seit über zehn Jahren verlassen. 'ne echte Geisterstadt."

„Gibt es denn noch andere Dörfer auf Petershead?"

„Nö, und ehrlich gesagt dachte ich, dass auch das Peters Inn mit der Schließung vom Golfplatz dichtgemacht hätte. Ist nämlich sozusagen das Clubhaus gewesen. Aber da hab ich mich wohl getäuscht. Wäre zumindest besser für Sie, nicht wahr?"

Stableford und sein Begleiter sahen sich unsicher an. Die Frage blieb unbeantwortet.

„Das gefällt mir nicht", sagte Fitzpatrick leise. „Das

gefällt mir ganz und gar nicht. Am liebsten würde ich umkehren."

Auch Stableford gefiel das Ganze nicht wirklich. Sie hatten den Acheron überquert und waren nun scheinbar tatsächlich in der Unterwelt, dem Reich der Toten, gelandet. Doch immerhin hatte das Peters Inn nicht „dichtgemacht". Schon aus einiger Entfernung sah Stableford ein fahles Licht, das sich beim Näherkommen als eine starke Laterne über dem Eingang des Hauses entpuppte, vor dem der Wagen wenig später zum Halten kam. Das große, zweistöckige Gebäude aus grauem Granit hatte ganz und gar nichts mit einem Inn zu tun. Es war reich mit elisabethanischen Stilelementen versehen, allerdings wohl erst im späten achtzehnten Jahrhundert errichtet worden. Das Seeklima hatte deutliche Spuren an der Fassade hinterlassen, was dem Haus einen morbiden Charme gab.

Finch blieben Stablefords bewundernde Blicke offenbar nicht verborgen. „Das haben Sie nicht erwartet, was? Der Kasten hieß früher Grimpen Manor. Ist 'ne merkwürdige Geschichte. Die Talbots, die hier lebten, haben das Haus vor langer Zeit nach mehreren Unglücksfällen in der Familie verlassen. Früher erzählte man sich 'ne Menge Spukgeschichten darüber. Der alte Talbot soll ..."

„Danke, Mr Finch", schnitt ihm Stableford entnervt das Wort ab. Eine Spukgeschichte war das Letzte, was er zu dieser Stunde und an diesem Ort hören wollte.

Die beiden Reisenden bezahlten den Fahrer und warteten vor dem Eingang des Peters Inn, bis der Vauxhall nicht mehr zu hören war. Stableford blickte sich um. Das Haus lag anscheinend völlig einsam auf einem flachen Hügel in der Nähe des Meeres. Sehen konnte man nichts, doch die Luft war frisch und roch salzig und das Rauschen der Atlantikbrandung war deutlich zu hören. Die Szenerie erinnerte Stableford an die Schauerromane, die er als Junge gelesen hatte: ein verwittertes Gemäuer inmitten einer menschenleeren, wild-erhabenen Moorlandschaft. Aber gab es hier auch eine junge Heldin, die von dunklen Mächten bedrängt und der Ohnmacht nahe auf Rettung harrte? Er musste an Harriet denken, und das brachte ihn zurück in die Gegenwart.

„Es gibt wohl kein Zurück mehr", stellte er nüchtern fest und griff nach seinem Gepäck. „Wollen wir hineingehen, Mr Fitzpatrick?"

Sie betraten eine große Halle, die mit dunklem Holz getäfelt war. Das spärliche Licht, das von der Außenlaterne durch die Fenster schien, warf lange gespenstische Schatten gegen die Wände. Auf der rechten Seite befand sich eine Art Rezeption, die wohl gleichzeitig als Bar diente, denn sie wurde durch zwei Zapfhähne ergänzt. Links von ihnen waren drei schwere Ledersessel vor einem riesigen Kamin gruppiert, in dem die letzten Glutreste eines großen Feuers glimmten. Auf einem Beistelltischchen nahe den Sesseln konnte Stableford mehrere leere Pint- und Cocktailgläser ausmachen. Am Ende der Halle führte eine breite Holztreppe in das obere Stockwerk.

Plötzlich öffnete sich eine Tür links neben dem Kamin. Stableford und sein Begleiter zuckten zusammen. Aus der Dunkelheit kam ihnen ein großer, grobschlächtig wirkender Mann um die sechzig entgegen.

„Willkommen im Peters Inn", sagte er schwerfällig. „Mein Name ist Crabtree und ich begrüße Sie im Namen des Bankhauses Milford & Barnes im Petershead Golf

Club." Er trat hinter den Tresen, entzündete umständlich eine Petroleumlampe und holte ein bereits geöffnetes Gästebuch hervor. Mit seiner großen Hand, die schwere körperliche Arbeit vermuten ließ, strich er die aufgeschlagene Seite glatt und fuhr mit einem dicken, schmutzigen Finger darüber. Offenbar suchte er die Einträge ab. „Sie müssen J. Stableford und T. Fitzpatrick sein", stellte er schließlich fest.

„So ist es", bestätigte Fitzpatrick leise.

„Sie kommen spät", sagte Crabtree, schien aber keine Antwort oder gar eine Entschuldigung zu erwarten. „Ihre Zimmer befinden sich im ersten Stock, Nummer fünf und sechs, die Schlüssel stecken außen im Schloss. Soll ich Ihnen mit dem Gepäck helfen?"

„Nein, vielen Dank", erwiderte Fitzpatrick, der schon auf dem Weg zur Treppe war.

Stableford sagte nichts. Wie versteinert stand er vor dem Tresen und blickte auf das aufgeschlagene Gästebuch. Über seinem Namen hatte er den Eintrag für Zimmer Nummer vier gelesen: W. Slocum und Begleitung, London. Konnte das wahr sein?

Wie benommen ging er schließlich die Treppe hinauf. In dem breiten dunklen Gang oben blieb er stehen. Fitzpatrick war verschwunden. Stableford entzündete ein Streichholz und blickte sich um. Der Gang war völlig symmetrisch angelegt. Vor ihm befanden sich sechs Zimmertüren, auf denen große Messingzahlen prangten. An den beiden Enden des Gangs gab es jeweils eine weitere Tür ohne Nummerierung. Gegenüber den Zimmern eins und sechs befanden sich die Bäder. Daneben hingen links und rechts von der Treppe schwere Vorhänge.

Neugierig schob Stableford den Vorhang zu seiner

Rechten ein wenig zur Seite. Sein Streichholz war inzwischen erloschen, also zündete er ein weiteres an. Es beleuchtete eine Bettnische, in der zu Zeiten der Talbots vielleicht Dienstboten geschlafen hatten. Jetzt war der Alkoven leer.

Nachdem auch das zweite Streichholz ausgegangen war, lief Stableford mit schweren Schritten den Gang entlang bis zur Tür Nummer fünf. Er betrat sein Zimmer und schaltete das Licht ein. Als er sich erschöpft in einen am Fenster stehenden Sessel fallen ließ, spürte er den Detektivroman in seiner Sakkotasche. Er zog ihn hervor, öffnete ihn und betrachtete lange das Bild der griechischen Göttin.

Ein bisschen zu viel griechische Mythologie für einen Tag im guten alten England, dachte er, schlug das Buch zu und entzündete seine Pfeife.

Bald stiegen Rauchringe zur Zimmerdecke auf. Stableford beobachtete sie versonnen. Die Begegnung mit Harriet hatte ihn verwirrt. Immer wieder schlich sie sich seit ihrer Begegnung im Speisewagen in seine Gedanken. Dabei hatte er sich doch längst mit seinem Leben als Junggeselle abgefunden! Mit der Einsamkeit, für die er gute Gründe hatte. Von außen betrachtet führte er ein Leben für die Wissenschaft, die Literatur und die Philosophie. Ein ruhiges, zurückgezogenes Leben, um das ihn viele beneiden mochten. Niemand in seinem Umfeld ahnte, dass dieser Rückzug nicht wirklich frei gewählt war. Und hin und wieder verspürte er eine merkwürdige Unruhe. War das wirklich schon alles?, fragte er sich in diesen Momenten. Mit einer Frau wie Harriet hätte er vielleicht den Mut gefunden, neue Wege zu gehen. Aber Harriet war wortlos verschwunden.

Erst jetzt fiel sein Blick auf eine Durchgangstür, die durch einen Kleiderschrank halb verstellt war. Sie führte in das Zimmer Nummer vier. Vielleicht lag Harriet in diesem Moment nicht einmal fünf Yards von ihm entfernt in den Armen eines anderen.

Missmutig klopfte Stableford seine Pfeife aus und begann seinen Koffer auszupacken. Seine Abendgarderobe verstaute er im Schrank, die mitgebrachten Bücher und Medikamente fanden auf dem Nachttisch Platz. Auf dem Fensterbrett stand eine kleine Wasserkaraffe. Er nahm das Glas von ihrem Hals und goss es fast voll. Dann ging er zum Nachttisch, öffnete eine kleine blaue Flasche und schüttete etwa zwei Teelöffel eines weißen Pulvers in das Glas. Als er den Inhalt mit dem Zeigefinger umrührte, färbte sich das Wasser milchig weiß. Nun holte er ein Papierbriefchen aus einer kleinen Schachtel, öffnete es vorsichtig und gab den Inhalt ebenfalls in das Glas, das er anschließend in einem Zug leerte.

Ein paar Briefchen mehr, und das Versteckspielen hätte ein Ende, dachte er düster und ging zu Bett. Kurze Zeit später löschte er das Licht. Im Haus war es totenstill.

KAPITEL 6
Eine schlaflose Nacht

Harriet lag wach. Zum Glück hatte das Doppelbett zwei Decken. Sie hätte eine – wenn auch nur zufällige – Berührung Williams heute Nacht nicht ertragen. Es war immer eine Qual, aber heute hätte sie sich ihm verweigert, egal welche Konsequenzen er ihr angedroht hätte!

Er hatte wieder getrunken. Auf seinem Nachttisch stand die halb leere Glaskaraffe seines Barsets. Wenn er trank, war er noch unerträglicher als sonst, aber dafür schlief er schneller ein.

In der Hölle geht das Glück auf Zehenspitzen, dachte sie traurig und schloss die Augen. Die letzten Monate waren ein Albtraum gewesen, doch irgendwie hatte sie es geschafft, sich mit ihrem Schicksal zu arrangieren. Gab es erste Anzeichen, dass er ihrer bald überdrüssig werden würde, oder war das nur ihr Wunschdenken?

Sie verbrachte ihre Tage mit William in einer fast hypnotischen Teilnahmslosigkeit, nur manchmal wurde ihr alles zu viel – so wie heute Morgen! Sie hatte sich mit ihm gestritten und war, kurz nachdem der Zug die Paddington Station verlassen hatte, aus ihrem Abteil geflüchtet. Aber warum musste sie sich im Speisewagen ausgerechnet zu diesem Sonderling setzen? Und warum ging ihr dieser philosophierende Hobby-Sherlock-Holmes mit der verwegenen Narbe über der Augenbraue nicht mehr aus dem Kopf? Zugegeben: Er war nett und die Vertrautheit, die sie spürte, war etwas ganz Besonderes. Sie hatte ihm ungefragt ihre Lebensgeschichte erzählt. Andererseits hatte sie kaum etwas von ihm erfahren, obwohl sie sich lange unterhalten hatten. Er hatte merkwürdig verschlossen gewirkt, fast ein wenig geheimnisvoll, und war erst aufgetaut, als er über den Detektivroman zu dozieren begonnen hatte.

Eigentlich war er gar nicht ihr Typ! Wie wenig entsprach dieser düster dreinblickende Professor ihren Leinwandhelden. William Powell, Jack Buchanan, Clark Gable, das waren Männer! Und doch musste sie sich eingestehen, dass sie fast ein wenig enttäuscht gewesen war, als er sich nicht auf dem Bahnhofsvorplatz bei den drei großen Limousinen eingefunden hatte, die sie nach Peters Peter gebracht hatten.

Was waren sie für ein bizarrer Haufen gewesen: William und sie, die Fenshaws, eine gutbürgerliche Familie, die wohl nur hinter zugezogenen Vorhängen lachte, sowie ein humpelnder Herr, dessen Name – Holmes – John entzückt und dessen bissige Bemerkungen Oscar Wilde zum Lachen gebracht hätten. Hatte sie ihn gerade „John" genannt? Warum verschwendete sie überhaupt auch nur einen Gedanken an diesen Mann? Sie war die Geliebte eines anderen und es stand nicht in ihrer Macht, dies zu ändern. Oder doch? Hatte William die Fotografien mit nach Peters Peter gebracht? Waren sie vielleicht hier in diesem Zimmer?

Sie richtete sich vorsichtig auf und betrachtete den Mann, der neben ihr mit offenem Mund schnarchte. Sollte sie es wagen, jetzt seine Sachen zu durchsuchen? Doch sie fand nicht den Mut und ließ sich zurück auf ihr Kissen fallen. Dann schloss sie abermals die Augen und versuchte zu schlafen. Vergeblich. Wieder musste sie an den vergangenen Abend denken.

Der Begrüßungsdrink in der Halle war ein Desaster

gewesen, und das hatte nicht allein an der Abwesenheit des Gastgebers gelegen. Mrs Fenshaw hatte sich direkt nach der Ankunft wegen einer Migräne entschuldigt und war zu Bett gegangen. Ihr Mann und William hatten mit einer spürbaren gegenseitigen Abneigung höflich über Golf gesprochen und die Tochter der Fenshaws hatte sich nach ihrem eigenen auch noch den Martini ihrer Mutter genehmigt. Holmes hatte mit ihr und Harriet gescherzt, als ob er für ein neues Noël-Coward-Stück proben würde.

Ob sich ein Literaturprofessor auch mit dem modernen Theater beschäftigte? Reiß dich zusammen, Harriet Taylor! Nur weil du an einem Abgrund stehst, muss dir der erstbeste nette Mensch nicht gleich als ein Ritter in goldener Rüstung erscheinen! Reicht es denn nicht, dass sich dein Traum vom Leben in der Londoner Bohème als eine Backfisch-Fantasie entpuppt hat? Jetzt ist nicht die Zeit für naive Schwärmereien, sagte sie ärgerlich zu sich selbst.

An diesem Vormittag war ihr noch einmal deutlich bewusst geworden, dass ihre Flucht aus der heilen Welt des Pfarrhauses in Yorkshire ein Fehler gewesen war. Deshalb hatte sie den Speisewagen auch so überstürzt verlassen. Sie hatte Tränen in den Augen gehabt, als er von seinem Reiseziel gesprochen hatte, Tränen, die sie vor ihm hatte verbergen wollen. Es waren Tränen des Erwachens aus ihrer monatelangen Lethargie gewesen, Tränen der Erkenntnis, wohin sie ihr lächerlicher Lebenstraum geführt hatte – und Tränen der Ohnmacht. Das Schicksal hatte ihr einen liebenswerten Menschen präsentiert, mit dem es keine gemeinsame Zukunft geben konnte. Was sollte er denn denken, wenn er sie hier als Geliebte eines Mannes wie William Slocum erleben musste? Aber er war ja gar nicht auf dem Bahnhofsvorplatz erschienen! Warum nur nicht?

Sie tastete nach dem Schalter ihrer Nachttischlampe. Die unzähligen Fragen, die ihr im Kopf herumgingen, ließen sie ja doch nicht schlafen und sie wollte ein Kapitel in Williams Detektivroman lesen, um auf andere Gedanken zu kommen.

Mein Gott, dachte sie plötzlich, wo ist das Buch? Sie hatte es mit in den Speisewagen genommen, aber wo war es jetzt? Hatte sie es bei ihrem überstürzten Aufbruch auf dem Tisch liegen lassen? William würde selbst den Verlust eines albernen Kriminalromans nutzen, um ihr Wochenende noch ein wenig unangenehmer zu gestalten.

Was war das? Harriet lauschte angespannt. Sie hörte Schritte auf dem Gang und dann das Zuschlagen einer Tür. Kurze Zeit später wieder Schritte und das Knarren der Dielen aus dem Nebenzimmer! Waren weitere Gäste im Peters Inn eingetroffen? Konnte es sein, dass auch John den Weg nach Peters Peter gefunden hatte? Hatte er vielleicht Williams Buch eingesteckt?

Sie erschrak selbst über ihren letzten Gedanken. Ihre Furcht vor William hatte groteske Züge angenommen. Sie knipste das Licht wieder aus und lauschte. Hören konnte sie nichts, aber auf einmal bemerkte sie einen beißenden Geruch.

Es brennt!, dachte sie zuerst. Doch dann wurde ihr klar, dass es sich um Tabakrauch handelte. Sie rümpfte die Nase und starrte in die Dunkelheit.

Ich ertrage das nicht länger, sagte sie leise zu sich selbst. Es muss hier enden!

KAPITEL 7
Die Frühstücksgesellschaft

Stableford saß am Fenster seines Zimmers. Es war kurz nach sieben Uhr morgens. Die Fairways des Petershead Golf Club, die sich bis zum Rand der Steilküste hinzogen, waren von Tau bedeckt, der das Grau des Himmels reflektierte. Das Meer lag glatt und unbewegt wie ein blinder Spiegel dahinter. Es war völlig windstill, doch am Horizont türmten sich bedrohlich aussehende schwarze Wolken.

Um Viertel nach sieben ging Stableford in die Halle hinunter. Dort folgte er dem Duft von Kaffee, der ihn schließlich in den Clubraum führte. Vor vier französischen Fenstern, hinter denen man eine große Terrasse erkennen konnte, waren einige Sessel und Sofas um einen Couchtisch gruppiert. An der gegenüberliegenden Seite des Raumes standen mehrere flache Bücherregale, eine Art Bibliothek, die größtenteils aus ganzen Jahrgängen verschiedener Magazine bestand. Links vom Eingang befand sich ein großer Kamin, in dem ein beachtliches Feuer brannte, daneben eine breite Anrichte, auf der das Frühstücksbüffet aufgebaut war. Die Mitte des Raumes wurde von einem rechteckigen Tisch eingenommen, der für acht Personen eingedeckt war. Allerdings saß nur ein großer, hagerer Mann von etwa fünfundvierzig Jahren daran, der sich nun erhob und auf Stableford zukam. Dabei zog er das linke Bein leicht nach.

„Hallo, guten Morgen! Mein Name ist Holmes, Perceval Holmes. Wir hatten noch nicht das Vergnügen. Der Kaffee ist übrigens trinkbar. Ansonsten sollten Sie sich an Toast und Marmelade halten."

Stableford stellte sich ebenfalls vor und verneinte höflich die Frage nach einer Verwandtschaft mit dem Erfinder der Golfzählmethode. Dann ging er zum Büffet hinüber und versorgte sich mit Kaffee und Toast. Als die beiden Männer Platz genommen hatten, trat Crabtree ein und legte Scorekarten und ein großes Blatt Papier auf den Tisch.

„Ist die Turnieransetzung", sagte er mürrisch. „Wenn sich das Wetter hält, werde ich um Punkt acht Uhr dreißig meinen alten Armeerevolver abfeuern, sodass beide Gruppen gemeinsam starten können. Das spart etwas Zeit. Ich glaube, wir bekommen ein Unwetter. Ich muss jetzt raus und den Platz vorbereiten."

„Ein sympathischer Kerl", bemerkte Stableford, als Crabtree das Zimmer wieder verlassen hatte.

„Sie haben die anderen noch nicht gesehen", erwiderte Holmes amüsiert. „Ein eigenartiger Haufen. Wirkt irgendwie zusammengewürfelt. Aber das Eigenartigste ist die Abwesenheit unseres Gastgebers."

„Wurden Sie denn nicht mit Wagen vom Bahnhof abgeholt?"

„Das schon, aber die Limousinen waren nur angemietet. Die Fahrer hatten lediglich den Auftrag, uns hier abzuliefern. Als wir das Peters Inn betraten, waren sie schon wieder auf dem Rückweg nach St. Ives. Begrüßt wurden wir vom charmanten Mr Crabtree, der uns Bier und Cocktails servierte und gleich darauf im Dienstbotentrakt verschwand."

„Das ist wirklich merkwürdig", sagte Stableford nachdenklich. „Fast wie in einem Detektivroman."

„Wie meinen Sie das?", fragte Holmes überrascht.

„Nun, die Lage, in der wir uns befinden, erinnert doch

stark an eine typische Ausgangssituation dieses speziellen Genres: Eine kleine Gruppe von Menschen trifft sich an einem von der Außenwelt mehr oder weniger isolierten Ort. Zunächst erscheint es so, als ob keiner den anderen kennen würde, doch dann geschieht ein Mord und ein smarter Detektiv findet Hinweise und Motive, die alle Überlebenden mit einem Schlag zu Verdächtigen werden lassen. Natürlich hat keiner von ihnen für die Tatzeit ein überzeugendes Alibi."

„Und am Ende war es der Gärtner", spottete Holmes.

„In diesem Fall wohl eher der bewaffnete Greenkeeper namens Crabtree."

„Eine exzellente Schlussfolgerung!"

Die beiden Männer lachten.

„Nun, wenn uns dieses Wochenende eine Leiche beschert, sollten Sie den Fall aufklären, Mr Stableford", scherzte Holmes. „Ich wäre dann gerne Ihr Watson."

„Sie sind einfach zu bescheiden, Mr Holmes", erwiderte Stableford und blickte auf seine Armbanduhr. Es war kurz nach halb acht. Er war nervös und fragte sich, wann Harriet zum Frühstück erscheinen würde. Als er wieder aufschaute, bemerkte er, dass ihn sein Gegenüber interessiert musterte.

„Der Krieg ist lange vorbei, Mr Stableford", sagte Holmes freundlich. „Glauben Sie nicht, dass es an der Zeit wäre, Ihre Graben-Uhr abzulegen?"

Stableford sah auf seine Uhr mit dem massiven Schrapnellschutz-Gitter aus Metall über dem Ziffernblatt und lächelte. „Nun, Zeit ist relativ, nicht wahr? Ich trage sie aus sentimentalen Gründen und sie gibt noch gute Zeit."

„Das möchte ich bezweifeln", erwiderte Holmes. „Wie

kann eine Uhr aus den Schützengräben Flanderns jemals gute Zeit geben? Ich selbst würde viel dafür geben, diese Zeit ein für alle Mal vergessen zu können. Bei welchem Regiment waren Sie denn?"

Stableford zögerte kurz, dann antwortete er: „Im Barsetshire Regiment."

Holmes, der gerade im Begriff war, einen Schluck Kaffee zu trinken, ließ seine Tasse sinken und lächelte fast unmerklich. „Barsetshire? Liegt das nicht gleich neben den rollenden Hügeln von Loamshire? Sie machen mich neugierig, Mr Stableford. Wir sollten uns unbedingt einmal eingehender über Ihre Kriegserlebnisse unterhalten."

„Guten Morgen, die Herren!", ertönte plötzlich ein tiefer Bass hinter ihnen.

Stableford blickte sich dankbar um, denn das Gespräch mit Holmes hatte eine unangenehme Wendung genommen. Im Türrahmen stand ein kräftiger, mittelgroßer Mann von etwa vierzig Jahren. Er trug eine Norfolkjacke und Plus fours. Sein äußerst brutal wirkendes Gesicht wurde von einem ungepflegten Vollbart eingerahmt, den er jetzt mit seiner linken Hand glatt strich. Ungeniert musterten seine kleinen, eng zusammenstehenden, blassblauen Augen die beiden Männer am Tisch. Dicht hinter ihm stand – Harriet.

Sofort wandelte sich Stablefords Dankbarkeit in eine tief empfundene Abneigung. Das ist also William Slocum, dachte er überrascht. Ich hätte ihr einen besseren Geschmack zugetraut.

„Guten Morgen, Miss Taylor", sagte Holmes freundlich, während er Slocum völlig ignorierte. „Nicht gerade das ideale Wetter für eine Runde Golf, nicht wahr? Es sieht nach Regen aus."

„Es wird schon gehen", mischte sich Slocum ein. „Die Dame ist ja nicht aus Zucker. Harriet, du bist doch nicht aus Zucker, oder?" Er lachte schmierig. „Hol mir einen Kaffee, und wenn es Eier und Speck gibt, darfst du mir davon auch gleich eine große Portion mitbringen!"

Was nun geschah, war zumindest für Stableford äußerst bemerkenswert: Harriet, die noch am Tag zuvor im Speisewagen seine Manieren zynisch in Frage gestellt hatte, nahm Slocums Beleidigungen ohne jede Regung hin. Sie holte für sich und ihren taktlosen Begleiter Kaffee, servierte ihm Eier mit Speck und setzte sich dann schweigend neben ihn.

Weder Holmes noch Stableford versuchten, das Gespräch noch einmal zu eröffnen. Der Bedarf an Unterhaltung schien für den Moment gedeckt. Das nächste Wort sprach schließlich ein Neuankömmling, den Stableford sofort wiedererkannte: der gereizte Herr aus seinem Abteil, der sich ihm als Arthur Fenshaw vorstellte. Er war in Begleitung seiner Frau Helen und seiner Tochter Chloé.

Während Mr Fenshaw an diesem Morgen aufgeräumt, ja fast selbstzufrieden wirkte, machte seine Frau noch immer einen zutiefst verstörten Eindruck. Sie schaute sich unruhig im Zimmer um, wobei sie jeden Blickkontakt zu vermeiden schien. Chloé war dagegen überaus munter und kontaktfreudig. Sie verwickelte Holmes sofort nach ihrem Eintreten in ein Gespräch und zeigte sich von seiner ironischen Art, mehr noch jedoch von seinem leichten Hinken – er hatte sich zwischenzeitlich am Büffet mit frischem Toast versorgt – fasziniert. Zum sichtlichen Entsetzen ihres Vaters sprach sie ihn direkt darauf an.

„Warum ziehen Sie eigentlich das Bein nach, Mr Holmes?"

Holmes, der diese Taktlosigkeit hinnahm, ohne mit der Wimper zu zucken, antwortete gelassen: „Ist so eine Marotte von mir, Miss Fenshaw. Macht meinen Schlag bei Frauen aus. Ich erwähne dezent, dass ich Arzt bin, lasse in einer Nebenbemerkung fallen, dass meine Praxis in der Harley Street liegt, plaudere gelassen über interessante Fälle, dann stehe ich auf, hole hinkend Champagner – manchmal auch nur Toast – und eins, zwei, drei ist es um die Damen geschehen. Ich wecke ihren Beschützerinstinkt, wenn Sie verstehen. Der Rest ist Schweigen." Er grinste, doch sein Lächeln verschwand, als Chloé die Frage noch einmal stellte.

„Aber warum ziehen Sie das Bein nach, Mr Holmes?"

„Sie wollen nicht die Frühstücksversion? Nun gut, Miss Fenshaw: Ein Granatsplitter hat mir das Bein zerfetzt. Ich lag drei Tage lang zwischen toten Kameraden im Dämmerzustand auf dem Schlachtfeld, bis mich unsere Jungs gefunden haben. Schwerer Schock, Trauma, vier Monate Lazarett, Kriegsheld, Entlassung aus der Armee. Ist eine dumme Geschichte ohne Happy End."

Chloé schien fasziniert. „Und das Leid, das Sie im Lazarett mit ansehen mussten, hat Sie dazu gebracht, Medizin zu studieren?"

„Nein, Miss Fenshaw, denn das Leben ist leider kein Groschenroman. Das Leid in meinem Kopf hat mich dazu gebracht, Psychiater zu werden. So habe ich den Seelenklempner immer dabei, was gerade auf Reisen sehr beruhigend wirkt."

„Sie sind der Dr Holmes, der berühmte Freudianer?", rief Fenshaw überrascht. „Ich habe Ihr Anti-Kriegs-

Pamphlet damals in der Times gelesen. ‚Pazifismus, jetzt!'
hieß es, nicht wahr? ‚Ansichten eines Träumers' hätte als
Titel zwar besser gepasst, wenn Sie mich fragen, aber Ihr
Mut hat mir imponiert. Ich könnte mir vorstellen, dass es
Sie einige Freunde in Ihren Kreisen gekostet hat. Sie sind
doch ein Baronet, nicht wahr?"

„Ja, Mr Fenshaw", erwiderte Holmes, dem das Ganze
sichtlich unangenehm war. „Der 3. Baronet of Durbar.
Den Titel verwende ich aber nur auf meiner privaten
Visitenkarte. Er hilft mir beim Sparen. Sie wären überrascht, wie viele Anzüge man sich selbst als Angehöriger
des niederen Adels in der Savile Row auf Pump anfertigen lassen kann. Mein gesellschaftliches Engagement
habe ich übrigens längst an den Nagel gehängt. Die Presse
hat mir meine pazifistische Einstellung nach dem großen
Krieg sehr übel genommen. Ein Baronet hat mit dem Säbel
zu rasseln und gelegentlich hipp, hipp, hurra zu rufen.
Und ganz nebenbei muss man natürlich auch an seine
Kundschaft denken. Heute bin ich je nach Voranmeldung
Dr Holmes, der Nervenarzt für gelangweilte Damen der
Oberschicht, oder Dr Holmes, der väterliche Ratgeber für
hysterische Debütantinnen."

Fast unbemerkt war in der Zwischenzeit Fitzpatrick
eingetreten. Er wirkte auch an diesem Morgen äußerst
nervös und blieb unentschlossen vor dem Tisch stehen.

„Setzen Sie sich doch, Mr Fitzpatrick", sagte Stableford
und wies auf den letzten freien Platz zwischen sich und
Harriet.

Fitzpatrick setzte sich.

„Damit wären wir wohl komplett, nicht wahr?", stellte
Fenshaw zufrieden fest. Dann wandte er sich an Fitzpatrick: „Da uns bisher noch niemand offiziell begrüßt

hat und Mr Stableford erst gestern mit uns im Express angereist ist, nehme ich an, dass Sie unser Gastgeber sind, Mr, eh, wie war doch gleich Ihr Name, Sir?"

„Fitzpatrick", antwortete der Mann spürbar verunsichert. „Mein Name ist Thomas Fitzpatrick und ich muss Sie enttäuschen. Ich bin nur ein Gast, genau wie Sie."

„Nun, das ist doch wirklich merkwürdig, nicht wahr? Hat jemand von Ihnen eine Erklärung dafür, dass uns scheinbar der Gastgeber abhandengekommen ist?"

„Mr Stableford hier hat zumindest eine Ahnung", sagte Holmes und lachte. „Wir befinden uns mitten in einem Detektivroman. Vielleicht im siebten Kapitel, Mr Stableford? Es fehlt nur noch die Hauptsache: der Mord."

Mrs Fenshaw stieß einen kurzen Schrei aus. Stableford, der während Holmes' Ausführungen deutlich errötet war, versuchte die Situation zu entschärfen und blickte entschuldigend in die Runde.

„Ich hoffe, die Damen verzeihen Dr Holmes und mir. Es war nur ein dummer Scherz." Er schaute verlegen auf seine Uhr und fuhr dann deutlich erleichtert fort: „Es ist jetzt zehn Minuten vor acht. Wir sollten uns mit den Turnierregeln vertraut machen, denn um Punkt halb neun wird Mr Crabtree das Turnier mit einem Revolverschuss starten."

Auch Mr Fitzpatrick und Mrs Fenshaw wirkten erleichtert.

Mr Fenshaw griff übellaunig nach dem großen weißen Blatt und las laut vor: „Milford & Barnes Einladungsturnier. 6-Loch-Platz, Petershead Golf Club. Distanz: 3 x 6 = 18 Löcher. Platzregel: Um Unglücksfälle zu vermeiden, darf ein unmittelbar in Klippennähe liegender Ball in sicherer Entfernung zur Klippe straffrei gedroppt werden. Gespielt wird nach der Stableford-Zählweise. Erste Gruppe: Miss Taylor, Mrs Fenshaw, Mr Fenshaw, Mr Stableford. Zweite Gruppe: Miss Fenshaw, Mr Fitzpatrick, Dr Holmes, Mr Slocum."

Niemand sagte etwas.

Also ergriff Fenshaw erneut das Wort: „Ich nehme an, dass Sie alle mit der Stableford'schen Zählart vertraut sind? Nun gut, wenn sich die Damen und Herren jetzt fertig machen wollen, könnten wir es noch rechtzeitig zum Turnierbeginn schaffen. Da ich keine Caddies gesehen habe und auch keine mehr erwarte, schlage ich vor, dass sich die Herren bei Bedarf um die Taschen der Damen kümmern. Wir sollten uns das Golf-Wochenende trotz des drohenden Regens und der anscheinend fehlgeschlagenen Organisation nicht vermiesen lassen. Ich für meinen Teil werde jedenfalls konzentriert auf die Jagd nach Pars und Birdies gehen."

Mit dieser Absichtserklärung erhob er sich und die übrigen Gäste taten es ihm gleich. Die Erleichterung über das Ende des Frühstücks war allen anzumerken.

Stableford verließ den Raum als Letzter und folgte der Gruppe mit etwas Abstand die Treppe hinauf. Eher beiläufig registrierte er die Zimmerverteilung. Holmes verschwand hinter der Tür mit der Nummer eins, links am Ende des Ganges. Das Zimmer Nummer zwei bewohnte das Ehepaar Fenshaw, ihre Tochter belegte die Nummer drei. Missmutig passierte Stableford die skandalös doppelbelegte Nummer vier und betrat sein eigenes Zimmer.

KAPITEL 8
Stableford spielt Stableford

Fünfzehn Minuten später hatten sich die acht Turnierteilnehmer auf der Terrasse vor dem Clubraum versammelt. Die Herren trugen Plus fours, Pullover oder Norfolkjacken, die Damen Tweed-Kostüme und Topfhüte. Vom Meer her wehte ein frischer Wind und die schwarzen Wolken waren deutlich nähergekommen.

Während Harriet nur mit einem Ohr Fitzpatricks Bemerkungen über das Wetter folgte, beobachtete sie die anderen Gäste. Stableford stand, seine Pfeife im Mundwinkel, lässig an den Rahmen einer Terrassentür gelehnt und studierte seine Scorekarte. Mrs Fenshaw hielt sich von allen abseits und blickte fast ununterbrochen zu Boden. Ihr Mann und William diskutierten derweil über ihre mitgebrachten Schläger.

„Sieben", antwortete William gerade auf eine Frage, die Harriet nicht gehört hatte. „Putting Cleek, Niblick, Sandeisen, Mashie, Lofter, Spoon und dieses Prachtstück hier." Er zog einen Schläger aus seiner Tasche und reichte ihn Fenshaw.

„Ein Spalding Driving Cleek", sagte dieser bewundernd. „Der sieht ja aus wie neu."

„Der ist neu", antwortete William stolz. „Kam einen Tag vor unserer Abreise mit der Post. Eine Aufmerksamkeit des Bankhauses Milford & Barnes. Haben Sie denn keinen Schläger erhalten?"

„Nein", stellte Fenshaw säuerlich fest. „Aber wenn Sie nichts dagegen haben, würde ich Ihr Präsent heute Nachmittag gerne einmal ausprobieren. Ist wirklich ein Prachtstück. Die erste Bahn sieht ziemlich kurz aus, aber die zweite ist nach der Scorekarte ein Par-4. Da könnten Sie ihn am Abschlag einweihen."

„Meinen Sie? Nun, vielleicht haben Sie recht. Vom Fenster unseres Zimmers aus wirkt das Rough tatsächlich nicht sehr Furcht einflößend", erwiderte William überheblich.

Harriet schlenderte zum anderen Ende der Terrasse, wo Holmes auf dem Putting Green einer völlig desinteressierten, aber äußerst charmant wirkenden Chloé seine Schwungtechnik für Rettungsschläge aus tiefen Topfbunkern zeigte.

„Sie müssen einfach auf den Ball schlagen, Miss Fenshaw, nicht löffeln, niemals löffeln."

„Nicht löffeln, niemals löffeln, Miss Fenshaw", äffte Chloé ihn neckisch nach. „Wenn Sie mich Chloé nennen, nenne ich Sie Percy, Dr Holmes."

„Wenn Sie mich Percy nennen, werde ich Sie küssen, Miss Fenshaw."

„Wenn Sie mich küssen, sag ich es meinem Vater."

„Abgemacht", erwiderte Holmes, machte einen schnellen Schritt auf sie zu, bekam ihre Hand zu fassen und küsste sie.

„Sie sind ein Scheusal", zischte Chloé nicht unfreundlich und blickte verunsichert zu ihrem Vater hinüber.

Doch ihre Sorge war ganz unbegründet. Fenshaw, der sich mit William noch immer angeregt unterhielt und dabei umständlich mit einer Schachtel Colonel Bogey's Tee Cups hantierte, hatte von dieser leicht pikanten Szene offenbar nichts bemerkt. Harriet musste lächeln. Die Fenshaws waren nicht zu beneiden. Chloé hatte es sicher faustdick hinter den Ohren.

Ich bin gespannt, welchem Mann sie im Laufe dieses Wochenendes den Kopf verdrehen wird, dachte Harriet. Holmes sollte ihr schon von Berufs wegen gewachsen sein. Und Stableford? Nein, sie war bestimmt nicht sein Typ! Harriet tippte auf Fitzpatrick. Ein Schaf im Wolfspelz! Stattlich und ein wenig geheimnisvoll, aber schüchtern genug, um Miss Fenshaw ins Netz zu gehen.

Fenshaws „Ladies und Gentlemen!" riss Harriet aus ihren Gedanken. Er mahnte zum Aufbruch, bat die Herren um einen letzten Uhrenvergleich und wünschte allen Turnier-Teilnehmern ein gutes Spiel.

Anschließend machte sich die Gesellschaft in zwei Gruppen auf den Weg zu ihren jeweiligen ersten Abschlägen. Die eine Gruppe, bestehend aus William, Holmes, Chloé und Fitzpatrick, hatte den Abschlag der ersten Bahn schnell erreicht. Harriets Gruppe, zu der auch Stableford und das Ehepaar Fenshaw gehörten, musste sich dagegen beeilen, um es rechtzeitig zum Startschuss bis zum Abschlag der zweiten Bahn zu schaffen. Harriet hatte einige Mühe, Stableford einzuholen, der mit langen Schritten vorausgeeilt war. Als sie ihn fast erreicht hatte, sprach sie ihn zögerlich von hinten an.

„Mr Stableford!"

„Ja, Miss Taylor?", sagte er in einem leicht unterkühlten Ton und verlangsamte seinen Schritt, sodass Harriet zu ihm aufschließen konnte.

„Bitte verzeihen Sie meinen theatralischen Abgang gestern und mein Schweigen heute früh. Ich kann es Ihnen nicht erklären, aber ich möchte, dass Sie wissen, dass ich unser gemeinsames Frühstück im Zug sehr genossen habe."

„Das ist schon in Ordnung, Miss Taylor. Ich habe

übrigens Ihr Buch – oder besser gesagt Mr Slocums Buch – gerettet."

„Oh ja, das Buch", sagte sie ehrlich erleichtert und hasste sich dafür. „Wenn es Ihnen recht ist, werde ich es heute Nachmittag bei Ihnen abholen. William muss ja nicht erfahren, dass wir uns schon im Zug kennengelernt haben, nicht wahr?"

„Ganz wie Sie wünschen, Miss Taylor", antwortete Stableford und musterte sie von der Seite. Hatte er den besorgten Unterton in ihrer Stimme herausgehört?

Einen Penny für deine Gedanken, dachte Harriet, während sie schweigend das letzte Stück des Weges nebeneinander hergingen.

Um Punkt acht Uhr dreißig stand Harriet zum Abschlag auf dem zweiten Tee bereit. Doch der Startschuss blieb aus. Nach etwa fünf Minuten hörte sie stattdessen ein rhythmisches Scheppern, das aus Richtung des Clubhauses zu kommen schien. Sie blickte hinüber und musste lachen: Crabtree stand auf der Terrasse und schlug wild zwei Bratpfannen aneinander.

„Das ist wohl das lächerlichste Golfturnier, das jemals auf britischem Boden ausgetragen wurde", stellte Fenshaw bestürzt fest. „Aber Startschuss ist Startschuss. Miss Taylor, sind Sie bereit?"

Das war Harriet. Sicher schlug sie den Ball aufs Fairway des langen, geraden Par-4-Loches. Insgesamt verlief der erste Abschlag für fast alle befriedigend. Vor allem Fenshaw zeigte schon mit seinem ersten Schlag, dass er ein exzellenter Golfer war. Allein Stablefords Ball landete weit links vom Fairway in der Nähe eines nicht einsehbaren, etwa dreißig Fuß breiten Heckenstreifens im Rough.

Zum Glück ist er nicht in die Hecke geflogen, dachte Harriet, während sie die fast zehn Fuß hohen Rhododendronbüsche, die Eiben- und Ginstersträucher und den vom Wind zerzausten Rot- und Schwarzdorn betrachtete, die das Fairway zur Linken bis zum Grün begrenzten.

Fenshaw half Stableford bei der Ballsuche und bald waren sie erfolgreich. Erfreut beobachtete Harriet, wie Stableford seinen Annäherungsschlag deutlich besser spielte. Wahrscheinlich war er Schläge aus dem Rough gewohnt. Nachdem sie ihren Ball im Loch versenkt hatte, notierte sie sich einen Punkt und wartete am Rand des Grüns, bis auch Stableford fertig war. Die Stimmung in der Gruppe war heiter, allein Fenshaw ärgerte sich über ein knapp verpasstes Birdie, obwohl ihm das sichere Par doch immerhin zwei Punkte bescherte.

Vom Grün der zweiten Bahn, das nur wenige Meter vom Klippenrand entfernt lag, machte sich die Gruppe zum dritten Abschlag auf. Harriet vermutete ihn hinter der Hecke, denn Hinweistafeln gab es nicht. Kurz bevor sie die ersten Büsche erreicht hatte, blickte sie noch einmal zurück und sah Holmes und Fitzpatrick, die sich dem zweiten Abschlag näherten. Die schwarzen Wolken waren jetzt fast über ihnen.

Die dritte Bahn, ein Par-4-Dogleg, verlief zunächst parallel zur zweiten, nur durch die Hecke getrennt. Nach etwa einhundertfünfzig Yards machte sie aber einen scharfen Rechtsknick. In diesem lag ein großer, teils verlandeter Teich, dessen magische Anziehungskraft auf Bälle Harriet sogleich erahnte.

Die Herren ließen den Damen den Vortritt und sowohl Harriet als auch Mrs Fenshaw spielten ihre Bälle mit Bedacht auf den Fairwayrand, der dem Wasserhindernis gegenüber lag. Fenshaw traf es deutlich schlechter. Mit dem Ausruf „Zur Hölle!" begleitete er den Flug seines Balles, der zunächst das Fairway der zweiten Bahn zu erreichen schien, dann aber doch mit dem typischen Geräusch von brechendem Astwerk in die Sträucher der Hecke fiel.

„Nicht ganz so weit", rief ihm Stableford gut gelaunt zu, erntete dafür aber nur einen finsteren Blick.

Vielleicht irritierte ihn dieser bei der Vorbereitung seines Abschlags. Harriet sah jedenfalls, wie sein Ball in einem idealen Bogen durch die Luft glitt und dann mitten im Teich landete, wo er nach zweimaligem Aufsetzen versank.

„Verdammt", sagte Stableford leise und köpfte mit seinem Schläger eine Distel.

Als sich die Gruppe gerade auf den Weg zum nächsten Abschlag machen wollte, ertönte vom zweiten Tee ein lang gezogenes „Fore!". Der tiefe, alles durchdringende Bass war unverkennbar: Der Rufer musste William sein. Viele Golfer begehen den Fehler aufzuschauen, wenn der Warnruf „Fore!" erklingt. Harriet gehörte zu dieser Spezies und so sah sie, wie sich Williams Ball genau dort in die Hecke senkte, wo auch Fenshaws Ball gelandet sein musste.

Inzwischen hatte es zu regnen begonnen. Innerhalb kürzester Zeit entwickelte sich der schwache Schauer zu einem Platzregen, der die Sicht stark beeinträchtigte. Dennoch folgte Harriet den Fenshaws dicht an den Büschen entlang zu der Stelle, wo sie die Bälle vermuteten. Sie sah noch, wie Stableford in Richtung des Teiches aufbrach, und bahnte sich dann einen Weg ins Dickicht, um bei der Suche zu helfen. Schon nach wenigen Yards hatte sie das

Ehepaar Fenshaw aus den Augen verloren. Durchnässt blieb sie stehen und lauschte. Nicht weit entfernt hörte sie das Knacken von Ästen und folgte diesem Geräusch, das sie weiter ins Innere der Hecke führte.

KAPITEL 9
Ein Unwetter zieht auf

Stableford stand am Rande des Teiches und blickte zur Hecke hinüber. Er hatte einen neuen Ball ins Spiel gebracht und nahe der Wasserkante gedroppt. Nun wartete er, die Hände tief in den Hosentaschen, auf das Erscheinen seiner Spielpartner. Auf dem Fairway bildeten sich erste Pfützen und er sehnte sich nach seiner Pfeife und dem Kaminfeuer im Clubraum. Er hasste es, den Elementen so ausgesetzt zu sein. Es erinnerte ihn an seine monatelange Flucht. Warum konnte Mr Fenshaw den Ball nicht einfach verloren geben?

Ärgerlich steckte Stableford seinen Niblick zurück in die Tasche, schulterte sie und ging langsam zur Hecke hinüber. Dann hörte er den gellenden Schrei einer Frau. Die Hecke schien lebendig zu werden. Er sah schwingende Zweige und hörte das Geräusch von brechenden Ästen. Für einen kurzen Moment blieb er stehen, dann rief er: „Harriet!", ließ seine Tasche fallen und rannte, so schnell er konnte, zur Hecke.

Als er endlich einen Weg ins Innere gefunden hatte, suchte er zwischen den dichten Sträuchern zunächst vergeblich nach seinen Mitspielern. Plötzlich befand er sich auf einer kleinen Lichtung und sah die anderen Golfer vor sich. Sie standen völlig regungslos in einem Halbkreis um etwas herum. Als er näher trat, sah er, dass es Harriet war, die auf dem Boden kniete. Ihr Oberkörper wippte rhythmisch vor und zurück, es wirkte irgendwie mechanisch. Entsetzt starrte sie auf ein blutiges Sandeisen in ihren Händen. Neben ihr lag William Slocum. Er war tot.

Stableford trat zu Harriet und sah in die Gesichter der stummen Zeugen, die sich wie ein tragischer Chor um die gespenstische Szene versammelt hatten. Während Holmes und Fenshaw eher gefasst wirkten, glaubte er in Fitzpatricks Zügen einen Anflug von Panik erkennen zu können. Chloé musste im dichten Geäst ihren Hut verloren haben. Ihr nasses Haar lag eng an ihrem Kopf an, was ihre großen braunen Augen noch mehr betonte. In ihrem Blick sah er Angst – gepaart mit kindlicher Neugierde. Ihre Mutter wirkte merkwürdig unbeteiligt, fast apathisch. Sie schien wie Harriet unter Schock zu stehen.

Es war Fenshaw, der das Schweigen brach: „Ich vermute, dass wir nichts mehr für Mr Slocum tun können, oder, Dr Holmes?"

„Da liegen Sie richtig, Mr Fenshaw. Auch wenn meine pathologischen Kenntnisse nur rudimentär sind, sollte Mr Slocums Tod außer Frage stehen. Wie Sie sehen, ist sein Schädel an der rechten Schläfe eingeschlagen worden." Holmes zog seine Jacke aus und legte sie über Slocums entstelltes Gesicht.

In der Zwischenzeit hatte Stableford mit viel Mühe den Schläger aus Harriets festem Griff befreit. Seine Versuche, sie durch sanfte Zusprache zu beruhigen, blieben jedoch erfolglos.

„So wird das nichts, Mr Stableford", sagte Holmes bestimmt. „Versuchen Sie es mit einer Ohrfeige. Klingt barbarisch, ist bei solchen Schockzuständen aber äußerst effektiv."

Stableford zögerte, gab Harriet dann aber doch eine kräftige Ohrfeige. Die „Therapie" zeigte sofort Wirkung. Das rhythmische Wippen hörte schlagartig auf. Sie klammerte sich an ihn und begann laut zu schluchzen.

In diesem Moment war das erste Donnergrollen zu hören.

Mrs Fenshaw zuckte zusammen. Ihr Mann legte beschützend den Arm um sie.

„Wir sollten erst einmal zum Clubhaus zurückkehren", sagte er. „Der Regen wird immer stärker, und ich denke, nach diesem Schrecken könnten wir alle einen ordentlichen Brandy vertragen. Um den Toten kann sich Mr Crabtree kümmern."

Sein Vorschlag traf auf allgemeine Zustimmung, und so machte sich die kleine Gesellschaft schweigend auf den Weg, wobei Stableford nicht von Harriets Seite wich. Als sie das Clubhaus erreicht hatten, brach das Unwetter gänzlich los. Blitz um Blitz zuckte am dunklen Himmel auf und das Donnergrollen schien kein Ende zu nehmen. Auf der Terrasse schaute Stableford zurück. Der Golfplatz war hinter einer grauen Wand aus Wasser verschwunden.

KAPITEL 10
Unfall oder Mord?

Im Clubraum versammelten sich die völlig durchnässten Golfer zunächst vor dem Kamin. Holmes und Fitzpatrick holten Gläser und eine Flasche Brandy von der Anrichte, auf der nur kurz zuvor noch das Frühstücksbüffet aufgebaut gewesen war. Nachdem Holmes allen eingeschenkt hatte, erhob er sein Glas.

„Auf den tragischen Sieger des Milford & Barnes Einladungsturniers!"

„Lassen Sie doch diese dummen Scherze!", fuhr ihn Fenshaw ärgerlich an.

„Ich scherze nicht, Mr Fenshaw. Ich trinke auf den Toten, Mr Slocum, der – wie ich wohl zu Recht annehme – mit seinem Birdie am ersten Loch das Turnier gewonnen hat."

„Ach, Sie ..." Fenshaw brach ab, trat an eines der französischen Fenster und starrte in das Unwetter hinaus.

„Was machen wir jetzt?", fragte Chloé neugierig.

„Am besten sorgen wir erst einmal für die Lebenden, Miss Fenshaw", antwortete Stableford. „Könnten Sie sich mit Ihrer Mutter um Miss Taylor kümmern?"

„Oh, natürlich. Wie dumm von mir. Kommen Sie, Miss Taylor. Dort drüben steht ein Sofa. Da können Sie sich ein wenig hinlegen."

Harriet folgte Chloé und Mrs Fenshaw wortlos. Sie weinte jetzt nicht mehr, aber ihr Blick wirkte unnatürlich starr und leer.

„Mr Stableford", sagte Holmes, „wir sollten uns auch um den Toten kümmern. Meinen Sie nicht, dass man

Crabtree suchen und ihm von dem Unglück berichten müsste?"

„Unglück?" Stableford war von Holmes' Wortwahl überrascht. Konnte es sein, dass sich die anderen noch gar nicht darüber im Klaren waren, was Slocums Tod bedeutete?

Er sah sich im Clubraum um. Mr Fenshaw stand immer noch am Fenster, hatte diesem aber mittlerweile den Rücken zugekehrt und beobachtete jetzt Chloé und seine Frau, die sich fürsorglich um Harriet kümmerten. Fitzpatrick stand vor den Bücherregalen der Clubbibliothek und studierte die Magazinreihen. Seine Körperhaltung verriet höchste Anspannung.

Er ahnt vielleicht, dass sich ein Mörder unter uns befindet, dachte Stableford und erinnerte sich an sein Gespräch mit Holmes beim Frühstück. Das Wochenende hatte ihnen nun also tatsächlich eine Leiche beschert.

„Sie haben vollkommen recht, Dr Holmes", sagte er schließlich. „Ich werde mich sofort auf die Suche nach Mr Crabtree machen."

Er fand ihn in der Küche am anderen Ende der Halle. Crabtree war nicht allein. An einem Tisch am Fenster bereiteten zwei Frauen Sandwiches für die Gäste zu. Crabtree stellte sie als Mary und Elizabeth Tavy vor. Elizabeth war nicht älter als achtzehn Jahre und als Zimmermädchen angestellt. Mary Tavy, ihre Mutter, war die Köchin des Peters Inn.

Stableford bat Crabtree in die Halle und berichtete ihm von dem Vorfall auf dem Golfplatz. „Um die Damen nicht unnötig zu ängstigen, sollten wir den Toten vielleicht außerhalb des Hauses unterbringen. Sehen Sie da eine Möglichkeit?"

„Nun, es gibt den alten Gärtnerschuppen", sagte Crabtree nachdenklich. „In der Mitte steht ein großer Pflanztisch, da könnte man ihn drauflegen."

„Sehr gut, Mr Crabtree. Wenn Sie den Transport der Leiche übernehmen könnten, wäre ich Ihnen sehr dankbar."

„Im Schuppen steht eine alte Schubkarre. Damit wird es wohl gehen", sagte Crabtree mehr zu sich selbst.

„Bitte geben Sie mir Bescheid, wenn Sie das erledigt haben. Wo befindet sich denn dieser Schuppen? Dr Holmes sollte sich den Toten dann einmal genauer ansehen."

„Gleich neben dem Verschlag für den Stromgenerator. Gehen Sie in Richtung des Grüns der ersten Bahn und folgen Sie dann dem Summen des Dieselmotors. Sie können ihn nicht verfehlen."

Stableford nickte. „Verstehe. Ach, und würden Sie sich dann auch noch um unsere Golftaschen kümmern? Sie liegen verstreut auf der zweiten und dritten Bahn."

„Selbstverständlich", erwiderte Crabtree düster und blickte durch das Fenster in das Unwetter hinaus.

Stableford begab sich zurück in den Clubraum. Dort gesellte er sich zu Holmes und Fenshaw, die gerade über die notwendigen nächsten Schritte diskutierten.

„Wir müssen sofort die Polizei benachrichtigen", drängte Fenshaw. „Diese unerfreuliche Angelegenheit duldet keinen Aufschub. Auf dem Tresen in der Halle steht ein Telefon. Lassen Sie uns das gleich erledigen!"

Die drei Männer gingen in die Halle hinaus. Fenshaw hob den Hörer ab und wählte die 0 für die Vermittlung. Dann wartete er kurz, um gleich darauf mehrmals ungeduldig auf die Gabel zu drücken. Dieser Vorgang wiederholte sich drei Mal. Währenddessen war Fenshaws Gesicht aschfahl geworden.

„Die Leitung ist tot", sagte er fast tonlos.

„Noch ein Toter", bemerkte Holmes resigniert.

„Dr Holmes!", explodierte Fenshaw. „Ich habe Ihnen schon einmal gesagt, dass jetzt nicht die Zeit für ironische Bemerkungen ist. Auf dem Golfplatz liegt ein toter Mann und wir haben die Pflicht, ernsthaft und besonnen zu handeln. Ich weiß nicht, ob es Ihnen klar ist, aber es spricht einiges dafür, dass Mr Slocum ermordet wurde!"

„Es spricht alles dafür, Mr Fenshaw", entgegnete Holmes ruhig. „Und es spricht ebenfalls alles dafür, dass einer von uns der Mörder ist. Ich habe da draußen zumindest niemanden außer uns gesehen und wir näherten uns der Lichtung von zwei Seiten. Wenn sich in der Hecke niemand versteckt hatte – was ich für äußerst unwahrscheinlich halte –, bleiben nur wir sieben als potenzielle Täter übrig."

„Das ist eine ungeheuerliche Bemerkung, Dr Holmes!"

„Ungeheuer ist viel. Doch nichts ungeheurer als der Mensch", sagte Stableford leise, ließ die beiden verdutzten Herren am Telefon stehen und ging zurück in den Clubraum.

Dort hatten Chloé und Mrs Fenshaw offenbar gute Arbeit geleistet, denn als er eintrat, blickte Harriet auf und nickte ihm fast unmerklich freundlich zu. Sie saß zwischen den beiden Frauen auf dem Sofa und wirkte gefasster. Chloé erzählte gerade begeistert von ihrem Golfkostüm.

„Ich habe es mir extra für dieses Wochenende schneidern lassen. Sieh nur, Harriet! – Ich darf doch Harriet sagen? Eine schmale Taillen- und Rückenpartie und doch", sie drehte Harriet ihren Rücken zu und streckte die Arme in die Luft, „unsichtbare Golffalten an den Schultern!"

„Wirklich schön", sagte Harriet bemüht.

„Chloé ist besser als jedes Beruhigungsmittel", flüsterte Holmes, der neben Stableford getreten war.

Als Crabtree hereinkam, war Chloé gerade bei ihrer Garderobenplanung für die kommende Frühjahrssaison angelangt.

„Ich habe Mr Slocums Leiche in den Gärtnerschuppen gebracht", sagte Crabtree zu Stableford. „Die Golftaschen stehen in dem kleinen Raum unter der Treppe in der Halle."

„Ausgezeichnet, Mr Crabtree. Wir haben übrigens festgestellt, dass die Telefonleitung unterbrochen ist. Wohl eine Folge des Unwetters. Haben Sie einen Wagen, mit dem wir zur nächsten Polizeistation fahren können?"

„Bei diesem Wetter?", fragte Crabtree skeptisch.

„Ja, bei diesem Wetter."

„Nun, ich habe einen alten Morris, eine Bullnose, aber ob die Sie bis nach St. Just bringt, möchte ich bezweifeln. Die Straße ist erst ab der Petersbridge befestigt. Der Weg bis dorthin wird schon völlig aufgeweicht sein."

„Wir müssen es dennoch versuchen, Mr Crabtree", mischte sich Holmes ein. „Diese – wie Mr Fenshaw hier sagen würde – unerfreuliche Angelegenheit erlaubt keinen Aufschub. Vielleicht könnten Sie sich um einen vorgezogenen Lunch kümmern? Ich würde in der Zwischenzeit nach St. Just aufbrechen. Möchte mich einer der Herren begleiten?"

„Ja, ich!", bot sich Fitzpatrick spontan an und schob hastig ein altes Magazin zurück in das Bücherregal.

Fenshaw lächelte ihn abschätzig an. „Ihre Nerven scheinen nicht die stärksten zu sein, junger Mann. Die Ablenkung wird Ihnen sicherlich guttun."

„In Ordnung", sagte Holmes. „Kommen Sie, Mr Fitzpatrick! Wir sollten sofort aufbrechen."

KAPITEL II
Verdächtigungen

Crabtrees Wagen, ein sichtlich betagter Morris Cowley, stand etwa dreißig Yards vom Portal des Hauses entfernt am Rande der Auffahrt. Stableford begleitete die beiden Männer bis zur Tür und blickte ihnen nach. Der Regen war inzwischen noch stärker geworden.

Als der Wagen außer Sicht war, schlenderte er, die Hände in den Hosentaschen, in den Clubraum zurück, wo Miss Tavy gerade Tee und Sandwiches servierte. Der Lunch wurde größtenteils schweigend eingenommen, danach brachte Chloé Harriet auf ihr Zimmer. Kurze Zeit später kam sie zurück.

„Harriet schläft jetzt. Ich habe ihr eine von deinen Tabletten gegeben, Mama."

„Chloé, bitte!", flüsterte Mrs Fenshaw verlegen.

„Ein bisschen Ruhe würde euch beiden sicher auch guttun", sagte ihr Mann in einem Ton, der kaum Widerspruch zuließ.

Mrs Fenshaw verstand den Wink und erhob sich. „Lass uns nach oben gehen, Chloé. Mir ist nicht wohl." Dann nickte sie den beiden Männern zu. „Arthur, Mr Stableford."

Als die Damen das Zimmer verlassen hatten, zündete sich Fenshaw eine Zigarre an und eröffnete das Gespräch. „Nun, Mr Stableford, was halten Sie von diesem – wie soll ich sagen – Vorfall?"

„Ich weiß nicht mehr als Sie, Mr Fenshaw."

„Gewiss, aber haben Sie denn keinen Verdacht, keine Vermutung? Haben Sie keine Beobachtungen gemacht, die in irgendeine Richtung weisen?"

„Nicht in die Richtung eines Täters, wenn Sie das meinen", sagte Stableford und entzündete seine Pfeife. „Sicher ist wohl nur, dass die Tatwaffe neben dem Toten lag, als Miss Taylor ihn entdeckte."

„Aber das Sandeisen lag nicht neben dem Toten. Miss Taylor hielt es in ihren Händen, als wir sie auf der Lichtung fanden."

„Wollen Sie damit andeuten, dass Miss Taylor Mr Slocum erschlagen hat?"

„Ich will gar nichts andeuten, Mr Stableford. Obwohl ich zugeben muss, dass ich die offene Zurschaustellung der wilden Ehe von Mr Slocum und Miss Taylor als Skandal empfunden habe. Aber das tut hier wohl nichts zur Sache, nicht wahr? Ich meine eigentlich Folgendes: Wenn Dr Holmes recht hat und als Täter nur einer von uns – Crabtree eingeschlossen – in Frage kommt, sollten wir offen sprechen. Ich bin ein einfacher Mann, Mr Stableford, und schätze das Handeln mehr als das Diskutieren darüber. So habe ich es im Krieg gehalten und so halte ich es beruflich."

Stableford nickte schweigend.

„Ich erzähle Ihnen mal etwas über uns", fuhr Fenshaw fort. „Helen, meine Frau, kommt aus einer reichen Familie. Mit ihrem Geld als Startkapital habe ich es zu etwas gebracht. Durch Handeln. 1918 habe ich praktisch bei null angefangen. Heute gibt es Fenshaws Miederwaren fast in jeder englischen Kleinstadt zu kaufen. Im nächsten Jahr planen wir sogar den Angriff auf den Kontinent."

„Den Angriff?"

„Die Expansion, wenn Ihnen dieser Begriff lieber ist. Gehören Sie etwa auch zu diesen – Pazifisten? Ich habe bei den North Staffordshires gekämpft. Und Sie?"

Stableford versuchte die literarischen Kenntnisse seines Gegenübers einzuschätzen und kam zu dem Schluss, dass sie eher rudimentär sein mussten. „Ich diente im Barsetshire Regiment", sagte er schließlich. „Aber mir ist nicht ganz klar, worauf Sie hinauswollen?"

„Entschuldigen Sie, ich bin vom Thema abgekommen. Ich will nicht lange um den heißen Brei herumreden. Ich habe Angst, Mr Stableford, Angst um meine Frau und meine Tochter. Die Situation ist doch sehr unübersichtlich und ich dachte, dass wir zwei vielleicht ein wenig Licht ins Dunkel bringen könnten."

„Ich verstehe, Mr Fenshaw, aber wir sollten vorschnelle Verdächtigungen dennoch vermeiden. Ich für meinen Teil glaube nicht, dass Miss Taylor Mr Slocum erschlagen hat. Dass eine Frau mit derartiger Wucht zuschlagen kann, erscheint mir äußerst unwahrscheinlich."

„Sie haben sie doch abschlagen sehen, nicht wahr? Ihr Schwung ist nicht von schlechten Eltern. Geradezu maskulin, wenn Sie mich verstehen."

„Ja sicher, aber es gibt einen großen Unterschied zwischen einem Schwung und einem Schlag. Ein perfekter Schwung setzt auch bei wenig Krafteinsatz gewaltige Energien frei. Ein Schlag braucht dagegen viel Kraft, um den Schaden anzurichten, den wir an Mr Slocums Schädel gesehen haben. Ich glaube, dass Miss Taylor einfach zuerst am Tatort war und unbedacht, vielleicht schon unter Schock, nach dem Schläger gegriffen hat."

„Nun, wie Sie meinen. Was halten Sie denn von den anderen Gästen?"

„Mr Fenshaw, bitte."

„Ich will wirklich offen sein, Mr Stableford. Ich habe Dr Holmes' Detektivroman-Anspielungen von heute Morgen nicht vergessen. Zwar bin ich kein Kenner des Genres, habe aber einige Bücher dieser Art und viele Geschichten, die im Strand Magazine veröffentlicht wurden, als Zuglektüre auf meinen Geschäftsreisen gelesen. Die Szenerie hier ist wirklich nicht untypisch, und wenn ich mich nicht täusche, werden die Fälle meistens durch Beobachtungen gelöst, nicht wahr? Vielleicht können wir unsere Beobachtungen und Vermutungen austauschen und erkennen so, wer den Mord begangen haben könnte und wen man von vornherein von der Tat freisprechen kann. Wenn Sie so wollen, biete ich mich Ihnen als Dr Watson an."

„Da sind Sie heute schon der Zweite", bemerkte Stableford trocken. „Aber bitte, fangen Sie an."

„Nun gut. Sie kommen als Täter wohl nicht in Betracht, da Sie auf der anderen Seite des Fairways waren, als der Mord geschah. Wenn Sie recht haben und der Mörder ein Mann ist, bleiben noch Dr Holmes, Mr Fitzpatrick und ich selbst übrig. Für den Moment müssen Sie mir einfach glauben, dass ich Mr Slocum nicht ermordet habe. Für Dr Holmes als Krüppel – wenn Sie mir diesen drastischen Ausdruck erlauben – ist nach meiner Meinung das Risiko zu groß gewesen. Er wäre einfach nicht schnell genug, um jemanden zu erschlagen und dann zügig Deckung zu suchen, nur um kurze Zeit später wieder am Tatort aufzutauchen. Bleibt also Mr Fitzpatrick, der sich wirklich merkwürdig benimmt, finden Sie nicht?"

„Mr Fitzpatricks Verhalten ist auffällig", räumte Stableford vorsichtig ein. „Aber ein auffälliges Verhalten allein reicht für eine so folgenschwere Verdächtigung wohl nicht aus. Vielleicht hat er einfach nicht die besten Nerven."

„Wohl nicht", stimmte Fenshaw missmutig zu.

Die Männer schwiegen und rauchten. Fenshaws Verdächtigungen hatten Stableford nachdenklich gemacht. Fitzpatricks Verhalten war ohne Frage auffällig und er musste zugeben, dass das einfache Ausschlussverfahren des Miederwarenproduzenten seinen Reiz hatte.

Da er mit seinen Gedanken allein sein wollte, stand er auf und ging zu den Bücherregalen hinüber. Wahllos zog er einzelne Zeitschriften heraus, die er geistesabwesend durchblätterte. Es waren vorrangig alte Nummern des Punch und des Strand Magazine. Keine der Zeitschriften hier war nach 1926 erschienen. Die Ausgaben bis dahin waren aber fast vollständig vorhanden und sauber nach Jahren sortiert. Neben Punch und Strand gab es verschiedene Jahrgänge des Pearson's und Cassell's Magazine und die auf dem Lande beinahe unvermeidlichen Ausgaben von Country Life und The Field. Im untersten Regal fiel ihm eine weitere Reihe von Magazinen auf, deren Rücken orangegelb waren. Als er sich bückte, um nach einer Ausgabe dieser Hefte zu greifen, musste er schlagartig an Fitzpatrick denken, der genau an dieser Stelle und in dieser Haltung gestanden hatte, bevor er sich Holmes als Beifahrer angeboten hatte.

Stableford nahm ein Heft und betrachtete den Einband. Es war eine Ausgabe des amerikanischen National Geographic Magazine aus dem Jahre 1918. Fast ein wenig enttäuscht stellte er das Heft zurück ins Regal.

Eine erstaunliche Magazinreihe für einen Provinz-Golfclub, aber sicher keine überraschende Lektüre für einen Reiseschriftsteller, dachte er und schlug Fenshaw eine Partie Cribbage vor.

KAPITEL 12
Petershead Island

Es war gegen vier Uhr nachmittags, als Holmes und Fitzpatrick wieder im Clubraum des Peters Inn standen. Sie waren völlig durchnässt und schlammverschmiert und wirkten erschöpft. Nachdem sie sich an der Bar bedient hatten, berichtete Holmes Fenshaw und Stableford von ihrem Abenteuer.

„Da draußen tobt ein gewaltiges Unwetter, meine Herren, und es regnet so stark, dass man nicht mehr als zehn, vielleicht fünfzehn Yards weit sehen kann. Wir haben eine gute Stunde bis zur Brücke gebraucht, nachdem wir drei Mal von der Straße gerutscht waren. Fährt sich wie auf Seife, kann ich Ihnen sagen." Er nahm einen großen Schluck, schenkte sich nach und fuhr fort: „Also, wir hatten die Brücke erreicht, aber eigentlich auch nicht, denn ich weiß nicht, ob man eine Brücke noch so bezeichnen kann, wenn sie ihre Funktion verloren hat."

„Dr Holmes", unterbrach ihn Fenshaw gereizt. „Haben Sie die Polizei verständigen können oder nicht?"

„Gleich, Mr Fenshaw, gleich. Wo war ich stehen geblieben?"

„Bei der semiotischen Frage nach der Definition des Begriffs ‚Brücke', Dr Holmes", bemerkte Stableford amüsiert und entzündete seine Pfeife.

„Oh ja, richtig. Also: Die Petersbridge – das ist, wie Mr Fitzpatrick mir sagte, der Name der Brücke – gibt es in ihrer alten Form und Funktion nicht mehr. Sie ist dem Unwetter zum Opfer gefallen und wahrscheinlich von der Strömung des Flusses weggerissen worden. Mr

Fitzpatrick hat uns übrigens das Leben gerettet, denn ich habe so gebannt auf die Straße geschaut, dass ich wohl direkt in die Schlucht gefahren wäre, hätte er nicht den Überblick behalten und mich rechtzeitig gewarnt. Wir haben dann etwa eine halbe Stunde lang das Ufer nach einer Stelle abgesucht, an der man den Fluss zu Fuß durchqueren könnte. Allerdings vergebens. Bei den Wassermassen, der Strömung und dem Treibgut, das dort unterwegs ist, bleibt das andere Ufer für uns momentan unerreichbar. Also sind wir umgekehrt und immerhin bis kurz hinter Peters Peter gekommen. Dort bohrte sich Crabtrees Bullnose vollends in den Schlamm. Den Rest des Weges haben wir, wie Sie sehen können, zu Fuß zurückgelegt."

„Dann sind wir jetzt also auch physisch von der Außenwelt abgeschnitten", stellte Stableford nüchtern fest.

„Aber es muss doch noch eine zweite Brücke existieren", rief Fenshaw, der im Laufe von Holmes' abenteuerlichen Schilderungen immer unruhiger geworden war.

„Wenn ich unseren Fahrer von gestern Nacht richtig verstanden habe, gab es nur diese eine", sagte Stableford. „Willkommen auf Petershead Island, meine Herren!"

„Und was machen wir jetzt?", fragte Fitzpatrick, der sich während Holmes' Ausführungen müde in einen Sessel am Kamin fallen gelassen hatte.

„Wir warten ab und versuchen die Nerven zu bewahren", antwortete Stableford ruhig.

„Aber wir können doch hier nicht einfach tatenlos herumsitzen, bis sich das Wetter bessert!", rief Fenshaw. „Sollten wir nicht mit eigenen Ermittlungen beginnen?"

„Es gibt zu wenig Anhaltspunkte", versuchte ihn Stableford zu beschwichtigen.

„Wirklich?", fragte Holmes überrascht. „Ist die Situation nicht eher zu eindeutig, als dass mit Ermittlungen begonnen werden müsste? Verstehen Sie mich nicht falsch, ich bin Miss Taylor durchaus zugetan. Aber spricht nicht alles dafür, dass sie sich ihres grobschlächtigen Begleiters in der Hecke auf eine recht rabiate Art und Weise entledigt hat?"

„Weil er ihr beim Frühstück abgesprochen hatte, aus Zucker zu sein?", fragte Stableford bissig.

„Nein, Mr Stableford. Ich rede hier gar nicht von einem Motiv. Ich denke nur an die Fakten. Wir haben sie neben dem Toten kniend auf der Lichtung gefunden und sie hielt das blutige Sandeisen in ihren Händen. Sind das nicht klare Indizien, die Miss Taylor zumindest zu unserer Hauptverdächtigen machen? Übrigens muss ich Ihnen sagen, dass Ihr Tabak zum Himmel stinkt. Der Geruch erinnert mich an die brennenden Ruinen auf den Schlachtfeldern Flanderns."

„Das tut mir leid", sagte Stableford, vom plötzlichen Themenwechsel irritiert. Holmes schien seine eigenen zaghaften Ermittlungsversuche selbst nicht allzu ernst zu nehmen. „Er nennt sich Balkan Pride und kostet immerhin sechzehn Schillinge das Pfund."

„Mein Gott!", mischte sich Fenshaw mit vor Wut zitternder Stimme ein. „Vielleicht könnten wir das Problem des Pfeifentabaks für einen Moment zurückstellen und uns wieder unserer ursprünglichen Frage zuwenden? Was machen wir jetzt, meine Herren?"

„Vielleicht sollten wir einfach bis zum Dinner auf unseren Zimmern bleiben", schlug Holmes vor. „Crabtree hat es übrigens für acht Uhr angesetzt. Dann kann Mr Stableford unser Problem nach Sherlock-Holmes-Manier während des Genusses dreier Pfeifen lösen, ohne dass ich ständig an brennende Bauernhöfe denken muss." Er grinste.

„Eine gute Idee", stimmte ihm Stableford zu. „Nach Pascal rührt das ganze Unglück der Menschen daher, dass sie nicht ruhig in einem Zimmer zu bleiben vermögen. Solange wir uns alle an Dr Holmes' Vorschlag halten und die Türen fest verschließen, sollten wir bis zum Dinner vor weiteren Unglücksfällen sicher sein."

„Weiteren Unglücksfällen?", fragte Fenshaw überrascht. „Wie meinen Sie das, Mr Stableford?"

Stableford ging zum Kamin hinüber und klopfte seine Pfeife aus. „Nun, im Gegensatz zu Ihnen bin ich mir ganz und gar nicht sicher, wer Mr Slocums Tod zu verantworten hat. Und in dieser Situation sollten wir vor allem eines tun, nämlich Vorsicht walten lassen."

„Sie denken an einen Wahnsinnigen in unseren Reihen, der sich mit einem Opfer nicht zufriedengeben wird?", fragte Holmes fasziniert.

„Ich will Ihnen eigentlich nur eines mit auf den Weg geben: Der Hauptverdächtige ist am Ende nie der Täter. Ich gebe zu, dass es sich dabei um ein ungeschriebenes Gesetz des Detektivromans handelt, aber ich möchte Sie inständig darum bitten, mit Ihren wilden Spekulationen zurückhaltender zu sein. Mr Slocum mag uns nicht gerade mit seinem Charme betört haben, aber er war Miss Taylors Lebensgefährte. Wir sollten sie in dieser Situation nicht noch zusätzlich durch haltlose Verdächtigungen belasten. Und da ich nicht weiß, aus welchem Grund er erschlagen wurde, halte ich eine gewisse Vorsicht für angebracht." Er sah auf seine Uhr. „Es ist jetzt fast fünf Uhr. Ich schlage vor, dass wir hinaufgehen und uns gegen acht Uhr wieder hier einfinden."

Also begaben sich die vier Männer auf ihre Zimmer. Stableford blieb vor seiner Tür stehen und wartete, bis Fitzpatrick an ihm vorbeigegangen war und die seine hinter sich geschlossen hatte. Vom anderen Ende des Flurs hörte er, wie Schlüssel in den Schlössern gedreht wurden. Nur Fitzpatrick hatte auf diese Vorsichtsmaßnahme verzichtet.

KAPITEL I3
Überlegungen

Stableford saß im Sessel am Fenster seines Zimmers und blickte in das Unwetter hinaus. Der Regen trommelte gegen die Scheiben und die Wolken hingen tief über den Fairways des Petershead Golf Club. An deren Rändern hatten sich mittlerweile kleine Rinnsale gebildet, die der Steilküste entgegenflossen.

Auf dem Fensterbrett stand ein Glas mit Magnesiummilch. Stableford hatte seinen empfindlichen Magen aus dem Krieg mitgebracht. Doch das Glas blieb für den Moment unangerührt, denn seine Gedanken drehten sich im Kreis. Als Professor lebte er in Theorien, in ihnen war er zu Hause. Hätte er die Erlebnisse dieses Tages in einem Detektivroman gelesen, dann hätten sich seine Gedanken vielleicht zu einer Theorie geformt. Seinen Literaturstudenten hatte er immer wieder die Lektüre von Detektivromanen empfohlen. Sie halten einem die elementare Wichtigkeit eines durchdachten Handlungsmusters vor Augen, pflegte er ihnen zu predigen. Der Autor gleicht Daedalus, der das Labyrinth erbaut, in das er seine Figuren schickt. Er allein kennt den Weg, auf dem sie es verlassen können, wenn er sie denn entkommen lassen möchte.

Doch das hier war anders. Es war nicht theoretisch, sondern real. Und diese Realität machte ihm Angst. Im Gärtnerschuppen lag ein Mann mit eingeschlagenem Schädel. Kein schlechter Anfang für einen Rätselroman. Doch es fehlte das Handlungsmuster, und damit ein sicherer Weg hinaus! Dazu kam, dass er diesen Mann kennengelernt hatte. Er war kein gesichtsloses notwendiges Opfer, aus dessen frühem Tod sich die kalte Frage nach dem „Wer hat's getan" ergab. Er kannte seinen Namen und hatte noch am Morgen gemeinsam mit ihm gefrühstückt. Die anderen Gäste waren keine Protagonisten mit festen Rollen in einem erdachten Plot, sondern Menschen mit Gefühlen und realen Ängsten.

Und er selbst? War er in der Lage, das Erlebte zu ordnen und in einen sinnvollen Zusammenhang zu bringen? Hatte sich hier und jetzt die Chance ergeben, auf die er seit seiner Jugend heimlich gewartet hatte? War er der Detektiv, zu dem ihn Holmes im Scherz und Fenshaw voller Ernst machen wollten? Er kam zu dem Schluss, dass sich diese Frage so gar nicht stellte, denn er hatte sich bereits entschieden: Er war der Detektiv, war es für Harriet, die natürlich die Hauptverdächtige war. Gegenüber Holmes und Fenshaw hatte er es abgestritten, aber ihm war auch klar, dass er dies für Harriet und gegen den gesunden Menschenverstand getan hatte. Sie war, darin waren sich Holmes und Fenshaw ausnahmsweise einmal einig, als Erste auf der Lichtung gewesen. Sie hatte das blutige Sandeisen in ihren Händen gehalten. Und damit war sie für alle anderen die Mörderin von William Slocum.

Aber war Slocum wirklich ermordet worden? Stableford legte die Handflächen wie zum Gebet zusammen, führte die Fingerspitzen zum Kinn und schloss die Augen. Das tat er immer, wenn er ins Grübeln geriet. War die Gewalt vielleicht von Slocum selbst ausgegangen und jemand hatte sich nur erfolgreich verteidigt? War es Notwehr oder auch Totschlag gewesen, der sich aus einem spontanen Streit ergeben hatte? Aber wäre ein Streit überhaupt möglich gewesen, ohne dass die anderen Golfer in der Hecke etwas davon mitbekommen hätten? Und wenn es Mord war, war es dann möglich, dass Fenshaws simple Deduktion tatsächlich zwangsläufig zum Täter – der Täterin? – führte?

In einem Detektivroman sicherlich nicht, aber dies war eben keiner. In einem Detektivroman wäre Slocum mit einem orientalischen Dolch oder einem seltenen Gift mit exotisch klingendem Namen getötet worden und die Art des Mordes hätte früher oder später den Täter verraten. Andererseits fielen Stableford viele Romane ein, in denen die Mordwaffe ein einfacher stumpfer Gegenstand war. Wie ein Sandeisen etwa – aber wessen Sandeisen? Wem gehörte das Sandeisen, mit dem Slocum erschlagen worden war?

Stableford sprang auf. Kurze Zeit später stand er vor der Abstellkammer unterhalb der Treppe, in die Crabtree die Golftaschen gebracht hatte. Als er die Tür öffnete, schlug ihm ein feuchter, modriger Geruch entgegen. Er tastete nach einem Lichtschalter und fand ihn. Nun beleuchtete eine nackte Glühbirne den kleinen Raum, in dem leere Picknickkörbe, von Ratten angenagte Decken, Kisten mit Crocketschlägern und alten Tennisnetzen gelagert wurden, alles wohl schon vor langer Zeit vergessen. An einer Wand lehnten in einer Reihe die völlig durchnässten Golftaschen.

Für einen Moment blickte Stableford sie leicht irritiert an. Irgendetwas störte sein ästhetisches Empfinden, aber noch bevor er darüber weiter nachdenken konnte, war der Eindruck verflogen. Also begann er, Tasche für Tasche die Schläger zu inspizieren. In sieben der Taschen fand er ein Sandeisen. In der achten blieb seine Suche erfolglos. Es war Slocums eigene Tasche. Er erkannte sie an dem neuen Spalding Driving Cleek, über den sich Slocum und Fenshaw noch kurz vor Turnierbeginn auf der Terrasse unterhalten hatten. Nachdenklich stellte er die Tasche zurück und blickte sich noch einmal im Raum um.

Slocum wurde also mit seinem eigenen Sandeisen erschlagen – das spricht zumindest nicht für eine lange im Voraus geplante Tat, dachte er und wischte sich ein paar Spinnweben aus dem Gesicht.

Er war dem Täter nicht wirklich näher gekommen, doch allein das Gefühl, etwas unternommen zu haben, tat ihm gut.

KAPITEL 14
Annäherungen

Um kurz vor sieben stand Stableford vor Harriets Zimmer und klopfte vorsichtig an.

„Ja, bitte?", fragte sie durch die geschlossene Tür.

„Ich bin's, Miss Taylor, John Stableford. Ich wollte Ihnen nur sagen, dass wir um acht Uhr zu Abend essen."

„Ich weiß nicht, ob ..."

„Miss Taylor, Sie müssen etwas essen. Ich werde Sie um kurz vor acht abholen, einverstanden?"

„Mr Stableford?"

„Ja, Miss Taylor?"

„Würden Sie für einen Moment hereinkommen?"

Stableford zögerte kurz, doch dann trat er ein. Harriet saß von zwei Kissen im Rücken gestützt aufrecht im Bett. Auf ihrem Nachttisch lag ein Lederetui, daneben stand eine schmale, kunstvoll gravierte Glasflasche mit Silberverschluss. Die Flasche war fast leer.

„Ich habe Ihr Buch mitgebracht", sagte Stableford etwas verlegen.

„Oh ja, vielen Dank! Würden Sie sich kurz zu mir setzen?"

Stableford blickte nervös im Zimmer umher. Beide Stühle waren von Harriets Garderobe belegt. Er zögerte, ging dann aber auf das Bett zu und setzte sich ans Fußende.

„Mr Stableford, John ...", begann Harriet leicht lallend. „Ich habe eine Schlaftablette genommen, die mir Chloé gegeben hat. Sie hat aber nicht gewirkt. Das heißt, gewirkt hat sie schon, aber nicht so, wie sie sollte, denn ich war ein böses Mädchen und habe Williams Bar-Set geplündert. Und jetzt fühle ich mich irgendwie – komisch. Ganz leicht und beschwipst, aber gleichzeitig träge. Außerdem ist mir schwindelig und ein bisschen übel ist mir auch."

„Soll ich Ihnen einen Kaffee machen lassen, Miss Taylor?"

„Nein, du sollst mir zuhören!", sagte Harriet bestimmt. „Du sollst mir zuhören, jawohl. Ich habe die Blicke der anderen gespürt. Sie glauben, dass ich William umgebracht habe. Ich – ich habe ihn gehasst, aber ich habe ihn nicht umgebracht, hörst du, ich habe ihn nicht umgebracht!"

„Ich weiß, Miss Taylor."

„Du weißt es?"

„Ich weiß es, weil ich Ihnen glaube", sagte Stableford und wunderte sich, wie natürlich ihm dieser mit jeder Logik brechende Schluss über die Lippen gekommen war.

Harriet fing an zu weinen. Er beugte sich zu ihr und strich ihr sanft über das Haar. Es duftete leicht nach Veilchen, und trotz all der schrecklichen Ereignisse war er in diesem Moment ein glücklicher Mann.

„John?"

„Ja, Miss Taylor?"

„Würde es dir schrecklich viel ausmachen, mich Harriet zu nennen?"

„Nein, Miss Taylor, im Gegenteil. Es wäre mir eine Ehre."

„Und warum tust du es dann nicht?"

„Weil Sie betrunken sind und wahrscheinlich unter Drogen stehen."

„Hm", sagte Harriet leise. „Ganz der Ritter in goldener Rüstung. Oh! John?"

„Ja, Miss Taylor?"

„Mir ist schlecht! Ich glaube ..."

Stableford griff nach der Schüssel auf dem Waschtisch – keine Sekunde zu spät. Als es ihr wieder besser ging, lachte und weinte sie zugleich.

„Du musst mich für eine völlig hysterische Gans halten."

„Ich halte Sie für eine betrunkene Gans, Miss Taylor", sagte Stableford nicht unfreundlich.

„Es ist nur ... Ich bin zu jung, um zu sterben!", sagte sie mit zitternder Stimme. „Werden Frauen auch gehenkt?"

„Ich denke schon, aber in der Regel nur schuldige", erwiderte Stableford mit einem Lächeln. „Wenn Sie unschuldig sind, sollten Sie sich darüber keine Gedanken machen. Ich werde alles in meiner Macht Stehende tun, um den Tod von Mr Slocum aufzuklären. Das verspreche ich Ihnen."

„Ich verstehe. Dein Traum ist wahr geworden, nicht wahr? Jetzt kannst du endlich Sherlock Holmes spielen. Was ist das für ein Gefühl?"

„Es macht mir ehrlich gesagt etwas Angst."

„Das ist gut", sagte Harriet leise. „Alles andere wäre unmenschlich, und es geht hier immerhin um meinen Kopf. Hast du schon einen Plan?"

„Ich werde Ihnen jetzt eine große Kanne Kaffee holen und dann müssen Sie mir genau erzählen, wer William Slocum war und was vorhin auf dem Golfplatz passiert ist. Einverstanden?"

Harriet nickte und Stableford verließ ohne ein weiteres Wort das Zimmer. In der Küche traf er auf Mrs Tavy, die das Dinner vorbereitete. Sie machte einen verstörten Eindruck und ihre stark geröteten Augen ließen vermuten, dass auch sie geweint hatte. Stableford bat sie um eine Kanne Kaffee. Während sie ihn zubereitete, begann sie ein Gespräch.

„Ein schreckliches Unglück! Der arme Gentleman! Kannten Sie ihn gut, Mr Stableford?"

„Nein, Mrs Tavy. Heute Morgen habe ich ihn zum ersten Mal gesehen. Arbeiten Sie schon lange hier?"

Die Frau war von der Frage überrascht. „Oh nein, Gott bewahre! Eine unheimliche Gegend – Petershead, meine ich. Ich lebe eigentlich mit meiner Tochter in St. Ives. Dort haben wir eine kleine Pension, das Bluebell's House. Nichts Besonderes, aber nach dem Tod meines Mannes – Gott hab ihn selig! – können wir leidlich davon leben."

„Und wie kommt es, dass Sie nun hier sind?", fragte Stableford.

„Vor drei Monaten bekamen wir diesen Brief von einer Londoner Bank mit der Anfrage, ob wir für eine Woche als Köchin und Zimmermädchen im Petershead Golf Club arbeiten könnten. Unser Nachbar, Mr Surtees, hielt das Ganze für einen schlechten Scherz, weil der Golfclub doch vor zwei Jahren wegen mangelnder Mitgliederzahlen geschlossen werden musste. Mr Surtees war hier übrigens bis zum Ende als Clubsekretär angestellt gewesen. Doch die angebotene Summe war für uns einfach zu verlockend. Wir sagten also zu und wenige Tage später wurde tatsächlich eine stattliche Anzahlung überwiesen."

„Und als Sie hier eintrafen?"

„... lernten wir Mr Crabtree kennen. Er war früher der Greenkeeper in diesem Club und kommt hier aus der Gegend, aus Morvah glaube ich. Er hatte einen ähnlichen Brief erhalten, nur dass er schon eine Woche vorher hier einbestellt worden war, um den Platz für das Turnier vorzubereiten. Ist übrigens eine merkwürdige Geschichte: Er hat die Schlüssel mit den Instruktionen per Post erhalten. Moderne Zeiten, sage ich immer, Mr Stableford."

Der nickte nachdenklich.

„Wir haben unsere Arbeitgeber bisher tatsächlich nicht zu Gesicht bekommen", fuhr Mrs Tavy fort. „Während sich also Mr Crabtree um den Platz kümmerte, richteten Elizabeth und ich den Clubraum und die sechs Zimmer im ersten Stock für dieses Wochenende her. Zugegeben, Mr Crabtree ist sehr verschlossen und wirkt ein wenig ungehobelt, aber was er in den letzten zwei Wochen aus dem Platz gemacht hat, ist wirklich beeindruckend, finden Sie nicht?"

„Sicher", sagte Stableford. „Wenn ich Sie richtig verstehe, ist Ihre Anstellung also nach diesem Wochenende beendet?"

„Ja, und keinen Tag zu früh, wenn Sie mich fragen. Dieser Ort ist verhext, Mr Stableford. Und jetzt auch noch das Unglück mit dem armen Gentleman – fürchterlich! Es liegt am Haus, wissen Sie? Früher lebten hier die Talbots, eine Familie, die ihren Stammbaum bis zu König Artus' Zeiten zurückverfolgen konnte, hab ich gehört. Aber Grimpen Manor hat Unglück über sie gebracht. Dann zogen sie weg. Der alte Talbot soll allerdings ..."

„... noch heute in dieser Gegend herumspuken", beendete Stableford ihren Satz. „Ich habe davon gehört, Mrs Tavy. Vielen Dank für den Kaffee!" Er nahm das Tablett und verließ die Küche.

Als er diesmal an Harriets Tür klopfte, erhielt er keine Antwort. Besorgt stellte er das Tablett auf den Boden und trat ein. Harriet lag reglos im Bett, doch ihre tiefen Atemzüge beruhigten ihn sofort wieder. Sie schlief. Vorsichtig deckte er sie zu, hob vor der Tür das Tablett auf und ging zurück in sein Zimmer. Dort setzte er sich in den Sessel am Fenster. Er rauchte seine Pfeife und trank den Kaffee, der eigentlich für Harriet bestimmt war. Das Gewitter hatte sich zwischenzeitlich gelegt, aber es regnete immer noch stark.

Während er aus dem Fenster blickte, versuchte er dem Lauf der Golfbahnen zu folgen. Es war zwanzig vor acht und er langweilte sich. Aus der Innentasche seines Sakkos zog er schließlich ein kleines Notizbuch und einen Bleistift hervor und fing eher lustlos damit an, den Golfplatz von Petershead aus der Vogelperspektive zu skizzieren. Zuerst nahm er sich die Küstenlinie vor, dann das Clubhaus und die Straße nach Peters Peter. Für eine Zeit verlor er sich im Zeichnen der flachen Steinmauern, die den Golfplatz an einigen Stellen durchzogen.

Nachdem er die ersten drei Bahnen und die breite Hecke samt Lichtung zwischen dem zweiten und dritten Fairway fertiggestellt hatte, begann er, die Flugbahnen der Bälle seiner Mitspieler zu skizzieren. Plötzlich verspürte er eine innere Unruhe. Irgendetwas an der Skizze fesselte seine Aufmerksamkeit, doch er konnte nicht genau sagen, was es war. Als er sich eine zweite Tasse Kaffee eingießen wollte, fiel das Büchlein zu Boden. Er bückte sich, um es aufzuheben, und sah, dass es verkehrt herum lag.

Das ist es!, dachte er überrascht und zog die zuletzt gezeichneten Linien nach. Er hatte ein Muster erkannt, für das es keinen vernünftigen Grund gab. War es durch puren Zufall entstanden, oder war er durch seine eigene Ungeschicklichkeit auf einen ersten Hinweis gestoßen?

Als er wenig später auf die Uhr blickte, war es fünf vor acht – zu spät, um sich für das Dinner umzuziehen. Er erhob sich, trat auf den Gang hinaus und klopfte an Harriets Zimmertür.

KAPITEL 15
Verwirrung beim Dinner

Harriet hatte das erste Klopfen ignoriert. Sie stand gebückt vor einem kleinen Klapptischchen, auf dem Williams geöffneter Koffer lag. Immer wieder blickte sie zum Kamin hinüber, während sie die Kleidungsstücke, die auf dem Bett verteilt lagen, hastig zurück in den Koffer stopfte. Plötzlich öffnete sich die Tür und John trat herein. Wie ertappt fuhr Harriet herum.

„Oh!", sagte er sichtlich überrascht und ein wenig verlegen. „Ich hatte angeklopft, aber dann vermutet, dass Sie vielleicht immer noch schlafen würden. Bitte entschuldigen Sie mein Benehmen. Sind Sie bereit, mich zum Dinner zu begleiten?"

„In einer Sekunde", antwortete Harriet mit gespielter Leichtigkeit. „Ich habe nur etwas gesucht."

„Und gefunden?", fragte er und blickte zum Kamin hinüber.

„Ja", sagte sie und nahm ihre Strickjacke vom Bett.

Hatte er die letzten Reste des verbrannten Papiers im Feuer entdeckt? Sie wagte nicht hinüberzusehen.

„Lassen Sie uns hinuntergehen. Es ist schon nach acht Uhr."

„Ganz wie Sie meinen, Miss Taylor", erwiderte er etwas steif und reichte ihr seinen Arm. Am Treppenabsatz blieb er unvermittelt stehen. „Bitte sagen Sie doch weiterhin ‚John' zu mir. Und wenn Sie erlauben, würde ich gerne auf Ihr Angebot von vorhin zurückkommen und Sie ‚Harriet' nennen."

„Sicher", antwortete sie und versuchte zu lächeln. Sie

mochte ihn wirklich, aber genau darin lag das Problem. Je offener und ehrlicher sie zu ihm sein würde, desto wahrscheinlicher würde er sich von ihr abwenden. Aber war jetzt wirklich die Zeit für das Abwägen romantischer Wahrscheinlichkeiten? Ging es im Moment nicht vielmehr darum, ihren Hals zu retten? John glaubte an ihre Unschuld. Vielleicht war er der Einzige, der das tat. Und das war wertvoll. Er war der Strohhalm, nach dem sie jetzt greifen musste. Er konnte ihr nützlich sein!

Schweigend gingen sie die Treppe hinunter. Sie waren die Letzten im Clubraum und wurden von den anderen freundlich, wenn auch etwas zurückhaltend begrüßt. Holmes, der als Einziger in Abendgarderobe erschienen war, ging mit einer Karaffe herum und schenkte Sherry nach, als Crabtree eintrat und die Gäste zu Tisch bat. Als Auftakt wurde eine mit frischen Äpfeln raffiniert verfeinerte Mulligatawny-Suppe gereicht. Auf diese folgte eine etwas versalzene Fisch-Pastete namens Stargazy Pie, die Crabtree, der beim Servieren half, den Gästen als kornische Spezialität anpries. Zum Abschluss gab es einen Reispudding mit Himbeerkompott.

Trotz dieser Köstlichkeiten blieb das Dinner eine eher traurige Angelegenheit, was einzig an den Gästen lag, die die überwiegende Zeit ihren Gedanken nachhingen. Gesprochen wurde folglich wenig, und so versuchte sich Harriet damit abzulenken, die Anwesenden etwas genauer zu studieren. John saß neben ihr und schwieg. Er hatte sein Essen kaum angerührt und wirkte irgendwie abwesend. Fenshaw und Fitzpatrick musterten sich gegenseitig. Sie machten einen überaus nervösen Eindruck, während Holmes und Chloé eher entspannt und gelöst wirkten. Eine große Veränderung aber war an Mrs Fenshaw zu beobachten. Gelassen, ja fast heiter, strahlte sie in ihrem schwarzen Kleid, an dem eine goldene Brosche prangte, eine kühle Eleganz aus.

Erst als Crabtree den Portwein serviert hatte und der zuvor reichlich genossene Weiße Burgunder zu wirken begann, entwickelte sich am Tisch ein Gespräch, dem nach und nach alle Gäste ihre Aufmerksamkeit schenkten. Ausgangspunkt war Mrs Fenshaws überschwängliche Schwärmerei für Ravels Boléro, auf die Holmes mit der Bemerkung reagierte, dass dieses Stück die Musik wieder zu ihren Wurzeln zurückführen würde. Auf Chloés Frage, was er damit meine, wurde er lebendig.

„Nun, ich glaube, dass der Boléro die seit Jahrhunderten gefeierte Nähe der Musik zur Mathematik rückwärts transzendiert, wenn Sie mir diesen Ausdruck erlauben. Ravel zeigt uns, woraus die Musik, wie wir sie kennen, ursprünglich entstanden ist."

„Sie meinen Rhythmus und Takt?", fragte Mrs Fenshaw fasziniert.

„Ich meine Erotik, Mrs Fenshaw, und den biologischen Aktus als solchen. Die nackte Rhythmik, die in ihrem Höhepunkt das Leben zeugt, das Werden und Vergehen, den Kreislauf des Lebens schlechthin. Die kultische Musik hat das Leben gefeiert, in diesem Sinne ist Ravels Boléro archaisch und tatsächlich barbarisch schön!"

„Sie beziehen sich auf Nietzsches dionysisches Prinzip?", fragte John, wie aus einer Trance erwachend.

Holmes schien nun ganz in seinem Element zu sein. „Nennen Sie es dionysisch, Mr Stableford, ich nenne es das Unbewusste, das Unterbewusste, das, was uns im Innersten bewegt und unsere Handlungen wirklich bestimmt."

„Nun, ich glaube, Sie unterschätzen die Vernunft,

Dr Holmes", mischte sich Fenshaw ein. „Den Verstand, das Bewusstsein, das, was uns zur Krone der Schöpfung macht."

Holmes lächelte müde. „Mr Fenshaw, was, meinen Sie, war für den Mord heute Morgen ausschlaggebend: ein unterbewusster, animalischer Trieb oder der ihre Vernunft-Krone tragende menschliche Verstand?"

„Vielleicht beides?", schlug John vor. „Triebe und Gefühle mögen den Mörder zur Tat gedrängt haben, aber zu ihrer Ausführung brauchte er seinen Verstand. Ob geplant oder nicht: Der Mord an Mr Slocum beruht auf Urteilsvermögen, also auf dem Verstand."

„Hört, hört!", rief Holmes beeindruckt. „Sie scheinen ja schon eine Theorie entwickelt zu haben. Dann schießen Sie mal los!"

„Keine Theorie, Dr Holmes, nur Beobachtungen, die sich momentan aber noch jeder Schlussfolgerung verweigern. Leider kann ich Ihnen nicht mit spektakulären Entdeckungen dienen. Allerdings scheint festzustehen, dass Mr Slocum mit seinem eigenen Sandeisen erschlagen wurde."

Gebannt lauschte Harriet seinem Bericht vom Besuch in der Abstellkammer unter der Treppe.

Kurz danach trat erneut Crabtree ein. „Kann ich noch etwas für Sie tun?"

„Ja", antwortete Holmes etwas zu laut. „Sie können uns sagen, wo sich das Sandeisen befindet, das neben Mr Slocums Leiche lag."

„Neben dem toten Gentleman lag kein Sandeisen, da bin ich mir ziemlich sicher. Das Einzige, was in der Nähe lag, war eine Golftasche, die jetzt unter der Treppe steht. Allerdings ..."

Chloé unterbrach ihn: „Sie hatten den Schläger zuletzt in den Händen, Mr Stableford!", rief sie aufgeregt. „Sie müssen doch wissen, wo er sich jetzt befindet!"

Sechs Augenpaare richteten sich nahezu gleichzeitig auf John, der von der Heftigkeit von Chloés Frage überrascht zu sein schien.

„Gewiss, ich hielt das Sandeisen in den Händen, Miss Fenshaw. Aber ich habe es nicht mitgenommen. Ich glaube, dass ich es neben dem Toten liegen ließ, bevor wir alle gemeinsam zum Clubhaus zurückgingen."

„Aber wo ist es jetzt?", fragte Fitzpatrick verstört.

„Ja, wo ist es jetzt, Mr Fitzpatrick?", fuhr ihn Fenshaw völlig unvermittelt an. „Vielleicht haben Sie es ja verschwinden lassen, nicht wahr? Zumindest verhalten Sie sich seit Ihrer Ankunft hier sehr verdächtig. Was haben Sie zu verbergen, Mr Fitzpatrick – falls Sie überhaupt Fitzpatrick heißen? Reden Sie, Mann!"

„Ruhig, Mr Fenshaw!", mischte sich John energisch ein. „Solche haltlosen Verdächtigungen bringen uns doch keinen Schritt weiter. Ich schlage vor, dass wir den Schläger morgen gleich nach dem Frühstück gemeinsam suchen gehen. Vermutlich hat ihn Mr Crabtree bei diesem Unwetter einfach übersehen. Was ..." Er blickte auf und stutzte.

Harriet folgte seinem Blick und verstand sogleich seine Überraschung: Crabtree hatte den Raum zwischenzeitlich unbemerkt verlassen.

„Sie haben ja recht", sagte Fenshaw kleinlaut. „Es tut mir leid, Mr Fitzpatrick, bitte verzeihen Sie meinen Ausbruch! Aber diese Geschichte wird mir langsam unheimlich."

„Schon gut, Mr Fenshaw", antwortete der Angesprochene sichtlich eingeschüchtert.

Chloé, die blass geworden war, blickte sich unsicher um, stand plötzlich auf und verließ hastig den Raum.

Ihr ist anscheinend erst jetzt klar geworden, dass der Täter einer von uns sein muss, dachte Harriet und wunderte sich über das Ausmaß von Chloés Naivität.

Kurze Zeit später entschuldigte sich Mrs Fenshaw. Sie wolle nach ihrer Tochter sehen, sagte sie in Richtung ihres Mannes, der beiläufig nickte, ohne seinen Blick auch nur für eine Sekunde von Fitzpatrick abzuwenden.

KAPITEL 16
Ein Taschenspielertrick

Gegen zehn Uhr erhoben sich die Gäste vom Esstisch und zogen auf die Couch und die umherstehenden Sessel um. Auch Chloé und ihre Mutter waren mittlerweile in den Clubraum zurückgekehrt. Miss Tavy hatte zwei Kannen mit Kaffee auf die Anrichte gestellt und man bediente sich, in kleinen Gruppen plaudernd, selbst.

„Mr Stableford", fragte Holmes, als alle wieder Platz genommen hatten, „welcher literarische Meisterdetektiv wäre wohl in unserem Fall am besten geeignet, den Mörder zu überführen? Wie mir Miss Taylor gerade erzählt hat, sind Detektivgeschichten für Sie als Literaturprofessor ja weit mehr als ein Steckenpferd."

Stableford musste lachen. „Nun, Dr Holmes, ich für meinen Teil würde mich über den Auftritt eines kleinen belgischen Gentleman freuen. Wenn Ihre Frage aber ernster gemeint ist, als es der Plauderton vermuten lässt, dann sollten wir eher darüber sprechen, welche die geeignetste Methode zur Überführung unseres Täters sein könnte."

Tatsächlich hatte Stableford während des gesamten Dinners darüber nachgedacht. Seit Jahren feilte er an einer eigenen Methode. Er hatte sie an unzähligen Detektivgeschichten ausprobiert und war zu dem Schluss gekommen, dass sie im Großen und Ganzen gut funktionierte. Aber würde sie auch einer Probe in der Realität standhalten können? Sollte er sie den Anwesenden vorstellen und so vielleicht eine – wenn auch noch so unscheinbare – Reaktion des Täters provozieren können?

„Dann lassen Sie mal hören!", rief Holmes neugierig. „Ich wette, Sie haben sich da schon etwas zurechtgelegt."

„Das habe ich tatsächlich", antwortete Stableford aufgeräumt. „Die Grundidee meiner Theorie ist nicht neu. Sie variiert einen klassischen Interpretationsansatz in der spärlichen Forschung zum Kriminalroman und deutet den Mörder als Künstler. Folgt man diesem Ansatz, so ist der Mord selbst sein Kunstwerk und der Detektiv der Kritiker, der dieses Kunstwerk mit seinem ästhetischen Blick interpretiert und so seinem Geheimnis auf die Spur kommt." Er schaute in die Runde, aber offenbar wollte niemand etwas sagen. Also fuhr er fort: „Meine Theorie bleibt zwar im Künstlermilieu, wechselt allerdings, wenn Sie so wollen, von der klassischen Bühne auf den Jahrmarkt. Sie besagt, dass ein Mord, der einem Plan folgt, mit einem gut vorbereiteten Taschenspielertrick vergleichbar ist. Die dazugehörige Methode ist sehr intuitiv, vertraut weit mehr auf die Kreativität des Beobachters als auf das rein logische Schließen. Zudem bevorzugt sie eine gewisse Distanz zum Geschehen, denn nur so treten die Ungereimtheiten, die auf den Täter hinweisen, zutage. Das Fundament dieser Methode bildet eine Formel, die mir vor vielen Jahren ein russischer Offizier verraten hat. Er war vor dem Krieg als Varieté-Zauberer in ganz Europa unterwegs gewesen."

„Sie meinen das Prinzip der Irreführung?", warf Fitzpatrick ein, der im Laufe der Unterhaltung immer aufmerksamer geworden war. „Der Trick des Taschenspielers, der unsere Wahrnehmung im entscheidenden Moment vom Wesentlichen ablenkt?"

„Ganz richtig, Mr Fitzpatrick!", sagte Stableford erfreut. „Die eigentliche Frage ist allerdings, wie er uns ablenkt.

Die besagte Formel gibt darauf eine Antwort: Jeder Zaubertrick soll entlarvt werden können, indem man nach einer scheinbar überflüssigen Bewegung oder Handlung Ausschau hält. Diese gilt es zu entdecken, denn im Gegensatz zu den vielen wirklich überflüssigen Bewegungen, die dem Magier lediglich dazu dienen, von einem wesentlichen Vorgang abzulenken, ist die nur scheinbar überflüssige Bewegung ein elementarer Bestandteil des Tricks selbst. Ohne sie wäre er nicht möglich. Das kann zum Beispiel das scheinbar unnötige Austeilen von Karten sein, bevor der Magier ..."

„Entschuldigen Sie!", mischte sich Fenshaw ein. „Können Sie uns Ihre Theorie anhand eines solchen Zaubertricks vorführen? Ich fürchte, dass ich Ihnen sonst nicht folgen kann."

Stableford überlegte einen Moment und sagte dann: „Mit dem größten Vergnügen!" Er hatte sich schon zu weit vorgewagt, um jetzt noch einen Rückzieher machen zu können. „Aber erlauben Sie mir bitte eine kurze Vorbereitungszeit. Ich habe das seit Jahren nicht mehr gemacht."

Er verließ den Raum, kehrte nach wenigen Minuten zurück und stellte sich hinter den mittlerweile abgeräumten Esstisch. Dann bat er die anderen, sich auf der gegenüberliegenden Seite des Tisches zu versammeln. Als dies geschehen war, zog er sein Sakko aus, löste die Manschettenknöpfe seines Hemdes, krempelte die Ärmel bis über die Ellenbogen auf und legte die Armbanduhr ab.

„Hat jemand eine Münze?", fragte er in die gespannte Stille. „Ein Shillingstück wäre perfekt."

Holmes hatte als Erster eines in der Hand.

„Sehr gut", sagte Stableford. „Betrachten Sie nun bitte

genau meine Hände, Handflächen und Handrücken gleichermaßen. Haben Sie sich davon überzeugt, dass ich sie nicht präpariert habe? Gut. Ich werde sie jetzt hinter meinem Rücken verschränken, während Sie, Mrs Fenshaw, bitte Dr Holmes' Münze an sich nehmen und vor mich auf den Tisch legen." Nachdem Mrs Fenshaw dies getan hatte, fuhr Stableford fort: „Damit wäre jede Möglichkeit des Austauschens oder der Manipulation der Münze ausgeschlossen, nicht wahr? Nun passen Sie auf!"

Er nahm das Shillingstück vom Tisch, verschränkte die Finger ineinander und begann, seine Hände vor der Brust gegeneinander zu reiben. Nach und nach verschwand das Shillingstück zwischen seinen Fingern. Dann öffnete er beide Hände, spreizte die Finger und präsentierte dem Publikum abwechselnd seine leeren Handflächen und Handrücken. Das Ganze geschah in einer fließenden Bewegung: Handflächen nebeneinander, Handrücken voreinander und wieder von vorn. Die Münze war verschwunden.

„Ausgezeichnet!", rief Holmes in kindlicher Freude. „Und können Sie sie auch wieder zurückzaubern?"

„Natürlich", sagte Stableford und begann abermals, seine Hände vor der Brust zu reiben, bis die Münze plötzlich wieder zwischen seinen Fingern zum Vorschein kam.

„Bravo!", rief Holmes und klatschte Beifall. „Können Sie auch ein größeres Objekt verschwinden lassen?"

„Ich denke, dass uns dieser Trick genügen sollte, um Mr Stablefords Methode zu begreifen", stellte Fenshaw ärgerlich fest.

„Vielleicht möchte sich Mr Fenshaw freiwillig melden?", sprach Holmes weiter, als ob er dessen Kommentar nicht gehört hätte.

Stableford ignorierte die beiden Streithähne und erklärte: „Es geht also um die Suche nach scheinbar überflüssigen Handlungen und Ereignissen, die den zu erwartenden Ablauf der Dinge verändern. Haben Sie die scheinbar überflüssige Bewegung bei diesem Trick erraten können?"

„Ich denke schon", sagte Mrs Fenshaw zögerlich. „Sie haben uns nach dem Verschwinden der Münze immer den rechten Handrücken gezeigt und mit diesem gleichzeitig den Handrücken Ihrer Linken verdeckt."

„Ich bin beeindruckt, Mrs Fenshaw", gab Stableford ehrlich zu. „Allerdings haben Sie damit die wichtigste überflüssige Bewegung beschrieben. Sie kaschiert das Herzstück des Tricks, ist aber selbst austauschbar. Andere Vorschläge? Nein? Nun gut, dann will ich es Ihnen sagen. Die scheinbar überflüssige Bewegung war das Verschränken meiner Hände hinter meinem Rücken. Dort hatte ich ein Stück Klebefilm platziert, welchen ich zuvor aus meinem Zimmer geholt hatte. Ich habe immer eine Rolle dabei, um die ziemlich alten Ledergriffbänder meiner Golfschläger im Notfall fixieren zu können. Während Sie, Mrs Fenshaw, die Münze vor mich auf den Tisch legten, klebte ich den Streifen hinter meinem Rücken auf meinen linken Handrücken und ließ später die Münze beim Reiben der Finger dorthin wandern. Ich hatte ihn zuvor mit der Klebefläche nach außen zu einem Band geformt, sodass er sowohl auf meiner Haut klebte als auch die Münze an ihrem Platz hielt. Ohne das Verschränken der Hände hinter meinem Rücken, das die unbemerkte Aufnahme des Klebebandes ermöglichte, hätte der Trick nicht funktioniert."

„Schön und gut", sagte Fenshaw nachdenklich. „Wenn

ich Sie richtig verstehe, dann hat diese scheinbar überflüssige Bewegung den zu erwartenden Ablauf der Dinge verändert. Aber was hat das nun mit dem Mord am Mr Slocum zu tun?"

„Fast jeder Mordplan ist auf diese scheinbar überflüssigen Handlungen angewiesen", erläuterte Stableford. „Der Plan greift in den natürlichen Ablauf der Dinge ein und verändert damit das zu erwartende Resultat. Denken Sie an heute Morgen: Sieben Golfer betreten eine dichte Hecke, um nach Bällen zu suchen. Das zu erwartende Resultat wäre gewesen, dass die sieben Golfer die Hecke nach einer gewissen Zeit wieder verlassen. Doch dieser natürliche Ablauf wurde verändert, und so sind nur sechs Golfer der Hecke lebendig entkommen. In gewisser Weise gleicht die Ausführung eines Mordplans damit der Vorführung eines Zaubertricks. Nur dass dieser die Veränderung des natürlichen Ablaufs vorher ankündigt und wir die Abweichung des zu erwartenden Resultats als ‚Zauberei' bestaunen."

„Und haben Sie schon eine Idee, wie der natürliche Ablauf heute Morgen verändert wurde?", fragte Fitzpatrick. „Sie werden ja wohl kaum den tödlichen Schlag mit dem Sandeisen selbst meinen, nicht wahr?"

„Sicher nicht", antwortete Stableford. „Und Sie sollten sich bei der Suche nach der scheinbar überflüssigen Handlung auch nicht zwangsläufig auf den Vorfall in der Hecke beschränken. Treten Sie einen Schritt zurück und versuchen Sie die Zusammenhänge zu erkennen. Denken Sie ganzheitlich! Suchen Sie nach irgendetwas, was den Plan in Bewegung bringt und die eigentlich harmlose Hecke so zu einer tödlichen Falle werden lässt."

„Apropos tödlich", sagte Holmes, der gerade auf seine

Uhr geblickt hatte. „Ich will Ihre überaus interessanten Gedanken nicht unterbrechen, aber wie sieht es denn mit unserer Leichenschau im Gärtnerschuppen aus? Es ist schon nach elf."

„Sie haben recht", erwiderte Stableford. „Wir sollten das nicht noch länger aufschieben."

KAPITEL 17
Pathologisches

Nachdem sich die Damen verabschiedet hatten, ging Holmes zur Anrichte hinüber, füllte vier Gläser fast bis zum Rand mit Brandy und verteilte sie.

„Ich rate Ihnen, Ihr Glas zu leeren, bevor wir aufbrechen, meine Herren", sagte er in einem überraschend ernsten Ton. „Unterschätzen Sie nicht, was Sie gleich erwarten wird. Es ist kein schöner Anblick. Der Alkohol hat eine belebende Wirkung, er steigert Ihren Mut und kann Sie darüber hinaus vor einer Ohnmacht bewahren." Er erhob sein Glas und leerte es in einem Zug. „Das ist besser. Lassen Sie uns nun also einen Blick auf Slocums Leiche werfen. Vielleicht finden wir ja irgendeinen Hinweis, der uns auf die Spur des Täters führt."

„Ihnen ist klar, dass es einer von uns gewesen sein muss?", fragte Stableford skeptisch.

„Ja, aber wir sollten trotzdem etwas tun", antwortete Holmes. „Denn selbst wenn der Regen über Nacht nachlässt und das Telefon morgen wieder funktionieren sollte, wird die Polizei nicht vor morgen Nachmittag hier sein können. Und denken Sie an die eingestürzte Brücke. Vielleicht dauert es noch länger."

„Sie haben recht", sagte Fenshaw und blickte misstrauisch in Richtung Fitzpatrick. „Sind Sie dabei, Mr Fitzpatrick?"

„Ich bin dabei."

„Großartig!", rief Holmes, doch seine Begeisterung wirkte gespielt. Er schenkte sich noch einmal nach.

„Vielleicht kann uns Mr Crabtree mit einer Laterne

aushelfen", schlug Stableford vor. „Sehen wir nach, ob wir ihn in der Küche finden."

Mit diesen Worten verließ er den Raum. Holmes, Fitzpatrick und Fenshaw folgten ihm schweigend. Sie hatten Glück: Crabtree saß tatsächlich bei einem Glas Bier in der Küche.

„Hallo, Crabtree", sagte Holmes munter. „Könnten Sie uns jetzt zum Gärtnerschuppen führen? Ich weiß, es ist schon spät, aber die drei Herren hier scheinen mir nun ausreichend alkoholisiert zu sein, um einigermaßen gefasst einen Blick auf den Toten werfen zu können."

Crabtree war von der Idee zunächst wenig angetan, holte dann aber doch zwei Sturmlaternen aus einem Schrank neben der Speisekammer und entzündete sie. Die eine gab er Fenshaw, die andere nahm er selbst. Er leerte sein halb volles Glas Bier, ging zu einer flachen Tür und öffnete sie. Den Männern schlug ein kalter Wind entgegen.

„Wenn Sie mir folgen wollen", brummte Crabtree und trat durch die Tür.

Über ein paar Stufen gelangten sie auf den Golfplatz hinaus. Es regnete noch immer, doch der Sturm hatte etwas nachgelassen. Sie gingen im Gänsemarsch zunächst am Haus entlang und später parallel zum Fairway der ersten Bahn. Der Gärtnerschuppen, ein flacher Bau aus roten Ziegeln, befand sich etwa auf der Höhe des ersten Grüns, war von dort aus aber nicht sichtbar, da dazwischen eine dichte Hecke wuchs. Crabtree öffnete die unverschlossene Schuppentür und die Männer traten einer nach dem anderen ein. An allen vier Wänden standen Regale, in denen Hunderte von leeren Blumentöpfen lagerten, die Stableford im Flackern der Laternenlichter an Schädelreihen in einer Katakombe erinnerten. Die verstreut umherstehenden Gartengeräte warfen unheimliche Schatten. In der Mitte des Raumes stand ein massiver Holztisch, auf dem unter einer grauen Decke Slocums Leiche lag.

Während Crabtree und Fenshaw die Laternen über den Tisch hielten, schlug Holmes vorsichtig die Decke zurück. Zum Vorschein kam das entstellte Gesicht des Toten. Stableford trat einen Schritt zurück und kämpfte für einen Moment mit einer plötzlichen Übelkeit. Um sich abzulenken, blickte er in die Gesichter der anderen. Alle wirkten blass und angespannt. Allein Holmes zeigte keine Anzeichen von Nervosität oder Unwohlsein. Ohne jede Gefühlsregung inspizierte er zunächst die tiefe Platzwunde an der rechten Schläfe des Toten, dann dessen rechtes Auge, das von der Wucht des Schlages entstellt war. Erst als sein Blick auf Slocums linkes Auge fiel, wurden Holmes' Gesichtszüge lebendig. Er richtete sich auf und dachte offenbar angestrengt nach. Irgendetwas schien ihn zu irritieren.

Stableford spürte ein Kribbeln in der Magengegend. War Holmes einem Hinweis auf der Spur? Schließlich beugte sich Holmes noch tiefer über den Leichnam und begann die Jacke und das Hemd des Toten bis zur Brust aufzuknöpfen. Das Ganze dauerte nicht länger als zwei, vielleicht drei Minuten, wirkte auf Stableford aber wie eine halbe Ewigkeit.

„Sie haben etwas entdeckt, nicht wahr?", fragte er heiser.

Holmes richtete sich auf und blickte ihn sichtlich verwirrt an. „Ja – aber es ergibt keinen Sinn."

„Was ist es?", fragte Fenshaw fast tonlos.

„Nun, sehen Sie die Blutungen im rechten Auge?" Holmes' schmaler langer Zeigefinger deutete auf das, was nur noch entfernt an ein menschliches Auge erinnerte.

„Das ist durch den heftigen Schlag zu erklären. Aber wenn Sie sich jetzt das linke Auge einmal genauer ansehen, werden Sie feststellen, dass es ebenfalls blutunterlaufen ist. Wie Sie wissen, bin ich Psychiater, kein Pathologe, aber ich habe natürlich gewisse medizinische Grundkenntnisse. Und dieses Symptom deutet darauf hin, dass Slocum nicht im eigentlichen Sinne erschlagen wurde."

„Sie sind ja irre!", platzte es aus Fenshaw heraus. „Vor uns liegt ein Mann mit eingeschlagenem Schädel und Sie wollen uns erzählen, dass er nicht erschlagen wurde?"

„Ja, Mr Fenshaw, genau das will ich Ihnen erzählen, wenn Sie mich nur lassen würden. Es gibt zwei sehr deutliche Hinweise, die diese These stützen: das blutunterlaufene linke Auge und diese schwach rötlich-violetten Male am Hals des Toten." Diesmal deutete Holmes' langer Zeigefinger auf eine Reihe schmaler rötlicher Flecken an Slocums Hals. „Ich weiß, dass es verrückt klingt, aber Mr Slocum wurde heute Morgen auf dem Golfplatz gleich zweimal ermordet. Der Hieb mit dem Sandeisen wäre sicherlich tödlich gewesen. Doch Mr Slocum hatte – einfach gesagt – nicht genügend Zeit, um an den Folgen dieses Schlages zu sterben. Er wurde niedergeschlagen und kurz darauf erdrosselt. Übrigens nicht mit bloßen Händen erwürgt, diese Male sehen anders aus. Es muss ein Tuch oder ein Schal gewesen sein. Ob er zu diesem Zeitpunkt bei Bewusstsein war, kann ich nicht sagen, doch ich möchte es stark bezweifeln. Aber gelebt hat er noch, das ist sicher."

Die Männer sahen sich stumm an. Jeder von ihnen schien seinen eigenen Gedanken zu folgen.

„Ich glaube, wir haben genug gesehen", sagte Holmes

schließlich und begann das Hemd des Toten wieder zuzuknöpfen. „Lassen Sie uns zum Haus zurückkehren."

„Wir sollten herausfinden – ganz diskret –, ob Dr Holmes trinkt", flüsterte Fenshaw Stableford zu, nachdem sie den Schuppen verlassen hatten. „Ich meine natürlich mehr als ab und zu mal einen Brandy."

Stableford ignorierte diese Bemerkung. Kurze Zeit später erreichten die fünf Männer die Halle des Clubhauses. Während der sichtlich mitgenommene Fitzpatrick sofort auf sein Zimmer ging, zog es Holmes und Fenshaw in den Clubraum zurück.

Als sie die Tür hinter sich geschlossen hatten, wandte sich Stableford an Crabtree: „Was wollten Sie vorhin eigentlich im Clubraum erzählen, als Sie von der Aufregung um den Verbleib des Sandeisens so jäh unterbrochen wurden?"

„Was meinen Sie?", fragte Crabtree überrascht.

„Sie sagten, dass Sie nur die Golftasche in der Nähe des Toten gefunden haben, wollten dem aber noch etwas hinzufügen. Ich glaube, Sie begannen den Satz mit ‚allerdings'."

Crabtree überlegte. „Ich kann mich wirklich nicht erinnern, aber vielleicht hatte es was mit dem Unwetter zu tun. Vielleicht wollte ich etwas sagen wie: ‚Allerdings war es dunkel und es regnete in Strömen und ich kann etwas übersehen haben.' Aber ich weiß es beim besten Willen nicht mehr, Mr Stableford."

„Verstehe", sagte dieser enttäuscht. „Noch eine letzte Frage, Mr Crabtree: Wo befanden sich die Golftaschen, die Sie heute Morgen freundlicherweise eingesammelt haben?"

„Sie meinen, wo sie lagen?"

„Ja, genau."

„Nun, wenn ich mich richtig erinnere, lagen drei Taschen am Rand der Hecke im Rough des zweiten Fairways und zwei praktisch gegenüber am Rand der Hecke im Rough des dritten Fairways. Eine lag am Rande der Lichtung, eine in der Nähe des Toten und eine ziemlich weit entfernt bei dem Teich am Knick der dritten Bahn. Ich wette, dass einer seinen Ball ins Wasser geschlagen hat", sagte er und lachte voller Schadenfreude.

„Da haben Sie recht", erwiderte Stableford säuerlich, wünschte Crabtree dennoch eine gute Nacht und folgte Holmes und Fenshaw in den Clubraum.

Die beiden Männer standen mit Gläsern in der Hand am Kamin. Stableford goss sich ebenfalls einen großen Brandy ein und trat zu ihnen.

„Heute Morgen habe ich Ihnen im Scherz meine Dienste als Dr Watson angeboten, Mr Stableford", sagte Holmes lächelnd. „Wie ich eben hörte, machte Ihnen Mr Fenshaw heute Mittag das gleiche Angebot. Außerdem erzählte er mir gerade, dass Sie als Einziger definitiv nicht als Täter in Betracht kommen, da er Sie zur ungefähren Tatzeit weit von der Hecke entfernt auf dem Fairway der dritten Bahn gesehen hat. Dieser Umstand und Ihre – wenn auch fiktionale – Erfahrung mit Mord und Totschlag prädestinieren Sie aus unserer Sicht für die Rolle des Detektivs in diesem Drama."

„Aus diesem Grund möchten wir hier und jetzt unser Angebot erneuern", fügte Fenshaw feierlich hinzu. „Wären Sie mit dieser Rollenverteilung einverstanden?"

Stableford betrachtete den Brandy in seiner Hand und dachte nach. Dann leerte er sein Glas, sah auf und blickte die beiden Männer entschlossen an.

„Ja und nein, meine Herren. Ich werde die Rolle – oder besser gesagt die Aufgabe, die Sie mir anbieten – annehmen. Ob ich sie erfüllen kann, steht auf einem anderen Blatt. Da ich aber nun einmal kein echter Detektiv bin, werde ich das Ganze als eine intellektuelle Herausforderung begreifen, als ein Rätselspiel vor einem todernsten Hintergrund. An meinen Gedanken kann ich Sie allerdings nicht teilhaben lassen, denn – bei allem Respekt – ich muss auch Sie beide als Verdächtige ansehen, um Licht in diese Angelegenheit bringen zu können. Ist das für Sie akzeptabel?"

„Prächtig", sagte Holmes lachend, „ganz prächtig!"

„Äh, einverstanden", murmelte Fenshaw leicht pikiert. „Und wie gehen Sie jetzt weiter vor?"

„Ich gehe erst einmal zu Bett, Mr Fenshaw. Gute Nacht!" Stableford stellte sein leeres Glas auf den Kaminsims und ließ die beiden verdutzt dreinblickenden Herren im Clubraum zurück.

KAPITEL 18
Ein mögliches Motiv

Zwei Minuten später klopfte Stableford leise an Harriets Tür und trat nach kurzem Zögern ein. Sie saß an einem kleinen Schreibtisch am Fenster.

„Ich wollte nur noch einmal nach dir sehen. Störe ich?"

„Überhaupt nicht. Ich schreibe gerade einen Brief an meine Eltern."

„Kannten sie Slocum?"

„Oh Gott, nein! Ich habe ihnen lange Zeit nicht schreiben können. In gewisser Weise war William sogar schuld daran. Jetzt kündige ich ihnen meinen Besuch an. Mama und Papa werden überglücklich sein und ich freue mich auf meine kleinen Schwestern."

„Emily, Jane und Sarah?"

„Du hast ein ausgezeichnetes Gedächtnis, John!"

„Das wird sicherlich ein fröhliches Wiedersehen", sagte Stableford müde und setzte sich auf die Bettkante.

Harriet stand auf und setzte sich zu ihm. „Was hast du denn?", fragte sie besorgt.

„Würdest du mir einen Gefallen tun? Würdest du für die nächsten Stunden oder vielleicht Tage mein Dr Watson sein?"

Harriet musste lachen. „Ich habe wirklich schon viele merkwürdige Angebote erhalten, aber das hat noch kein Mann von mir verlangt."

„Es ist kein Witz, Harriet. Dr Holmes und Mr Fenshaw haben mich gerade gebeten, in diesem Fall quasi als Detektiv zu ermitteln, bis die Polizei eintrifft. Ich habe eingewilligt, aber ich brauche einen vertrauensvollen

Partner. Jemanden, der sich meine Theorien und Schlüsse anhört und mich durch seine Einwände und eigenen Beobachtungen auf den richtigen Weg bringt."

„So wie in deinen Detektivromanen? Ich verstehe."

„Ja", murmelte Stableford etwas verlegen. „So wie in meinen Detektivromanen. Über Erfahrungen aus erster Hand verfüge ich leider nicht. Ich weiß, dass es komisch klingt, und ich könnte verstehen, wenn du ..."

„John?"

„Ja, Harriet?"

„Ich würde liebend gern dein Dr Watson sein." Sie rückte noch etwas näher an ihn heran und schob ihren Arm unter seinen. „Also, Sherlock, was habe ich zu tun?"

„Nun", sagte Stableford mit einem breiten Grinsen im Gesicht, „der Anfang gefällt mir schon sehr gut."

„Mr Doyle würde sich wohl eher im Grabe herumdrehen."

„Dann wollen wir uns schnell mit seinem Geist versöhnen und mit der Arbeit anfangen! Beginnen wir damit, dass du mir alles erzählst, was du über William Slocum weißt, und natürlich in welcher Beziehung du zu ihm gestanden hast."

„Oh", sagte Harriet leise und zog ihren Arm zurück. „Nun gut, es geht wohl nicht anders. Am besten beginne ich ganz von vorn, nicht wahr?"

„Ja."

„Also gut. Ich traf William Slocum zum ersten Mal im Fox's Club. Das ist ein Nachtclub in der Nähe der Tottenham Court Road, in dem ich zu dieser Zeit an der Garderobe arbeitete. Ich habe dir gestern im Zug davon erzählt. Er stellte sich mir als ein erfolgreicher Porträtmaler vor, war sehr charmant, bestellte Champagner und bat mich, für ihn Modell zu sitzen. Ich fühlte mich geschmeichelt und sagte zu."

Sie machte eine lange Pause. Zu lang für Stablefords Geschmack.

„Ich saß also Modell", fuhr sie schließlich fort. „Für ihn und für andere Künstler, die er kannte. Wir kamen uns näher und eins führte zum anderen und ..."

„Schon gut, Harriet", sagte Stableford, obwohl er spürte, dass nichts gut war. Es war ihm unvorstellbar, dass eine Frau wie Harriet einem Mann wie Slocum näher kommen konnte oder gar wollte. Und doch war es wohl eine Tatsache. „Ihr kamt euch näher und wurdet ein Paar. Mir ist dieser Vorgang durchaus vertraut, auch wenn man sich Professoren gerne als überzeugte Junggesellen vorstellt. Was kannst du mir noch über Slocum erzählen?"

„Langsam, Sherlock! Wir trafen uns gelegentlich, aber wir waren kein Paar. William lebte auf großem Fuße. Und ich gebe zu, dass ich dieses Leben mit ihm eine Zeit lang genossen habe. Aber irgendwann wurde mir klar, dass die Porträtmalerei allein diesen Lebensstil nicht finanzieren konnte. Ich wurde misstrauisch und hatte bald eine furchtbare Vermutung: Er malte nicht nur Porträts, sondern nutzte seinen Beruf, um sich Zugang zu den Kreisen zu verschaffen, die sich solche Bilder leisten können. Ein Porträt braucht oft mehrere Monate bis zur Fertigstellung. Und William erschlich sich in den vielen Sitzungen das Vertrauen seiner Klienten, um es schließlich auf die abscheulichste Weise zu missbrauchen."

„Er war ein Erpresser?"

„Ja. Und er war stolz darauf. Als ich ihn mit meinem Verdacht konfrontierte, lachte er und führte mich in ein Zimmer, das er sonst verschlossen hielt. In der Mitte dieses Raumes stand ein einzelner Sessel und an den Wänden hingen viele Porträts, von Männern und Frauen gleichermaßen. Er nannte diese geheime Sammlung seine ,Galerie der Opfer'.“

„Sehr sympathisch“, bemerkte John trocken. „Hast du eines seiner Opfer einmal persönlich kennengelernt oder nach einem Porträt in diesem Zimmer irgendwo wiedererkannt?“

„Nein, aber William war auch kein besonders begabter Maler, im naturalistischen Sinne, meine ich. Er bezeichnete sich selbst als den letzten Vortizianer, der den Schritt von der Abstraktion zum Abstrakten vollendet hat. Aus eigener Erfahrung kann ich sagen, dass die Ähnlichkeiten zwischen seinen Porträts und seinen Modellen eher zufällig waren. Am eindrucksvollsten ist ihm noch das Bild eines jungen Mannes mit wildem Vollbart gelungen. Es war das erste Porträt in der Galerie und trug noch naturalistische Züge.“

„Würdest du diesen Mann wiedererkennen?“, fragte Stableford hoffnungsvoll.

„Kaum“, erwiderte Harriet nachdenklich. „Das Porträt wirkte schon älter. Vielleicht ist der Jüngling auf dem Bild heute ein glatt rasierter korpulenter Herr mit schütterem Haar.“

„Das kann gut sein“, sagte Stableford fast tonlos, denn er war mit seinen Gedanken ganz woanders. Er hatte das Gefühl, dass ihm Harriet einige wichtige Details über sich und Slocum verschwiegen hatte.

War es wirklich wahrscheinlich, dass Slocum ihr seine geheime Galerie gezeigt hatte, nur weil sie ihm gegenüber einen Verdacht ausgesprochen hatte? War es nicht viel plausibler, dass er auch sie erpresst und ihr sein Geheimnis nur offenbart hatte, weil er sich nicht vor ihr zu fürchten brauchte? Weil auch ihr Porträt in diesem Zimmer hing? Stableford musste an die verkohlten Papierreste denken, die er im Feuer gesehen hatte, als er Harriet zum Dinner abgeholt hatte. Hatte er dort brennen sehen, was Slocum gegen sie in der Hand gehabt hatte?

Er riss sich zusammen und fragte: „Was kannst du mir noch über Slocum erzählen? Wie war er zum Beispiel eingerichtet?"

„Viel Jugendstil, viel Kitsch. Ach ja, eines war wirklich auffällig: Er hatte allerlei archaische Artefakte und Kunstgegenstände an den Wänden hängen, Masken, Dolche, Amulette und dergleichen und einen sehr beeindruckenden Umhang aus bunten Vogelfedern, der – wenn ich mich richtig erinnere – aus Südamerika stammen sollte. Er muss diese Dinge einmal ernsthaft gesammelt haben. Aber sein eigentliches Hobby war das Golfspiel."

„War er ein guter Golfer?"

„Ein brillanter. Er hat viele Turniere gewonnen und war fürchterlich ehrgeizig. Ein verlorenes Match verdarb ihm für Tage die Laune. Das kam aber zum Glück nur selten vor. Er war sehr stolz darauf, dass er praktisch nie einen Ball verloren geben musste."

„Das ist interessant", sagte Stableford, „denn es führt uns geradewegs zu der Frage, was heute Morgen in der Hecke passiert ist. Was hast du gesehen und gehört, nachdem du sie betreten hattest?"

„Nichts, John. Wirklich nichts. Ich folgte den Fenshaws am Rande der Hecke bis auf die Höhe, auf der Mr Fenshaw seinen Ball vermutete. Dort legten wir unsere Taschen ins Rough und schlugen uns ins Dickicht. Ich hörte Stimmen und ab und zu das Geräusch brechender Äste. Es müssen mehrere Personen in der Nähe gewesen sein, aber gesehen habe ich niemanden."

„Alle waren in der Nähe, Harriet. Crabtree hat sieben Taschen rund um den Tatort gefunden. Und was geschah dann?"

„Nach einiger Zeit erreichte ich eine kleine Lichtung inmitten der Hecke und stolperte über eine Golftasche – Williams Golftasche, um genau zu sein. Dann sah ich ihn am Boden liegen und ... Ich weiß es nicht mehr genau, aber ich muss zu ihm gegangen sein und plötzlich bemerkte ich das Blut, sein entstelltes Gesicht und das Blut an meinen Händen ..."

„Beruhige dich, Harriet! Es ist ja vorbei."

„Ja, es ist vorbei." Sie schüttelte sich und blickte ihm ins Gesicht. „Aber jetzt bist du mit Erzählen dran!", rief sie auf einmal mit einer aufgesetzt wirkenden Heiterkeit. „Hast du schon eine ‚heiße Spur', wie ihr Gentlemandetektive wohl sagt?"

Stableford musste lachen. „Wir Gentlemandetektive können sehr ungemütlich werden, wenn man uns den gebührenden Respekt versagt, mein lieber Watson. Und auf deine Frage muss ich leider mit Nein antworten. Mir geht einiges im Kopf herum, aber eine ‚heiße Spur' kann ich beim besten Willen nicht erkennen." Er blickte sie aufmerksam an. „Nachdem du vorhin mit Mrs Fenshaw und Chloé den Clubraum verlassen hattest, waren Mr Fenshaw, Dr Holmes, Mr Fitzpatrick und ich mit Crabtree im Gärtnerschuppen, um Slocums Leiche zu untersuchen. Immerhin mit einem überraschenden Resultat: Slocum ist erdrosselt worden, Harriet."

„Was?", rief sie ungläubig. „Aber die schreckliche Wunde, der blutige Golfschläger ..."

„Ja. Merkwürdig, nicht wahr? Slocum wurde niedergeschlagen und dieser Schlag wäre nach Dr Holmes' Über-
zeugung auch früher oder später tödlich gewesen. Aber es
gibt Indizien, die dafür sprechen, dass er mit einem Tuch
oder einem Schal erdrosselt wurde, nachdem man ihn
niedergeschlagen hatte."

„Und was bedeutet das für unsere Suche nach dem
Täter?"

„Nun, dass es wirklich jeder gewesen sein kann, der
sich zum Zeitpunkt der Tat in der Hecke aufhielt. Von der
Wunde an Slocums rechter Schläfe schloss ich anfangs
auf einen linkshändigen Mörder. Mrs Fenshaw ist Links-
händerin, wie du vielleicht heute Morgen beim Turnier
bemerkt hast, und wenn mich meine Beobachtungen beim
Dinner nicht getäuscht haben, teilt sie diese Eigenschaft
mit Dr Holmes und Mr Fitzpatrick. Das Problem ist nur,
dass der Schlag Slocum nicht getötet hat. Und ich bin mir
in keiner Weise sicher, dass die Person, die Slocum niedergeschlagen hat, auch diejenige ist, die ihn erdrosselt hat."

„Du meinst, es gibt zwei Täter?"

„Ich weiß es nicht, Harriet."

„Aber könnte der Mörder William nicht erst niedergeschlagen und dann erdrosselt haben? Vielleicht, um auf
Nummer sicher zu gehen, damit er nicht mehr zu Bewusstsein kommen und ihn verraten kann?"

„Aber warum sollte der Mörder das unnötige Risiko
eingehen, sich zweier Mordwerkzeuge zu bedienen?
Bedenke, dass das Tuch – oder was es auch immer war –
durch die Kopfwunde voller Blut gewesen sein muss. Ein
zweiter Schlag mit dem Sandeisen hätte das gleiche Resultat gehabt – Slocums Tod. Es ergibt einfach keinen Sinn!
Und da ist noch etwas: Vor ein paar Stunden war ich mir

sicher, dass nur ein Mann als Täter in Betracht kommen würde, da sehr viel Kraft für solch einen Schlag aufgebracht werden muss. Aber einen Bewusstlosen mit einem Tuch zu erdrosseln – das schafft jeder, egal ob Mann oder Frau."

„Auch ich?", fragte Harriet erschrocken und blickte zur Seite.

„Auch du. Rein theoretisch natürlich. Ich glaube, wir müssen noch einmal ganz von vorn anfangen. Nur in einem Punkt sind wir wirklich weitergekommen: Das Motiv scheint mir jetzt klar zu sein."

„Erpressung, meinst du?"

„Ja. Ich würde zu gerne einen Blick auf Slocums ‚Galerie der Opfer' werfen. Ich möchte wetten, dass wir auf einem dieser Bilder mit etwas Fantasie einen Gast des Petershead Golf Club wiedererkennen würden."

Harriet schwieg und Stableford fragte sich, ob er mit der Wahl seines Dr Watson vielleicht doch zu voreilig gewesen war. Hatte er womöglich den Bock zum Gärtner gemacht?

Kurze Zeit später verabschiedete er sich und ging auf sein Zimmer.

KAPITEL 19
Nächtliche Begegnungen

Harriet lag wach. Immer wieder fragte sie sich, ob sie ihre wahre Beziehung zu William John gegenüber überzeugend verschleiert hatte. Gegen drei Uhr schaltete sie das Licht ein. Sie hatte Durst, aber die Wasserkaraffe auf ihrem Nachttisch war leer. Also stand sie auf, zog ihren Morgenmantel über und trat, die Karaffe in der Hand, auf den Flur hinaus.

Es war stockdunkel. Sie tastete sich an der Wand entlang in Richtung Badezimmer. Plötzlich vernahm sie ein fast unmenschlich klingendes Kichern, das ihr das Blut in den Adern gefrieren ließ. Sie rührte sich nicht und lauschte. Da war es wieder! Es schien von unten aus der Halle zu kommen.

Für einen Moment hielten sich Harriets Angst und ihre Neugierde die Waage, dann fasste sie sich ein Herz, drehte um und schlich auf Zehenspitzen zum Treppenabsatz. In der Halle glimmten die letzten Reste des Kaminfeuers. Mehr konnte Harriet zunächst nicht ausmachen. Als sich ihre Augen langsam an die Dunkelheit gewöhnt hatten, erkannte sie die Umrisse der drei Sessel vor dem Kamin.

Plötzlich bewegte sich etwas. Eine Gestalt kam aus der Richtung des Tresens, sie schien über dem Boden zu schweben. Um ein Haar hätte Harriet laut aufgeschrien. Doch dann wurde ihr schlagartig der Grund für diese Sinnestäuschung bewusst: Die zierliche Person dort unten trug einen hellen Hausmantel, der bis auf den Boden reichte und ihre Füße verdeckte. Langsam schlich diese unheimliche Erscheinung nun zur Treppe. Dann blieb sie wie angewurzelt stehen, denn vom Kamin her kam abermals das helle Kichern.

„Wer ist da?", fragte die Gestalt mit angsterstickter Stimme und schien angestrengt zu den drei schweren Ledersesseln hinüberzublicken.

Hinter der hohen Lehne eines Sessels erschien eine Hand. Sie hielt ein Glas, dessen Inhalt – von den Glutresten des Feuers erhellt – bernsteinfarben leuchtete.

„Auf Ihr Wohl, Miss Fenshaw!", erklang Fitzpatricks Stimme überlaut in der nächtlichen Stille. „Treten Sie doch näher und nehmen Sie einen Schlummertrunk mit mir!"

Chloé schwebte langsam zum Kamin hinüber und zog den Gürtel ihres Hausmantels enger. Fitzpatrick beugte sich vor und stellte eine fast leere Brandyflasche auf den Tisch. Er trug noch seinen Anzug.

„Mr Fitzpatrick, was machen Sie um diese Zeit hier unten?"

„Ich trinke, Miss Fenshaw. Und was machen Sie hier?", fragte Fitzpatrick leicht lallend.

„Ich ... ich hatte Durst und wollte mir eine Flasche Wasser aus dem Clubraum holen."

„Wasser", bemerkte er angewidert. „Nehmen Sie einen Brandy! Der wärmt und lässt einen vieles ertragen."

Er nahm ein Glas vom Tisch, füllte es einen Fingerbreit und reichte es Chloé, die jetzt neben ihm stand. Sie nippte daran, schüttelte sich und stellte das Glas auf dem kleinen Beistelltisch ab.

„Was meinen Sie damit, dass es einen vieles ertragen lässt?", fragte sie verwirrt.

„Ihr Vater – er glaubt, dass ich Slocum ermordet habe. Dabei habe ich ihn nicht einmal gekannt. Ihr Vater, er ... er hasst mich. Ich habe ihm nichts getan, gar nichts, und er hasst mich!"

Chloé setzte sich in einen Sessel neben Fitzpatrick. „Unsinn", sagte sie beschwichtigend. „Er kann Sie gar nicht hassen, weil er Sie nicht kennt. Papa ist nur besorgt um unsere Sicherheit. Er ist nervös, wie wir alle, nur dass sein Temperament manchmal mit ihm durchgeht. Das müssen Sie mir glauben, Mr Fitzpatrick."

„Muss ich das?"

„Ja, und jetzt kommen Sie. Ich bringe Sie auf Ihr Zimmer, einverst...?"

„Du bringst diesen Herrn nirgendwo hin, Chloé!", schnitt ihr eine vor Wut bebende tiefe Stimme das Wort ab. Fenshaw, mit einem Morgenmantel bekleidet, war plötzlich aus dem Dunkeln erschienen und stand jetzt neben den beiden.

Harriet konnte nicht sagen, aus welcher Richtung er gekommen war, und erschrak ebenso wie Chloé, die wie ertappt aus dem Sessel aufsprang.

„Geh sofort auf dein Zimmer!", herrschte Fenshaw seine Tochter an.

„Aber Papa!"

„Sofort, habe ich gesagt!"

„Mr Fenshaw, bitte beruhigen Sie sich", mischte sich Fitzpatrick ein. „Ihre Tochter wollte ..."

„Sie elender Halunke!", fuhr ihn der Angesprochene völlig entrüstet an. „Was erlauben Sie sich? Ich weiß genau, was Sie im Schilde führen. Chloé, auf dein Zimmer!"

Ohne ein weiteres Wort entfernte sich Chloé und kam auf die Treppe zu. Harriet trat schnell einen Schritt zur Seite und bekam zufällig den Stoff des Vorhangs zu fassen, der die Bettnische vom Flur trennte. Sie schlüpfte in den Alkoven und hielt den Atem an, bis sie eine Zimmertür ins Schloss fallen hörte. Als sie sich wieder an den Treppenabsatz wagte, saß Fenshaw in dem Sessel, aus dem er kurz zuvor seine Tochter vertrieben hatte. Er verbarg sein Gesicht in den Händen und atmete schwer. Fitzpatrick beobachtete ihn angespannt, doch als Fenshaw langsam die Hände sinken ließ, schien seine Wut verflogen zu sein.

„Mr Fitzpatrick", begann er in einem fast feierlichen Ton. „Lassen Sie uns von Mann zu Mann reden. Ich glaube, dass Sie Slocum getötet haben. Ich sage mit Absicht nicht ‚ermordet', denn vielleicht geschah die Tat im Affekt. Zwar habe ich keinerlei Beweise, aber Ihr Verhalten lässt Sie überaus verdächtig erscheinen. Und jetzt sitzen Sie hier vollkommen bekleidet nachts in der Dunkelheit. Sie wollen sich aus dem Staub machen, nicht wahr? Nein, antworten Sie jetzt nicht. Ich will Ihnen Folgendes sagen: Der Mord an Slocum ist tragisch und fraglos moralisch verwerflich, aber er geht mich im Grunde nichts an. Meine Sorge gilt allein meiner Frau und meiner Tochter. Wenn Sie heute Nacht einen Weg von Petershead finden können, dann verspreche ich Ihnen zu schweigen, zumindest bis Sie genügend Vorsprung haben, um vielleicht bis nach Southampton oder Dover zu gelangen. Ich muss meine Familie beschützen, um jeden Preis. Und wenn es Ihnen an Geld für eine Passage nach Südafrika oder sonst wohin mangelt, dann kann und werde ich Ihnen aushelfen. Ich hoffe, Sie wissen mein Angebot zu schätzen; ich opfere Ihnen in gewisser Weise meine Integrität und mache mich – allein für Helen und Chloé – für diese eine Nacht zu Ihrem Komplizen."

Während Fenshaw sein Angebot unterbreitete, saß Fitzpatrick reglos in seinem Sessel und starrte in die Glut.

Fenshaw nahm Chloés Glas vom Tisch und hielt es seinem Gegenüber wie zu einem Toast entgegen.

„Nun, was meinen Sie?"

„Ich kann nicht", sagte Fitzpatrick erschöpft. „Es muss endlich aufhören. Ich bin es nicht gewesen, Mr Fenshaw, und ich will Ihr Geld nicht! Ich will nur meinen Frieden."

„Sie sind ein Narr", sagte Fenshaw abschätzig und stand auf. „Gute Nacht, Mr Fitzpatrick!"

Harriet versteckte sich einmal mehr im Alkoven und wartete, bis auch Fenshaw in seinem Zimmer verschwunden war. Sie wagte einen weiteren Blick in die Halle, sah Fitzpatrick mit der Flasche hantieren und schlich dann zurück in ihr Zimmer. Voller Erleichterung drehte sie den Schlüssel im Schloss herum. Als sie wieder im Bett lag, versuchte sie das eben Erlebte zu ordnen: Chloé war auf der Suche nach etwas zu trinken gewesen. Das erschien ihr plausibel, denn auch sie hatte der Durst aus dem Bett getrieben.

Bestimmt liegt das an Mrs Tavys Fischpastete, dachte sie und blickte betrübt auf die leere Karaffe.

Und Fitzpatrick? Warum saß er vollkommen bekleidet nachts in der Halle? Wollte er sich wirklich aus dem Staub machen, oder brauchte er nach der Leichenschau einfach einen Drink und hatte dann über der Flasche Brandy die Zeit vergessen? Auch das war durchaus denkbar.

Am merkwürdigsten erschien Harriet im Nachhinein allerdings Fenshaws Auftritt. Wo war er so plötzlich hergekommen? Nicht aus seinem Zimmer, da war sie sich sicher. Hatte er Fitzpatrick die ganze Zeit über heimlich beobachtet, um im Falle seiner Flucht Alarm schlagen zu können? Oder war er, als besorgter Vater, seiner Tochter in einem Anflug von übertriebener Vorsicht hinterher-

111

gegangen, um sie, wovor auch immer, beschützen zu können?

Was würde wohl John zu der nächtlichen Begegnung
dieser drei sagen? Sollte sie ihm davon erzählen? Oder
sollte sie ihre Beobachtungen zunächst für sich behalten?
Wie ein Ass im Ärmel, das sie ausspielen könnte, falls die
wahre Natur ihrer Beziehung zu William herauskam?

Sie blickte auf ihren kleinen Reisewecker und löschte
das Licht. Es war Viertel nach vier.

KAPITEL 20
Der Tod geht um

Stableford fuhr aus dem Schlaf auf und blickte nach einigen Momenten völliger Desorientierung auf seine Armbanduhr. Es war sieben Uhr fünfzehn. Er lag vollständig bekleidet auf seinem Bett. Was hatte ihn geweckt? Da war es wieder! Jemand schrie um Hilfe, weit entfernt, nein, hier im Haus, aber nicht im ersten Stock.

Er stand auf, zog seine Schuhe an und verließ hastig das Zimmer. Am Treppenabsatz stieß er auf Holmes, der sichtlich angespannt nur ein gezischtes „Kommen Sie, schnell!" hervorbrachte. Sie eilten die Treppe hinunter und folgten einem jetzt deutlich vernehmbaren Jammern, das aus Richtung der Küche kam. Dort angelangt, fanden sie Mrs Tavy, die laut schluchzend am Küchentisch saß. Neben ihr kniete Elizabeth, die ihre Mutter zu beruhigen versuchte.

„Was ist denn um Himmels willen passiert?", fragte Holmes.

„Mr Crabtree!", schrie Mrs Tavy hysterisch. „Er ... er liegt mit offenen Augen in seinem Bett und regt sich nicht!"

„Miss Tavy", mischte sich Stableford ein, „wo ist sein Zimmer? Zeigen Sie es uns, schnell!"

Elizabeth führte die beiden Männer durch eine Tür in einen schmalen Gang, von dem drei Zimmer abgingen. Vor der ersten Tür blieb sie stehen.

„Hier ist es", flüsterte sie.

„Danke, Miss Tavy", sagte Holmes. „Gehen Sie jetzt zurück zu Ihrer Mutter und versuchen Sie, sie zu beruhigen."

Elizabeth nickte erleichtert. Nachdem sie gegangen war, öffnete Stableford die Tür und trat ein; Holmes folgte ihm. Das relativ große Zimmer war einfach eingerichtet und wirkte sauber und sehr ordentlich. Auf einem schlichten, nicht aufgeschlagenen Bett an der rechten Wand lag Crabtree. Über seinem Pyjama trug er einen altmodischen Hausmantel mit einem breiten Samtkragen. Ganz entspannt lag er da, wie im Schlaf, nur dass seine Augen leer an die Zimmerdecke starrten.

Holmes trat zu ihm, fühlte seinen Puls, tastete den Nacken ab und wandte sich dann an Stableford. „Er ist tot", stellte er sachlich fest. „Seit etwa fünf Stunden, möchte ich meinen. Die Leichenstarre hat vor Kurzem eingesetzt."

„Ein natürlicher Tod?", fragte Stableford ernst.

„Auf den ersten Blick gibt es zumindest keinen Hinweis auf eine äußerliche Gewalteinwirkung. Aber das sollten wir später untersuchen. Bitte nehmen Sie es mir nicht übel, Mr Stableford, aber ich schlage vor, die zweite ‚Leichenschau' binnen vierundzwanzig Stunden erst nach dem Frühstück abzuhalten. Auf nüchternen Magen ist mir das nichts."

„Sicher", sagte Stableford geistesabwesend, denn seine ganze Aufmerksamkeit galt in diesem Moment Crabtrees Nachttisch, auf dem eine etwa halb volle Flasche Brandy und ein leeres, aber offensichtlich benutztes Glas standen.

Da ansonsten weder ihm noch Holmes etwas Außergewöhnliches im Zimmer auffiel, beschlossen die beiden, zur Küche zurückzukehren und den Raum erst einmal unter Verschluss zu halten. Der Schlüssel steckte innen im Schloss. Stableford zog ihn ab, sperrte die Tür von außen ab und steckte den Schlüssel in seine Jackentasche.

In der Zwischenzeit hatte Elizabeth einen starken Tee gekocht. Stableford und Holmes bestätigten den beiden Frauen so sachlich wie möglich Crabtrees Tod, nahmen dankbar eine dampfende Tasse Tee entgegen und setzten sich zu Mrs Tavy, die sich derweil etwas beruhigt hatte. Stablefords Frage, ob sie in der Nacht etwas Außergewöhnliches gehört hätten, verneinten beide Frauen ganz entschieden.

„Nachdem wir die Küche aufgeräumt hatten", begann Elizabeth, „erzählte uns Mr Crabtree wie an fast jedem Abend, seit wir hier sind, seine alten Kriegsgeschichten. Gegen elf gingen meine Mutter und ich zu Bett. Mr Crabtree saß noch am Küchentisch. Er trank wie üblich ein Bier und war ganz so wie sonst, nicht wahr, Mutter?"

Mrs Tavy nickte zustimmend.

Stableford dachte einen Moment nach und stellte dann eine Frage, die Holmes sichtlich überraschte: „Haben Sie sich auch um Mr Crabtrees Zimmer gekümmert, Miss Tavy?"

„Ja, sicher", antwortete Elizabeth.

„Hatte er üblicherweise eine Flasche Brandy auf dem Nachttisch stehen?"

„Ganz sicher nicht! Mr Crabtree machte sich nicht viel aus Hochprozentigem. Vielleicht gönnte er sich mal ein Gläschen nach dem Essen, aber sonst trank er nur jeden Abend sein Bier, eine Flasche St. Austell Ale, während er uns von seinen Abenteuern an der Front erzählte. ‚Um die Stimme zu ölen', sagte er immer."

„Das ist merkwürdig", murmelte Stableford, mehr zu sich selbst, und versuchte seine Gedanken zu ordnen. Der Mord an Slocum war verstörend gewesen, aber er hatte die Situation, in der sie sich befanden, bis jetzt als wenig bedrohlich empfunden. Mit der zweiten Leiche binnen vierundzwanzig Stunden musste er diese Einschätzung revidieren. Er fasste einen Entschluss: Auf Petershead ging der Tod um und es war an der Zeit, sich ihm entgegenzustellen!

KAPITEL 21
Stableford spielt Detektiv

Um Viertel vor acht klopfte Stableford an Harriets Tür. Nach einiger Zeit öffnete sie ihm im Morgenmantel.

„Guten Morgen, Sherlock!", sagte sie verschlafen. „Ist dir nicht wohl? Du siehst aus, als ob dir der Tod über den Weg gelaufen ist."

„Das ist er, Harriet! Er hat heute Nacht wieder zugeschlagen. Crabtree ist tot." Mit knappen Worten erzählte er ihr von den Ereignissen im Dienstbotentrakt.

Harriet war während seiner Ausführungen zunächst bleich geworden. Dann begannen ihre Wangen zu glühen. Sie war sichtlich in Gedanken, wirkte nach außen hin aber gefasst, sodass Stableford sie bald wieder verließ, um sich für das Frühstück frisch zu machen.

Während er sich rasierte, musste er immer wieder an die Brandyflasche auf Crabtrees Nachttisch denken. Warum hatte ein Mann, der sich nicht viel aus Hochprozentigem machte, eine ganze Flasche Brandy am Bett stehen? Weil er Besuch erwartete, beantwortete sich Stableford die Frage selbst. Aber hätte er dann nicht zwei Gläser bereitgestellt?

Stableford schaute in den Spiegel und wusch sich die Reste der Rasierseife ab. Zwei Tote innerhalb von vierundzwanzig Stunden. Slocum erschlagen und erdrosselt. Und Crabtree? Starb er eines natürlichen Todes oder wurde er – vergiftet? Zwei Tote und drei Todesarten. Wie viele Mörder ergab diese verrückte Gleichung?

Ein Blick auf die Uhr unterbrach seine Überlegungen. Er eilte zurück in sein Zimmer, kleidete sich an und holte Harriet zum Frühstück ab. Als sie den Clubraum betraten, saßen die anderen Gäste bereits am Tisch. Allein Holmes stand mit einem Glas Brandy in der Hand vor dem Kamin und blickte nachdenklich ins Feuer.

„Sollten Sie nicht erst eine Kleinigkeit essen?", schlug Harriet vorsichtig vor.

„Es ist zu früh, um etwas zu essen", antwortete Holmes und lachte ohne jede Spur von Heiterkeit. „Unser Wochenende auf dem Lande beginnt mir auf den Magen zu schlagen – verbuchen Sie das Glas als Medizin, Miss Taylor."

„Haben Sie den anderen schon von Crabtree erzählt?", fragte Stableford leise.

„Nein, das wollte ich Ihnen überlassen."

„Wie Sie meinen." Stableford trat an den Tisch und räusperte sich. „Dürfte ich für einen Moment um Ihre Aufmerksamkeit bitten? Vielleicht hat ja der eine oder andere von Ihnen heute gegen sieben Uhr etwas gehört. Nein? Nun, dann ich will gleich auf den Punkt kommen: Mr Crabtree ist tot. Mrs Tavy, die Köchin, fand ihn heute Morgen leblos in seinem Bett. Dr Holmes und ich hörten ihre Hilferufe, aber wir konnten nichts mehr für ihn tun."

Die Reaktionen am Tisch waren sehr unterschiedlich. Während Chloé ungeniert zu weinen begann und von Harriet tröstend in den Arm genommen wurde, nahmen Fenshaw und seine Frau die Nachricht zwar angemessen ernst, aber eher gleichgültig auf. Auch Fitzpatrick war keine spezielle Gefühlsregung anzumerken. Er war zwar kreidebleich, doch das war er schon vor Stablefords Ansprache gewesen. Sein Zustand war offenbar auf einen übertriebenen Alkoholgenuss am Vorabend zurückzuführen.

Nach einem längeren Schweigen ergriff Fenshaw das Wort. „Bitte halten Sie mich nicht für herzlos", begann er etwas verlegen. „Mr Crabtrees Tod ist fraglos tragisch, allerdings haben wir aus meiner Sicht ein weitaus größeres Problem. Unter uns befindet sich ein Mörder! Vor diesem Hintergrund würde ich gerne für einen Moment auf die Etikette verzichten und die Anwesenheit aller Gäste für eine quasi offizielle Verlautbarung nutzen. Letzte Nacht baten Dr Holmes und ich Mr Stableford, die Untersuchung im Fall Slocum zu übernehmen, bis die Polizei eintrifft. Mr Stableford scheint uns am ehesten dafür geeignet zu sein, was, nebenbei bemerkt, nicht zuletzt dem Umstand geschuldet ist, dass er als Slocums Mörder nicht in Betracht kommt. Ich kann seine Unschuld bezeugen. Wenn jemand von Ihnen Einwände hat, dann ist jetzt die Zeit, sie vorzubringen. Wenn Ihnen aber mein Wort genügt, sollten wir Mr Stableford auf jede nur denkbare Weise bei seinen Bemühungen, Licht ins Dunkel zu bringen, unterstützen."

Stableford konnte sich ein kleines Schmunzeln nicht verkneifen. Fenshaws steife Ausdrucksweise wirkte wie auswendig gelernt, seine Ansprache klang wie eine Textpassage in einer Schultheateraufführung. Er wartete einen Moment, doch die von Fenshaw angesprochenen Einwände blieben aus.

„Nun, Mr Fenshaw", sagte er schließlich betont gelassen, „ich würde es vielleicht nicht ‚Untersuchung' nennen – das klingt so offiziell –, aber ich werde mit Ihrer aller Hilfe versuchen, dieses Rätsel zu lösen. Allerdings geht es jetzt nicht mehr nur um den Mord an Mr Slocum. Ich habe zwar keine Beweise, aber so ein merkwürdiges Gefühl, dass auch Mr Crabtree heute Nacht nicht auf natürliche Weise gestorben ist."

„Was?", rief Fenshaw sichtlich schockiert. „Crabtree wurde ermordet?"

„Ich habe nicht gesagt, dass er ermordet wurde, Mr Fenshaw."

„Dann meinen Sie Selbstmord?", mischte sich Mrs Fenshaw ein.

„Es ist zu früh, um das zu beantworten, doch mit Dr Holmes' Hilfe werden wir auch dieser Möglichkeit nachgehen."

„Aber ist es nicht mehr als nur eine Möglichkeit?", fragte Mrs Fenshaw und wirkte fast ein wenig erleichtert. „Wäre es nicht ein klares Schuldeingeständnis? Der letzte Ausweg einer vom schlechten Gewissen geplagten Mörderseele?"

„Äh, ja", murmelte ihr Mann, der immer noch um Fassung rang, „vielleicht hat er sich selbst gerichtet, nicht wahr?"

„Vielleicht – vielleicht auch nicht", sagte Stableford ruhig. „Natürlich kann man einen Selbstmord nicht ausschließen, allerdings fehlt in diesem Fall ein – wie ich glaube – sehr häufiges Indiz."

„Und das wäre?", fragte Mrs Fenshaw.

„Ein Abschiedsbrief. Wir haben in seinem Zimmer nichts gefunden. Nicht einmal eine kurze Notiz. Lassen Sie uns Dr Holmes' Urteil abwarten. In der Zwischenzeit würde ich Sie gerne alle einzeln befragen. Ich kann Sie natürlich nur darum bitten. Aber wir können dieses Rätsel nur lösen, wenn Sie alle mitspielen."

„Wenn Sie mit mir beginnen wollen, Mr Stableford? Ich bin bereit", bot sich Mrs Fenshaw an.

„Gerne, lassen Sie uns in die Halle gehen. Dort sind wir ungestört."

Sie verließen den Clubraum und Stableford führte Mrs Fenshaw zu den Ledersesseln vor dem Kamin. Dort setzten sie sich und Stableford zog sein kleines Notizbüchlein aus der Innentasche seines Sakkos hervor.

„Nun, vielleicht beginnen wir einfach damit, dass Sie mir erzählen, wie Sie hierhergekommen sind."

„Mit der Bahn", sagte Mrs Fenshaw und lachte sympathisch. „Im selben Abteil wie Sie, Mr Stableford. Habe ich wirklich so wenig Eindruck auf Sie gemacht?"

„Äh – gewiss doch", stammelte Stableford und errötete leicht. „Aber wer hat Sie eingeladen?"

„Das Bankhaus Milford & Barnes natürlich. Arthur ist ein sehr guter Kunde. Er zeigte mir die Einladung und wir beschlossen sofort, sie anzunehmen. Vor zwei Jahren lud uns das Bankhaus bereits zu einem Wochenende nach St. Andrews in Schottland ein. Ganz fantastische Plätze und die Hotels – einfach wunderbar! Waren Sie schon einmal in St. Andrews? Die Organisation damals war natürlich unvergleichlich besser, und ich meine nicht allein die Abwesenheit von Caddies hier. Wir wurden professionell betreut, es gab ein festliches Rahmenprogramm und beim Dinner waren sogar die Bankdirektoren persönlich anwesend. Irgendetwas muss hier bei der Planung fürchterlich schiefgelaufen sein, meinen Sie nicht auch?"

„Äh, doch, doch", bestätigte Stableford ihre Vermutung und schien für einen Moment den Faden zu verlieren. Auf eine so selbstbewusste Gesprächspartnerin war er nach seinen ersten Begegnungen mit Mrs Fenshaw nicht vorbereitet gewesen. „Kommen wir nun zu gestern Morgen", sagte er, nachdem er sich wieder gefangen hatte. „Erzählen Sie mir einfach alles, an das Sie sich erinnern können: Was geschah nach dem zweiten Abschlag am dritten Tee?"

„Sicher", erwiderte sie und zündete sich eine Zigarette an. „Wir schlugen ab, Sie direkt in den Teich, wenn ich mich richtig erinnere."

„Das scheint niemandem entgangen zu sein."

„Miss Taylor und ich trafen das Rough und Arthurs Ball landete mitten in der Hecke. Wir folgten Arthur bis auf die Höhe des Fairways, auf der er seinen Ball vermutete, und halfen ihm dann beim Suchen in der Hecke."

„Haben Sie innerhalb der Hecke jemanden gesehen oder irgendetwas Merkwürdiges gehört? Vielleicht Stimmen, einen Streit oder Ähnliches?"

„Nein, die Hecke ist sehr dicht und ich habe Miss Taylor und Arthur schnell aus den Augen verloren. Obwohl ... Wenn ich darüber nachdenke, habe ich Schritte im Gras gehört und manchmal das Knicken von Zweigen. Irgendwann erreichte ich eine kleine Lichtung und erschrak fürchterlich. Es war ein schrecklicher Anblick, Mr Stableford: Mr Slocum lag am Boden und Miss Taylor kniete neben ihm mit dem Schläger in ihren Händen."

„Waren Sie nach Miss Taylor die Erste am Tatort?"

Mrs Fenshaw zögerte einen Moment, dann antwortete sie: „Nein, Mr Fitzpatrick stand auf der anderen Seite der Lichtung hinter einem Strauch und starrte entsetzt auf die Szene. Erst als er mich wahrnahm, verließ er seine Deckung und ging gleichzeitig mit mir auf Miss Taylor und den am Boden liegenden Mr Slocum zu."

„Und wer betrat nach Ihnen die Lichtung?"

„Daran kann ich mich wirklich nicht erinnern. Ich weiß nur noch, dass Sie zuletzt gekommen sind und sich, sieht man einmal von der Ohrfeige ab, sehr rührend um Miss Taylor gekümmert haben. Sie mögen sie, nicht wahr?"

„Nun – ja", erwiderte Stableford etwas verlegen und räusperte sich. „Aber noch eine Frage, Mrs Fenshaw: Ist Ihnen heute Nacht irgendetwas Merkwürdiges aufgefallen? Ich meine Geräusche oder dergleichen."

Mrs Fenshaw musste lachen. „Gehört kann ich nichts haben, Mr Stableford. Sie müssen wissen, dass Arthur ein chronischer Schnarcher ist und ich seit Jahren Ohrenstöpsel trage, um seinem Pfeifen, Bellen und Sägen zu entgehen."

„Ich verstehe. Das wäre für den Moment schon alles, Mrs Fenshaw. Ich danke Ihnen, Sie können jetzt gerne in den Clubraum zurückgehen."

„Soll ich Ihnen den nächsten – wie soll ich sagen? – Verdächtigen schicken?"

„Nein, vielen Dank. Ich werde mich erst einmal auf dem Golfplatz umsehen."

Stableford wartete, bis Mrs Fenshaw im Clubraum war, und durchquerte dann die Halle in Richtung des Dienstbotentraktes. In der Küche lieh er sich bei Mrs Tavy Crabtrees regenfesten Umhang. Dann öffnete er die kleine Tür, die zum Golfplatz führte, und trat in den kühlen Morgen hinaus.

Aus dunklen Wolken fiel ein feiner Regen. Über dem Haus kreisten zwei Möwen, deren Schreie wie ein grotesk überzeichnetes Wehklagen wirkten. Stableford ging die erste Bahn entlang und stand ein paar Minuten später auf dem zweiten Tee. Die frische Luft tat ihm gut. Aufmerksam taxierte er das Gelände. Dann versuchte er mit gleichmäßigen Schritten, die Entfernung vom Abschlag bis zu dem Punkt auf dem Fairway zu messen, der in etwa auf der Höhe der Lichtung in der Hecke liegen musste. Er notierte sich eine Zahl in seinem Büchlein, ging weiter zum dritten Tee und schritt auch auf diesem Fairway die Strecke bis zur ungefähren Höhe der Lichtung ab. Die Entfernung war bis auf zwei Schrittlängen mit der ersten identisch.

So weit, so gut, dachte er. Das Ganze bestätigte einen Verdacht, der ihm am Abend zuvor bei der Betrachtung seiner verkehrt herum liegenden Golfplatzskizze gekommen war. Tatsächlich entsprach die Symmetrie seiner Zeichnung der Realität des Geländes: Die zweite und dritte Bahn, von der Hecke getrennt, verliefen weitgehend parallel und die Lichtung lag von beiden Tees etwa gleich weit entfernt, nämlich ungefähr auf der Höhe eines guten Abschlages.

Erneut nahm Stableford sein Büchlein zur Hand und versuchte sich an einer genaueren geometrisch-abstrakten Darstellung der beiden Golfbahnen. Er ignorierte den Knick, den die dritte Bahn auf der Höhe des kleinen Teiches machte, und zog zwei Geraden, die die Fairways der Bahnen zwei und drei simulierten. Dann zeichnete er eine weitere Linie, die die beiden oberen Enden der Geraden miteinander verband. Sie entsprach dem Weg vom Grün der zweiten Bahn zum Tee der dritten. Die Skizze ergab nun eine Art offenes Rechteck, das er durch eine weitere Linie, die die Hecke simulierte, wiederum in zwei schmalere gleichgroße Rechtecke teilte.

Aber was half ihm diese Beobachtung? Er wusste es nicht und strich die Zeichnung verärgert durch. Dann starrte er plötzlich wie gebannt auf das Blatt. Der gerade Strich, mit dem er die Skizze ärgerlich durchzogen hatte, schnitt ganz zufällig die Eckpunkte des Rechtecks, die für die beiden Tees standen, und bildete damit praktisch eine Diagonale. Er kreuzte natürlich auch die Linie, die für die Hecke stand, und zwar genau an dem Punkt, an dem sich die Lichtung befand. Was Stableford jedoch wirklich faszinierte, war etwas anderes: Der Strich musste in etwa den Flugbahnen der Bälle entsprechen, die Slocum und Fenshaw abgeschlagen hatten. Erst jetzt wurde ihm bewusst, dass die Bälle dicht beieinander gelandet sein mussten.

Er steckte sein Büchlein ein und ging hinüber zur Hecke. Nachdem er sich mühsam einen Weg durch die Schwarz- und Rotdornbüsche gebahnt hatte, erreichte er endlich die kleine Lichtung und begann, das Terrain genauer zu untersuchen. Zwischen Efeu und Brombeerranken fand er Slocums Sandeisen, das Crabtree tatsächlich übersehen haben musste. Da der starke Regen das Blut und alle möglichen Spuren abgewaschen hatte, hob Stableford die Tatwaffe sorglos auf. Dann suchte er die Lichtung weiter nach den Bällen ab. Mit Erfolg: Nur etwa einen Meter vom Rand entfernt fand er einen Ball der Marke Black Arrow und nicht einmal fünf Schritte neben diesem einen zweiten der Marke Silver King. Fenshaw spielte einen Silver King. Stableford hatte gesehen, wie er einen Ball dieser Marke mit viel Sorgfalt am dritten Abschlag aufgeteet hatte. Hielt er diesen Ball jetzt in den Händen?

Ein Tuch oder einen Schal fand er nicht. Also steckte er die Bälle ein und machte sich, Ravels Boléro pfeifend, auf den Weg zurück zum Clubhaus. Die scheinbar überflüssige Handlung, die den mörderischen Plan in Bewegung gebracht und über die er noch am Vorabend doziert hatte, blieb ihm zwar immer noch verborgen, aber er begann zu ahnen, wie die Hecke für Slocum zu einer tödlichen Falle geworden war. Er war dem Mörder nicht wirklich näher gekommen, aber er hatte seine Witterung aufgenommen.

KAPITEL 22
Neue Perspektiven

Als Stableford durch eines der französischen Fenster den Clubraum betrat, begrüßte ihn Fenshaw, der in einem Sessel saß, eine Zigarre rauchte und düster auf den Golfplatz hinausblickte.

„Sie haben den Schläger gefunden", bemerkte er nüchtern.

„Ja, und Ihren Ball", erwiderte Stableford. „Sie spielten doch einen Silver King, nicht wahr?"

„Richtig, aber ich habe meinen Ball gestern Morgen selbst gefunden."

„Dann ist das nicht Ihrer?" Stableford reichte Fenshaw sein Fundstück und betrachtete ihn aufmerksam.

„Nein, Mr Stableford. Auf meinen Bällen sind meine Initialen aufgestempelt, A.G.F., für Arthur Gordon Fenshaw. Sie können sich gerne davon überzeugen. In meiner Tasche müssten Sie ein gutes Dutzend Bälle mit dieser Prägung finden."

„Ich glaube Ihnen auch so, Mr Fenshaw. Hätten Sie jetzt Zeit für meine Fragestunde?"

„Sicher, schießen Sie los!"

„Gut", sagte Stableford, setzte sich Fenshaw gegenüber in einen Sessel und begann andächtig, seine Pfeife zu stopfen. „Ihre Frau berichtete mir bereits von der Einladung, die Sie von Milford & Barnes erhalten hatten. Darum könnten wir gleich zum gestrigen Morgen kommen. Erzählen Sie mir, was sich aus Ihrer Sicht in der Hecke zugetragen hat."

„Da gibt es nicht viel zu erzählen. Ich hatte versucht,

meinen Abschlag vom Wasser fernzuhalten, und auf den linken Fairwayrand gezielt. Dabei bin ich wohl etwas über das Ziel hinausgeschossen. Der Ball landete, wie Sie ja wissen, mitten in der Hecke. Miss Taylor und Helen boten mir ihre Hilfe bei der Suche an. Nachdem wir einen Weg in die Hecke gefunden hatten, verlor ich aber beide Damen sofort aus den Augen. Ich fand meinen Ball schließlich zwischen ein paar Sträuchern und überlegte noch, ob ich ihn innerhalb der Hecke droppen könnte. Angesichts des Wetters gab ich dieses Vorhaben aber auf und erklärte ihn nach den Regeln für unspielbar. Dann hob ich ihn auf. Bei einem Zählspiel hätte ich wohl versucht, ihn zu droppen, aber wie Sie ja sicherlich wissen, erlaubt das Stableford-Verfahren, eine Bahn als verloren aufzugeben."

„Ihr Ball lag also nicht auf der kleinen Lichtung?", fragte Stableford verwundert.

„Nein."

„Und wie kamen Sie dann dorthin?"

„Auf der Suche nach Helen. Ich rief mehrmals ihren Namen, aber als sie nicht antwortete, begann ich sie zu suchen. Ich fand sie schließlich auf der Lichtung. Es war eine grauenhafte Szene."

„Können Sie sich an die Reihenfolge erinnern, in der die anderen Golfer dort eintrafen?"

„Warten Sie ... Als ich die Lichtung betrat, standen Helen und Mr Fitzpatrick bereits vor Miss Taylor, die neben Slocum auf dem Boden kniete. Kurz nach mir kam Dr Holmes, gefolgt von meiner Tochter und Ihnen."

„Eine letzte Frage, Mr Fenshaw: Haben Sie heute Nacht etwas Verdächtiges gehört?"

Fenshaw dachte nach, ein wenig zu lange für Stablefords

Geschmack. Dann zog er an seiner Zigarre, blies den Rauch gegen die Decke und antwortete.

„Nein, Mr Stableford. Ich habe nichts gehört, was in Verbindung mit Crabtrees Tod stehen könnte."

In diesem Moment betrat Fitzpatrick den Raum.

„Hallo, Mr Fitzpatrick", begrüßte ihn Stableford freundlich. „Haben Sie einen Augenblick Zeit für mich und meine lästigen Fragen? Mr Fenshaw und ich sind gerade fertig geworden."

„Gewiss", sagte Fitzpatrick leise.

„Dann lasse ich die Gentlemen jetzt allein", bemerkte Fenshaw, stand auf und verließ den Raum.

Fitzpatrick setzte sich in den frei gewordenen Sessel und zündete sich mit leicht zitternder Hand eine Zigarette an.

„Warum sind Sie hier, Mr Fitzpatrick?", fragte Stableford unvermittelt.

„Weil ich eingeladen wurde", antwortete Fitzpatrick fast trotzig, so als ob er glaubte, sich für seine Anwesenheit rechtfertigen zu müssen. „Obwohl ich sagen muss, dass ich solche Einladungen zur Gewinnung von Neukunden ganz schön übertrieben finde. Zumindest in meinem Fall, denn ich verfüge über keinerlei Vermögen."

„Sie sind also kein langjähriger Kunde des Bankhauses Milford & Barnes?" Stableford war überrascht.

„Nein. Ich habe von diesem Bankhaus vor zwei Wochen zum ersten Mal gehört."

„Das ist allerdings merkwürdig. Haben Sie Ihre Einladung noch?"

Fitzpatrick zog seine Brieftasche hervor, entnahm ihr ein paar Papiere und überreichte Stableford schließlich eine Karte. „Hier ist sie."

Aufmerksam las Stableford den Text darauf:

„Das Bankhaus Milford & Barnes gibt sich
die Ehre, Sie, Thomas Fitzpatrick, zu einem
Golf-Wochenende in Peters Peter (Cornwall)
einzuladen. Wir haben uns erlaubt, für Sie ein
Zimmer im Peters Inn (bei Peters Peter) zu
reservieren. Das Turnier beginnt am Samstag
um 8.30 Uhr. Gespielt wird Stableford."

Auf den ersten Blick glich die Einladung der Karte, die er
selbst erhalten hatte. Allerdings fehlte hier tatsächlich der
Hinweis auf die langjährige Kundentreue.

„Der Karte lag ein Brief bei", erklärte Fitzpatrick, nachdem ihm Stableford die Einladung zurückgegeben hatte.
„Er informierte über die Angebote des Hauses und machte
klar, dass die Einladung unabhängig von meiner Entscheidung für oder gegen das Bankhaus gültig sei. Diesen
Brief habe ich allerdings nicht bei mir. Da ich vor etwa
einem Monat das Angebot eines Londoner Verlagshauses
bekam, einen Reiseführer über die Küstenwege rund um
Cape Cornwall und Land's End zu schreiben, kam mir das
kostenlose Ticket hierher natürlich sehr gelegen. Ich bin,
wie gesagt, nicht eben wohlhabend. Ursprünglich wollte
ich von hier aus weiter nach St. Just reisen."

„Ursprünglich?"

„Nun ja, ich nehme an, dass wir uns der Polizei für
einige Zeit als Zeugen zur Verfügung halten müssen.
Zumindest bis zur ersten gerichtlichen Untersuchung.
Wahrscheinlich wird meine Reisekasse dann leer sein."

„Ich verstehe. Hatten Sie vor diesem Angebot schon
einmal mit dem Verlagshaus zu tun?"

„Nein. Das Angebot kam für mich völlig überraschend.
Ich fragte natürlich nach, wie sie auf mich aufmerksam

geworden waren. Jobs dieser Art liegen ja nicht eben auf der Straße. Der Verlag teilte mir daraufhin lediglich mit, dass man mich wärmstens empfohlen habe, nannte aber keine Namen. Ich nehme an, dass ein Reiseschrift-steller-Kollege kurzfristig abgesprungen ist und den Verlag auf mich aufmerksam gemacht hat, um einer Konventionalstrafe zu entgehen."

„Das klingt durchaus plausibel", sagte Stableford nachdenklich. „Kommen wir zum gestrigen Turnier, Mr Fitzpatrick: Wie sind Sie auf die Lichtung gelangt? Erzählen Sie mir, was sich auf der zweiten Bahn in Ihrer Gruppe zugetragen hat."

„Lassen Sie mich nachdenken ... Mr Slocum zeigte uns stolz seinen neuen Schläger, war aber unschlüssig, ob er mit diesem abschlagen sollte, da er ihn vorher nicht hatte ausprobieren können. Dr Holmes meinte, dass er es nach seinem Birdie am ersten Loch doch ruhig wagen könnte. Also betrat Mr Slocum mit seinem neuen Driving Cleek das zweite Tee. Er fixierte den Ball und schlug ihn in die Hecke. Sein ohrenbetäubendes ‚Fore!' müssen Sie ja gehört haben, nicht wahr? Er warf Dr Holmes einen finsteren Blick zu, schien sich über seinen Abschlag aber nicht wirklich zu ärgern, sondern wirkte eher überrascht. Dann blieb er ziemlich lange auf dem Tee stehen, um einige Probeschwünge auszuführen. Dr Holmes musste ihn bitten, das Tee zu verlassen, um selbst abschlagen zu können."

„Haben Sie gesehen, wo sein Ball landete?"

„Nein. Und ich kann Ihnen auch nicht sagen, wo Miss Fenshaws Ball zum Liegen kam. Meiner landete weit rechts im Rough. Wir nahmen unsere Taschen und machten uns auf den Weg. Unterwegs beschlossen wir, gemeinsam nach

Mr Slocums Ball zu suchen. Inmitten der Sträucher war Mr Slocum zunächst an meiner Seite, dann verlor ich ihn aus den Augen. Kurz darauf sah ich Mr Fenshaw, der mit einem Schläger im Dickicht umherstocherte. Schließlich hörte ich hinter mir einen Schrei, drehte um und stand auf einmal am Rande einer kleinen Lichtung, die ich vorher gar nicht bemerkt hatte. Dort sah ich Miss Taylor, die neben einem am Boden liegenden Mann kniete, und entdeckte Mrs Fenshaw auf der anderen Seite der Lichtung. Wir betraten sie etwa zeitgleich, gefolgt von Mr Fenshaw, Dr Holmes und Chloé. Sie kamen ja erst später dazu."

Stableford nickte. „Dürfte ich Sie nach der Marke Ihrer Golfbälle fragen?"

„Sicher. Ich spielte einen White Colonel. Er muss noch dort draußen liegen."

„Verstehe. Meine letzte Frage betrifft die vergangene Nacht. Haben Sie da etwas Verdächtiges gehört, Mr Fitzpatrick?"

„Nichts, was mit dem Tod von Mr Crabtree in Verbindung stehen könnte."

Stableford fuhr unmerklich zusammen. Hatte Fenshaw nicht vor wenigen Minuten eine fast identische Antwort auf diese Frage gegeben?

„Dann haben Sie etwas gehört?"

„Hat Ihnen Mr Fenshaw nichts von unserer netten Unterhaltung erzählt?"

„Nein, das hat er nicht."

„Dann will ich es Ihnen erzählen. Nach unserer nächtlichen Leichenschau war ich völlig verwirrt und konnte einfach nicht zu Bett gehen. Also schlich ich mich wieder hinunter. Es muss so gegen zwei gewesen sein. Auf der Suche nach etwas Hochprozentigem ging ich in den

Clubraum. Dort fand ich eine Flasche Brandy und setzte mich dann in einen der großen Ledersessel, die vor dem Kamin in der Halle stehen. Das Feuer knisterte und es war zunächst auch recht behaglich, aber mit der Zeit überkam mich ein unheimliches Gefühl. Es knackte in allen Ecken, ich fühlte mich beobachtet und einmal glaubte ich sogar das Parkett im Clubraum knarren zu hören, als ob sich dort jemand langsam bewegte. Ich verbuchte diese Eindrücke als Nachwirkungen unserer Leichenschau und trank weiter, mehr als ich vertrug."

„Und was geschah dann?", fragte Stableford gespannt.

Fitzpatrick zog an seiner Zigarette, die jedoch in der Zwischenzeit ausgegangen war. Er holte sein Feuerzeug hervor und zündete sie erneut an. Stableford hatte das unbestimmte Gefühl, dass ihm diese Unterbrechung nicht ungelegen kam.

„Nun", fuhr Fitzpatrick endlich fort. „Ich saß wie gesagt in einem der Sessel am Kamin und auf einmal stand Mr Fenshaw vor mir. Ich weiß nicht, woher er gekommen war. Er beschuldigte mich des Mordes an Mr Slocum und bot mir an zu schweigen, wenn ich das Haus noch in dieser Nacht verlassen würde. Glauben Sie mir, Mr Stableford, ich kann seine Angst um seine Familie vollkommen verstehen, aber ich machte ihm klar, dass ich Mr Slocum nicht ermordet habe. Er nannte mich einen Narren und ging zurück auf sein Zimmer. Ich folgte ihm wenig später, da war es vielleicht vier oder kurz danach."

„Und Sie haben wirklich keine Idee, aus welcher Richtung Mr Fenshaw gekommen war? Ich meine, bevor er plötzlich vor Ihnen stand."

„Aus Richtung der Treppe, nehme ich an. Wahrscheinlich hatte er zuvor vergeblich an meine Zimmertür geklopft und dann vielleicht ein Geräusch von unten aus der Halle gehört. Warum fragen Sie?"

„Ich versuche mir nur ein ganzheitliches Bild der Vorgänge von letzter Nacht zu machen. Vielen Dank, Mr Fitzpatrick." Stableford erhob sich aus dem Sessel, klemmte das gefundene Sandeisen wie eine Offiziers-Reitgerte unter den Arm und verließ den Clubraum.

KAPITEL 23
Tally-ho!

Als Stableford die Halle betrat, erhob sich Mr Fenshaw aus einem der Ledersessel. Stableford nickte ihm flüchtig zu und ging dann langsam die Treppe hinauf. Er dachte über das nach, was er soeben erfahren hatte. Die Offenheit, mit der Fitzpatrick über seine nächtlichen Erlebnisse gesprochen hatte, verwirrte ihn. War ihm nicht klar, dass ihn sein einsames Gelage zu nachtschlafender Zeit einmal mehr verdächtig machte? Holmes hatte den Zeitpunkt des Todes von Crabtree vorsichtig auf halb drei geschätzt. Natürlich konnte Fitzpatrick das nicht wissen, aber wenn er die Wahrheit gesagt hatte, dann war er zu dieser Zeit allein in der Halle gewesen. Er hätte die Gelegenheit gehabt, Crabtree zu töten. Aber hatte er auch ein Motiv?

Als Stableford am Treppenabsatz angelangt war, blickte er kurz zurück nach unten. Fenshaw war verschwunden.

Für einen korpulenten Herrn bewegt er sich äußerst lautlos, dachte Stableford und ging dann den Flur entlang zu Holmes' Zimmer. Dort klopfte er an die Tür.

„Herein", hörte er Holmes' gedämpfte Stimme sagen und trat ein.

Holmes lag auf dem Bett und las. Als Stableford die Tür hinter sich geschlossen hatte, legte er das Buch zur Seite und wies einladend auf einen Stuhl, der am Fenster stand.

„Hallo Stableford! Setzen Sie sich. Hat Sie Ihre Spur endlich zu mir geführt, oder wollen Sie mich nur zu Crabtrees Leichenschau abholen?" Er lachte. Als sein Blick jedoch auf das Sandeisen in Stablefords Hand fiel, wurde er schlagartig ernst. „Ist das das Eisen, mit dem Slocum niedergeschlagen wurde?", fragte er beklommen.

„Ich nehme es an", antwortete Stableford und setzte sich.

„Und ich nehme an, dass Sie schon einmal etwas von Fingerabdrücken gehört haben", sagte Holmes scharf. „Halten Sie es für eine gute Idee, das einzige Beweisstück im Fall Slocum mit den Ihren zu übersäen? Oder war es Absicht und nur ein weiterer Ausdruck Ihrer galanten Haltung gegenüber Miss Taylor?"

„Sollten wir dafür nicht zuerst unsere Positionen wechseln?", fragte Stableford amüsiert.

„Wie bitte?"

„Sollte ich nicht liegen und Sie am Kopfende sitzen, bevor Sie mich zu analysieren beginnen, Dr Holmes?"

„Oh, ich verstehe. Allerdings kann ich Ihnen versichern, dass die berühmte Couch in diesem Zusammenhang vollkommen überbewertet wird. Aber ich nehme auch nicht an, dass Sie mich aufgesucht haben, um über Ihr Gefühlsleben zu sprechen."

„Da haben Sie recht. Eigentlich würde ich Ihnen gerne ein paar Fragen zum gestrigen Morgen stellen."

„Ausgezeichnet! Für mein Buch fehlt mir bei all den nervenaufreibenden Vorkommnissen sowieso die Muße. Kennen Sie ‚Die geistige Welt der Primitiven' von Lévy-Bruhl? Ein wirklich bemerkenswertes Buch!"

„Ich habe ‚Das Denken der Naturvölker' gelesen und seinen Gedanken von der ‚Participation mystique' in meinem letzten Buch über Schopenhauers Philosophie aufgegriffen", erwiderte Stableford begeistert. „Es ging dabei um Schopenhauers Annäherungen an den indischen Brahmanismus. Die mystische Partizipation und das ‚tat twam asi' haben viel gemein." Dann stutzte er. Wie einfach und wohltuend es doch war, für einen Moment in den behaglichen Elfenbeinturm seiner Gelehrtenwelt zurückzukehren. Er war des Detektivspielens noch nicht müde geworden, aber er spürte, dass ihn seine neue Rolle von anderen Menschen isolierte. „Ich bedaure, dass wir uns unter diesen Umständen kennenlernen mussten", sagte er nachdenklich. „Wir scheinen viel gemeinsam zu haben."

„Das habe ich auch gerade gedacht", erwiderte Holmes. „Andererseits ..." Er stockte. „Nein, es ist noch zu früh, um darüber zu sprechen. Lassen Sie uns beginnen! Was wollen Sie von mir wissen?"

Stableford hatte Holmes' merkwürdige Andeutung zwar registriert, war aber zu abgelenkt, um ihr in diesem Moment seine ganze Aufmerksamkeit zu schenken. Er hatte sich, während Holmes sprach, im Zimmer umgesehen und sein Blick war auf die halb geöffnete Schublade des Nachttischs gefallen. Darin lag ein Webley, ein Offiziers-Revolver aus dem großen Krieg. War das der Revolver, von dem Crabtree gesprochen hatte? Die Waffe, mit der er das Turnier hatte starten wollen und die ihm dann abhandengekommen war?

„Nein", sagte Holmes, der Stablefords Blick gefolgt war. „Ich weiß, was Sie denken, aber es ist mein Revolver. Wenn Sie wollen, können Sie ihn an sich nehmen. Er ist geladen, allerdings habe ich ihn das letzte Mal im Krieg abgefeuert."

Stableford beugte sich vor und griff nach der Waffe. Er klappte den Lauf nach vorn, nahm die Patronen aus der Trommel und steckte sie in Tasche seines Sakkos. Dann legte er den Revolver zurück in die Schublade.

„Haben Sie noch mehr Patronen in Ihrem Gepäck?", fragte er ernst.

„Nein. Pfadfinderehrenwort, Mr Stableford!"

„Gut! Ich betrachte Sie in gewisser Weise als meinen Verbündeten, Dr Holmes. Andererseits macht Sie allein Ihr Aufenthalt in der Hecke zum Mordzeitpunkt zu einem Verdächtigen. Sie behalten den Webley, ich die Patronen. Sind Sie mit dieser Lösung einverstanden?"

„Äh, sicher."

„Dann wäre diese Angelegenheit erledigt. Es wäre mir nur lieb, wenn Sie die Existenz des Revolvers niemandem gegenüber erwähnen würden."

„Sie haben mein Wort." Holmes nahm ein silbernes Etui vom Nachttisch. „Sicherlich kennen Sie den indianischen Brauch, eine Abmachung mit dem zeremoniellen Rauchen einer Friedenspfeife zu besiegeln", sagte er lachend. „Darf ich Ihnen vielleicht stellvertretend eine Zigarette anbieten? Dann muss ich Ihren Pfeifentabak nicht riechen. Türkische auf dieser Seite, Virginias auf der anderen."

Stableford wählte eine Virginia und die beiden Männer rauchten eine Weile, ohne zu sprechen.

„Sie sind Kunde von Milford & Barnes, Dr Holmes?", begann Stableford endlich seine Befragung.

„Seit Jahren. Sonst wäre ich wohl nicht hier, nicht wahr? Ich nehme an, dass Sie die gleiche Einladungskarte bekommen haben wie ich. Man gab sich die Ehre und so weiter."

„Ich schon, Mr Fitzpatrick aber zum Beispiel nicht. Doch das ist, wie Kipling sagen würde, eine andere Geschichte. Erzählen Sie mir, was gestern auf der zweiten Bahn in Ihrer Gruppe passiert ist."

„Am zweiten Abschlag", murmelte Holmes nachdenklich. „Warten Sie ... Slocum hatte die Ehre und schlug mit einem Schläger ab, den er als Geschenk unserer desorganisierten Gastgeber erhalten hatte. Er war fürchterlich stolz auf dieses Stück, hatte es aber noch nicht ausprobieren können, da es erst einen Tag vor seiner Abreise eingetroffen war. Er schlug den Ball mitten in die Hecke und stand ziemlich lange auf dem Tee. Nach einiger Zeit bat ich ihn, dieses zu verlassen, und schlug dann selbst ab. Die Abschläge von Fitzpatrick und Miss Fenshaw habe ich nicht verfolgt. Wir gingen dann alle zur Hecke und suchten nach Slocums Ball. Einmal sah ich Slocum und Fitzpatrick dicht beieinander im Dickicht stehen. Irgendwann schrie jemand laut auf. Es war eine Frau, da bin ich mir sicher. Ich rannte in die Richtung, aus der der Schrei gekommen war, und stand kurze Zeit später auf der kleinen Lichtung."

„Können Sie sich an die Reihenfolge erinnern, in der die anderen die Lichtung erreichten?"

„Nun, neben den Protagonisten dieser schaurigen Szene, Miss Taylor und Slocum, waren die Fenshaws und Fitzpatrick bereits anwesend, als ich die Lichtung betrat. Miss Fenshaw erreichte sie kurz nach mir."

„Was spielten Sie gestern Morgen übrigens für einen Ball? Ich meine das Fabrikat."

„Einen Silver King, Mr Stableford. Aber das war reiner Zufall. Eigentlich benutze ich Bälle der Marke White Colonel. Da jedoch auch Fitzpatrick diese Bälle spielt, half mir Miss Fenshaw mit einem Silver King aus, der nicht, wie die meisten anderen in ihrer Tasche, mit ihren Initialen gestempelt war. Wenn Crabtree die Bälle gestern nicht eingesammelt hat, müsste meiner übrigens noch mitten auf dem Fairway der zweiten Bahn liegen."

„Auf dem Fairway lag kein Ball, da bin ich mir sicher. War der Ball, mit dem Ihnen Miss Fenshaw aushalf, irgendwie markiert?"

„Nein. Da bin ich mir wiederum sicher."

„Kommen wir zu heute Nacht. Haben Sie irgendetwas Verdächtiges gehört?"

„Auch diese Frage muss ich leider verneinen. Ich nehme ein ziemlich starkes Schlafmittel, Veronal, wenn Sie verstehen. Sie könnten in meinem Zimmer eine Kanone abfeuern, ohne dass ich auch nur mit der Wimper zucken würde."

„Ich verstehe und danke Ihnen, Dr Holmes. Sie haben mich wirklich überrascht, aber Sie haben mir auch sehr geholfen."

„Mr Stableford, entschuldigen Sie bitte meine Neugierde, aber was meinten Sie damit, dass Fitzpatrick keine Einladung erhalten hat?"

„Da haben Sie mich missverstanden. Mr Fitzpatrick hat eine Einladung erhalten, allerdings in einer leichten Variation des Themas. Man gab sich auch bei ihm die Ehre, Mr Fitzpatrick ist jedoch kein Kunde des Bankhauses Milford & Barnes."

„Aber ist das nicht äußerst merkwürdig?"

„Das ist es, Dr Holmes."

Stableford dachte nach. Er konnte Holmes nicht vollständig ins Vertrauen ziehen, dennoch interessierte ihn seine Reaktion auf Harriets Andeutungen über Slocums kriminelle Nebentätigkeit. Würde Holmes mit dieser Information zu einer ähnlichen Rekonstruktion des Tatherganges kommen wie er selbst?

„Es gibt da noch einen merkwürdigen Punkt, über den ich gerne mit Ihnen sprechen würde, Dr Holmes. Allerdings müssten Sie mir vorab versprechen, dass Sie ihn erst einmal für sich behalten. Was sagen Sie dazu?"

„Ausgezeichnet!", rief Holmes mit fast kindlicher Begeisterung. „Erzählen Sie!"

„Mr Slocum war ein professioneller Erpresser."

„Sie erstaunen mich, Mr Stableford. Woher wissen Sie das?"

„Das kann ich Ihnen nicht sagen. Ich möchte Sie aber bitten, über Folgendes nachzudenken: Was wäre, wenn jemand auf die Einladungen von Milford & Barnes Einfluss genommen hätte? Auf die Auswahl der Gäste, meine ich."

„Und mit ,jemand' meinen Sie Slocum?", fragte Holmes.

„Was denken Sie?"

„Wenn Slocum tatsächlich ein Erpresser war, dann würde ich auf ihn tippen", erwiderte Holmes. „Vielleicht hatte er die Chance, die Einladungen dahin gehend zu manipulieren, dass er jemanden unter die Gäste schmuggeln konnte, den er erpressen wollte. Ich will ganz offen sein, Mr Stableford: Miss Taylor ist und bleibt auch unter dieser Prämisse für mich die Hauptverdächtige. Aber wenn wir sie für den Moment einmal ausklammern, dann würde ich auf Fitzpatrick als Täter setzen. Er tut wirklich alles, um verdächtig zu erscheinen, und seine von unseren abweichende Einladungskarte passt doch perfekt ins Bild, meinen Sie nicht?"

Stableford nickte.

„Vielleicht hatte ihn Slocum hierhergelockt, um ihn zu erpressen", fuhr Holmes fort. „Oder vielleicht hatte er ihn bereits am Wickel und wollte ihn hier nur noch weiter schröpfen. Und Fitzpatrick nutzte die Gelegenheit, die sich ihm in der Hecke bot, um sich seines Peinigers ein für alle Mal zu entledigen. Folgt man dieser These, dann war Miss Taylor nur zur falschen Zeit am falschen Ort, was Ihnen ja sehr gelegen kommen sollte."

„Ich bin froh, dass Sie so schnell auf eine ähnliche Idee gekommen sind wie ich, Dr Holmes."

„Tally-ho!", rief Holmes und schlug sich auf die Schenkel. „Der Fuchs ist in Sicht!"

„Nicht so voreilig, mein lieber Holmes", bremste ihn Stableford. „Sagen wir: Die Jagd ist eröffnet. Denken Sie daran, dass wir mittlerweile ein zweites Opfer zu beklagen haben und dieser Tod so ganz und gar nicht in unsere Erpresser-Theorie passt. Wenn es Ihnen recht ist, werde ich Sie nach dem Lunch zur Leichenschau abholen." Mit diesen Worten stand er auf und ging zur Tür.

„Mr Stableford", hielt ihn Holmes zurück. „Wissen Sie, wer der Mörder ist?"

Stableford drehte sich um und schüttelte den Kopf.

„Und was heißt eigentlich ,tat twam asi'?"

„Das bist du", antwortete Stableford und verließ ohne ein weiteres Wort das Zimmer.

KAPITEL 24
Rückblicke

Stableford schaute auf die Uhr. Bis zum Lunch, den Mrs
Tavy für halb eins angekündigt hatte, war noch eine gute
halbe Stunde Zeit. Er ging die Treppe hinunter und folgte
einem hellen Lachen, das aus dem Clubraum zu kommen schien. Dort saß allerdings nur Fenshaw, der lustlos und mit grimmiger Miene in einer alten Ausgabe des
National Geographic Magazine blätterte. Stableford hatte
das Gefühl, dass er den Clubraum bewachte. Offenbar
hatte er ihn an diesem Vormittag nur verlassen, als
Stableford Fitzpatrick befragt hatte. Danach musste er
gleich wieder in den Clubraum zurückgekehrt sein. Aber
weshalb?

Die Flügeltüren zur Terrasse standen immer noch
offen. Auf dem kleinen Putting Green, das direkt neben
der Terrasse lag, putteten Chloé und Fitzpatrick um die
Wette. Der Regen hatte fast aufgehört, und Chloé trug
wie am gestrigen Morgen ihr extra für dieses Wochenende angefertigtes Tweedkostüm. Stableford trat auf die
Terrasse hinaus und sah den beiden eine Weile zu. Die
Situation erinnerte ihn an eine Szene, die er am Tag zuvor
kurz vor Turnierbeginn beobachtet hatte. An ziemlich
genau derselben Stelle hatten Chloé und Holmes beiein-
andergestanden. Er verspürte eine leichte Irritation, die
sich aber zu keinem Gedanken formen wollte. Nach einiger Zeit ging er zurück in den Clubraum und setzte sich
zu Fenshaw.

„Es ist schön, mal wieder ein gelöstes Lachen zu hören,
finden Sie nicht?"

„Ganz und gar nicht, Mr Stableford. Sie scheinen mir das Ganze nicht mit dem nötigen Ernst zu betrachten. Chloé ist noch ein Kind. Sie begreift das Ausmaß dieser Angelegenheit nicht wirklich. Ihr Lachen ist der Ausdruck vollkommener Naivität. Und Naivität ist in unserer Situation sehr gefährlich." Er seufzte. „Haben Sie schon eine Spur? Eine Idee, wie der ‚natürliche Ablauf' – wenn ich mich an Ihre Worte richtig erinnere – verändert wurde? Verstehen Sie mich nicht falsch, ich schätze Ihre Bemühungen, aber glauben Sie wirklich an diesen Hokuspokus von einer scheinbar überflüssigen Handlung, die Sie auf die Spur des Täters führen soll?"

„Ich kann Ihre Skepsis nachvollziehen, Mr Fenshaw. Es gibt aber tatsächlich einige neue Anhaltspunkte. Ach, ich sehe gerade, dass der Putting-Wettbewerb zu Ende ist. Das ist wohl meine Chance, um Ihrer Tochter mit einigen Fragen auf die Nerven zu gehen. Wenn Sie mich entschuldigen wollen."

Als Fitzpatrick und Chloé eintraten, stand Stableford bereits an der Flügeltür.

„Miss Fenshaw, hätten Sie jetzt ein wenig Zeit für mich? Ich würde Ihnen gerne ein paar Fragen stellen."

Chloé blickte verunsichert zu ihrem Vater hinüber, dann sagte sie: „Sicher, Mr Stableford. Wollen wir in die Halle gehen?"

„Ganz wie Sie wünschen."

In der Halle setzte sie sich in einen der Sessel am Kamin, streifte ihre Schuhe ab, ließ die Beine über der Lehne baumeln und schaute ihn mit großen Augen erwartungsvoll an. „Nun, was möchten Sie von mir wissen?"

Stableford beobachtete sie fasziniert. War diese Mischung aus Kindlichkeit und Laszivität ihre Masche oder ein Resultat ihres repressiven Elternhauses? Holmes hätte sicherlich eine Meinung dazu gehabt.

Dann riss er sich zusammen und erwiderte: „Wie Sie gestern Morgen auf die Lichtung gelangt sind, Miss Fenshaw. Erzählen Sie mir, was sich ab dem zweiten Abschlag in Ihrer Gruppe zugetragen hat."

„Warten Sie ..." Sie schien nachzudenken. „Ja, ich glaube, ich kann mich erinnern", sagte sie nach einiger Zeit. „Äh – genau, Mr Slocum schlug ab und ich habe mich fürchterlich erschreckt, als er ‚Fore!' schrie, nicht wahr?"

„Ich war nicht dabei, Miss Fenshaw."

„Doch, doch, so war es. Dann schlug Percy ab, dann Thomas, ich meine Mr Fitzpatrick, und dann ich. Mein Ball landete irgendwo links im Rough, glaube ich."

„Sie spielten an diesem Morgen einen Silver King?"

„Woher wissen Sie das?"

„Dr Holmes erzählte mir, dass er sich einen Ball von Ihnen geliehen hatte."

„Ja, ja. Ich spielte einen Silver King mit meinen aufgestempelten Initialen, C.F. für – aber das muss ich einem Detektiv ja nicht erzählen." Sie lachte. „Der Stempel war ein Geburtstagsgeschenk von Papa. Sie können sich vielleicht vorstellen, wie sehr ich mich darüber gefreut habe! Aber ich will nicht ungerecht sein. Er meinte es sicherlich lieb. Für ihn bin ich immer noch sein kleines Mädchen."

„Ich denke, dass Kinder für ihre Eltern immer Kinder bleiben", sagte Stableford und machte einen imaginären Haken hinter das repressive Elternhaus. „Aber lassen Sie uns zum gestrigen Morgen zurückkehren. Was passierte, nachdem Sie abgeschlagen hatten?"

„Wir haben dann alle Mr Slocum bei der Suche nach seinem Ball geholfen. In der Hecke war ziemlich was los, das kann ich Ihnen sagen. Äste knackten und ich hörte von allen Seiten das typische Geräusch, das man macht, wenn man durch hohes Gras läuft. Gesehen habe ich aber eigentlich nichts."

„Eigentlich?", fragte Stableford interessiert.

„Naja, einmal sah ich Percy hinter einem Strauch stehen. Er stand ganz ruhig da, als ob er etwas beobachtete."

„Aber Sie haben nicht sehen können, was es war?"

„Nein. Ich war genug damit beschäftigt, mein neues Tweedkostüm von den Dornenbüschen fernzuhalten. Ich habe es mir extra für dieses Wochenende anfertigen lassen."

„Ich habe davon gehört", sagte Stableford trocken.

Chloé fuhr fort: „Dann war da dieser schreckliche Schrei und plötzlich stand ich auf der Lichtung und sah Harriet mit dem Schläger in der Hand und Mr Slocum ... Es war fürchterlich. Ich hatte mich so gefreut, endlich wieder einmal die Gegend zu besuchen, in der Mama aufgewachsen ist. Und dann diese schrecklichen Todesfälle. Ich wünschte, wir wären nie hierhergekommen, Mr Stableford."

„Ihre Mutter stammt aus Peters Peter?"

„Gott bewahre, nein! Wenn ich an diese Geisterstadt denke, bekomme ich jetzt noch eine Gänsehaut. Mama kommt aus St. Ives. Aus gutem Hause, wie man früher wohl sagte. Meine Großmutter ist schon lange tot und auch mein Großvater starb vor einigen Jahren. Ich habe ihn allerdings noch kennengelernt. Nach seinem Tod waren wir nicht mehr gemeinsam in dieser Gegend. Mama besucht ihre wenigen Verwandten hier nur noch sehr selten und stets allein. In St. Ives lebt noch ein alter Freund ihres Vaters, Timothy Surtees. Sie trifft ihn auch ab und zu in London."

„Darf ich Sie nach dem Namen Ihres Großvaters fragen, Miss Fenshaw?"

„Charles Arbuthnot, Colonel Charles Arbuthnot. Er soll in jungen Jahren ein wahrer Heißsporn gewesen sein. Frauengeschichten, wenn Sie verstehen. Ich habe mal gehört, wie sich Mama mit Papa darüber unterhalten hat. Aber ich konnte mir das nie wirklich vorstellen. Ich kannte ihn ja nur als alten Mann, der mir voller Stolz seine Briefmarkensammlung zeigte, mit mir sonntags am Hafen spazieren ging und mir Zuckerwatte kaufte."

„Hat Ihre Mutter das Golfspielen von ihm gelernt?"

Chloé dachte einen Moment lang nach. „Ich habe ihn nie spielen sehen und Mama hat mir nie erzählt, wie oder wo sie das Spiel erlernt hat. Aber jetzt, wo Sie mich fragen, glaube ich mich daran zu erinnern, dass in seinem Arbeitszimmer eine Golftasche stand."

„Miss Fenshaw, darf ich Sie zuletzt nach Ihrem Alter fragen?"

Chloé lachte. „Ich befürchte, dass ich zu jung für Sie bin! Im Juni feierte ich meinen einundzwanzigsten Geburtstag."

„Dann darf ich Ihnen nachträglich gratulieren. Sie haben mir sehr geholfen. Vielen Dank, Miss Fenshaw!"

„Mr Stableford?"

„Ja, Miss Fenshaw?"

„Glauben Sie auch, dass sich Mr Crabtree umgebracht hat, weil er Mr Slocum getötet hat und mit dieser Schuld nicht mehr leben konnte?"

„Nein, Miss Fenshaw. Ich halte das für ziemlich ausgeschlossen."

„Oh", sagte Chloé, stand auf, griff nach ihren Schuhen und rannte die Treppe hinauf.

Stableford blieb sitzen und betrachtete eine Zeit lang seine Schuhspitzen. Dann legte er die Handflächen zusammen, führte die Fingerspitzen zum Kinn und schloss die Augen. Chloés Befragung hatte ein Tor zur Vergangenheit aufgestoßen. Und mit den neuen Fakten formte sich in seinem Kopf ein Bild, ein größerer Zusammenhang, den er zu überblicken versuchte. Was er gehört hatte, ergab kein Motiv und wies auch nicht zwangsläufig auf einen Täter hin. Aber für den Moment ergab es etwas viel Wertvolleres: Stableford hatte einen Plan!

KAPITEL 25
Ein Ball zu viel

Harriet saß im Clubraum, trank eine Tasse Kaffee und wartete auf John. Sie war froh, dass der Lunch vorüber war. Die Stimmung unter den Gästen war gedrückt. Die Schinken-Sandwiches und die Lauchsuppe waren weitgehend schweigend eingenommen worden. Allein Holmes und Fenshaw hatten mit einer hitzig ausgetragenen Meinungsverschiedenheit über den Grund für zu flache Eisenschläge kurzeitig für etwas Abwechslung gesorgt. Umso dankbarer war Harriet für Johns Vorschlag, sich nach dem Essen etwas die Beine zu vertreten.

Als John den Clubraum betrat, sprang sie auf. Er führte sie auf die Terrasse hinaus, dann spazierten sie am Clubhaus entlang und befanden sich bald auf dem Pfad, der zum Gärtnerschuppen führte.

„Und, Sherlock, hast du etwas Neues herausbekommen?", fragte Harriet neugierig, als sie die Hecke erreicht hatten, die das erste Fairway vom Pfad trennte.

„In gewisser Weise schon, das denke ich zumindest. Ich habe Slocums Sandeisen wiedergefunden und darüber hinaus zwei ziemlich neue Bälle."

„Ist das etwas Besonderes auf einem Golfplatz?"

„Auf einem, der vor zwei Jahren geschlossen wurde, schon. Weißt du übrigens, mit welchem Ballfabrikat Slocum in der Regel gespielt hat?"

„Black Arrow. Das weiß ich ganz sicher. William schwor auf diese Marke und benutzte niemals eine andere. Aber warum sind die beiden Bälle so interessant? Sieht man von deinem einmal ab, sollten da draußen noch fünf weitere zu finden sein."

„Genau das habe ich auch gedacht", sagte John nachdenklich. „Aber selbst wenn wir davon ausgehen können, dass Crabtree gestern Morgen einige der Bälle einsammelte, als er die Taschen ins Trockene brachte, geht diese Rechnung nicht auf."

„Das musst du mir erklären", erwiderte Harriet.

„Nun, mein Ball fiel in den Teich. Deinen und den von Mrs Fenshaw habe ich selbst im Rough landen sehen. Mr Fenshaw behauptet, dass er seinen in der Hecke gefunden und aufgenommen hat. Damit hätten wir, soweit es unsere Gruppe betrifft, die Lage der Bälle, wenn auch nicht unbedingt ihren Verbleib, geklärt. So weit, so gut. In der Hecke oder, genauer gesagt, auf der Lichtung fand ich heute Vormittag nun zwei Bälle: einen Black Arrow und einen der Marke Silver King."

„Der Black Arrow war sicherlich Williams und der Silver King muss ja dann wohl einem der Spieler aus der anderen Gruppe gehören, nicht wahr?"

„Müsste, mein lieber Watson! Tut er aber nicht, zumindest nicht, wenn man den Aussagen der übrigen Spieler glauben will. Mr Fitzpatrick spielte einen White Colonel, der im Rough der zweiten Bahn zum Liegen kam. Miss Fenshaw spielte zwar einen Silver King, ihr Ball war allerdings mit ihren Initialen gestempelt. Der Silver King, den ich gefunden habe, war nicht markiert."

„Und Dr Holmes?", fragte Harriet gespannt.

„Der spielte tatsächlich einen nicht markierten Silver King, den er sich von Miss Fenshaw geliehen hatte. Er behauptet jedoch, dass sein Ball mitten auf dem Fairway der zweiten Bahn landete."

„Und konnte das ein anderer Spieler aus seiner Gruppe bezeugen?"

„Nein", antwortete John. „Aber warum sollte er lügen? Er hätte doch unmöglich damit rechnen können, dass niemand aus seiner Gruppe seinen Abschlag beobachtet hat."

„Dann meinst du also, dass er die Wahrheit gesagt hat?", fragte Harriet verwirrt.

„Ich weiß es nicht. Aber wenn wir für den Moment davon ausgehen, dass alle Turnierteilnehmer die Wahrheit gesagt haben, dann haben wir einen Ball zu viel auf dem Golfplatz. Niemand erwähnte, dass ein Spieler einen zweiten Ball benutzt hat – etwa nach einem völlig verunglückten Schlag."

„Und wenn dieser Ball noch aus der Zeit vor der Schließung des Clubs stammt?", warf Harriet ein.

„Nein, das kann nicht sein. Du weißt selbst, was die Witterung mit Golfbällen anrichtet. Ich kann nicht mit Gewissheit behaupten, dass er gestern gespielt wurde, aber länger als ein paar Wochen lag er bestimmt nicht dort draußen."

„Vielleicht gehörte er Mr Crabtree? Es könnte doch sein, dass er eine Runde gespielt hat, während er den Platz herrichtete."

„Das könnte durchaus sein, allerdings steht in seinem Zimmer keine Golftasche und auch in der Abstellkammer unter der Treppe habe ich nur die Taschen der Gäste gesehen. Nein, irgendetwas sagt mir, dass Crabtree diesen Ball nicht auf die Lichtung geschlagen hat."

„Und was können wir daraus schließen?"

„Zunächst können wir etwas ausschließen, Harriet. Nämlich die Theorie von einem Mord im Affekt. Der

Mord war geplant und der Täter wusste schon bei der Anreise, dass er Slocum in der Hecke töten oder es zumindest versuchen würde."

„Das ist unheimlich", sagte Harriet leise. „Aber wie kannst du von einem gefundenen Ball auf einen geplanten Mord schließen?"

„Es ist nur eine Ahnung, Harriet. Für eine Erklärung ist es noch zu früh."

„Gut", erwiderte sie etwas ernüchtert. „Kannst du mir dann wenigstens sagen, wer deiner Ahnung zufolge diesen ominösen Ball gespielt hat?"

„Slocums Mörder", erwiderte John und sah ihr tief in die Augen.

Sein Blick hatte etwas Magnetisches. Die Pupillen schienen mit der dunkelbraunen Iris zu verschmelzen und seine Augen waren wie zwei dunkle Scheiben, in denen sich Harriet verlor. Sie konnte nicht wegschauen und verspürte ein leichtes Unbehagen. Dann wandte er sich ab und Harriet erwachte wie aus einer Trance.

KAPITEL 26
Ein farbloses Bild

„Weißt du etwas über die Einladung, die Slocum zu diesem Golf-Wochenende erhalten hat?", fragte John, nachdem sie einige Zeit lang schweigend nebeneinander hergegangen waren.

Harriet sah ihn von der Seite an. Der unheimliche Moment zwischen ihnen war vorüber, auch wenn sie sich noch nicht ganz von seinem Blick erholt hatte.

„Gehört diese Frage schon zu meinem Verhör?"

„In gewisser Weise, auch wenn ich es lieber eine Befragung nennen würde."

„Er hat mir die Einladung nie gezeigt, aber er erzählte mir, dass sie etwas mit seiner Kundentreue zu tun hätte. Die Woche vor der Abreise war er jeden Tag auf dem Golfplatz. Ich habe dir ja schon von seinem krankhaften Ehrgeiz erzählt. Er wollte dieses Turnier unbedingt gewinnen."

„Nach Dr Holmes' Auslegung hat er das ja auch geschafft", bemerkte John müde. „Hast du noch einmal über die Porträts nachgedacht, Harriet? Ist dir hier nicht irgendetwas aufgefallen, was du mit seinen Erpressungsversuchen in Verbindung bringen könntest? Ich habe das Gefühl, dass sein krimineller Nebenerwerb für diesen Fall nicht ganz unwichtig ist."

„Ehrlich gesagt ist mir tatsächlich etwas aufgefallen, John", erwiderte Harriet nach einer kurzen Pause. Sie hatte schon seit einiger Zeit das Gefühl, etwas wiedererkannt zu haben. Dieses Gefühl war aber so vage, dass sie es nie von selbst angesprochen hätte. „Seit gestern Abend schwirrt mir etwas im Kopf herum", sagte sie nachdenklich. „Ich habe dir nichts davon erzählt, weil es mir selbst noch so unklar ist. Es ist nur eine ganz verschwommene, dunkle Idee – oder sollte ich es eine Ahnung nennen? Ich habe hier im Haus etwas gesehen oder vielleicht auch gehört, was mich an Williams Atelier erinnert hat. Aber ich komme nicht darauf, was es ist."

„Was könnte es denn gewesen sein? Ein Gesicht, eine Stimme oder der Teil einer Unterhaltung, die du vielleicht gestern beim Dinner mit angehört hast?"

„Ich weiß es wirklich nicht, John. Am ehesten würde ich es als ein Bild beschreiben. Aber ich kann es nicht fassen. Es scheint mir farblos zu sein. Ein farbloses Bild. Das klingt sicherlich dumm, aber vielleicht fällt es mir ja ganz unverhofft wieder ein."

„Dieses ‚farblose Bild' wäre sicherlich ein elementarer Hinweis, mein lieber Watson", sagte John und griff nach ihrer Hand.

Als der Gärtnerschuppen in Sicht kam, bestand Harriet darauf umzukehren. Williams Tod und ihr nächtliches Abenteuer hatten sie seelisch aufgewühlt. Schon der Anblick des flachen Steinhauses reichte aus, um sie erschauern zu lassen.

Sie machten sich also auf den Rückweg und John berichtete ihr von den Gesprächen, die er am Vormittag geführt hatte. Als sie wieder auf der Terrasse vor dem Clubraum standen, spürte Harriet eine deutliche Veränderung an ihm. Mit einer jungenhaften Begeisterung, für die sie ihn am liebsten spontan geküsst hätte, erzählte er ihr von seinem Plan, für dessen Ausführung er sie um ihre Hilfe bat.

„Wir gehen auf Schatzsuche, Harriet!", sagte er mit

leuchtenden Augen. „Zunächst müssen wir das ganze Haus Zimmer für Zimmer systematisch durchsuchen."

„Und wonach suchen wir?"

„Nach alten Clubunterlagen."

„Du meinst Akten und Rechnungsbücher?", fragte Harriet in einem Ton, der ihre Enttäuschung nicht verbergen konnte.

„Ich gebe zu, dass es langweilig klingt, aber wenn ich mich nicht völlig täusche, könnten wir in diesen Papieren Hinweise finden, die uns auf die Spur des Mörders führen. Wir treffen uns in zehn Minuten in der Halle. In der Zwischenzeit bitte ich Mrs Tavy, mir alle vorhandenen Schlüssel auszuhändigen."

„Abgemacht", sagte Harriet und blickte ihm nach, bis er im Clubraum verschwunden war. Sie hatte sich ihm gerade so nah gefühlt. Doch jetzt, allein auf der Terrasse, musste sie wieder an diesen durchdringenden Blick denken. John der Professor war ein Jäger geworden und sie fürchtete, dass sie ihr Geheimnis nicht mehr lange vor ihm verbergen konnte.

KAPITEL 27
Identitäten

Zehn Minuten später trafen sie sich in der Halle am Fuß der Treppe. John zeigte Harriet mit leuchtenden Augen ein großes Schlüsselbund, dann gingen sie hinauf und öffneten die Tür rechts am Ende des Gangs, von dem die sechs Gästezimmer abgingen. Sie standen nun in einem ziemlich dunklen Flur. Das einzige Licht fiel durch ein hohes schmales Fenster an dessen Ende. Als sich ihre Augen an die Dunkelheit gewöhnt hatten, erkannte Harriet drei Zimmertüren zu ihrer Linken.

Der erste Raum war leer. Im zweiten standen ein verhängtes Himmelbett und eine große Holztruhe. John öffnete sie und sofort schlug ihnen der süßliche Geruch von Mottenkugeln entgegen. Mit spitzen Fingern griff er in die Truhe und zog zwei samtene Smokingjacken hervor.

„Nichts", sagte er enttäuscht und legte die Jacken zurück.

Sie setzten ihre Suche fort. Im Gegensatz zu den beiden ersten Türen war die dritte verschlossen. John versuchte Schlüssel um Schlüssel. Der letzte passte und Harriet verspürte ein Kribbeln in der Magengegend. Was erwartete sie hinter dieser Tür?

John drehte den Schlüssel im Schloss herum und öffnete sie langsam. „Heureka!", rief er.

Harriet entwich ein Schrei, dann musste sie gegen ihren Willen lachen. „Verdammt, John!", schimpfte sie nicht unfreundlich. „Wie kannst du mich nur so erschrecken? Und warum entzückt dich der Anblick dutzender durchnummerierter Kisten so sehr, dass du ins Altgriechische verfällst?"

„Weil wir den Schatz gefunden haben, Harriet! Die Kisten sind nicht durchnummeriert. Sie tragen Jahreszahlen. Vor uns steht das bürokratische Vermächtnis des Petershead Golf Club. Bist du bereit?"

„Ja, Sherlock, auch wenn ich deine Begeisterung für vergilbte Aktenstapel und staubige Registerbücher nicht wirklich teilen kann und du mir bisher immer noch nicht gesagt hast, was wir eigentlich genau suchen."

„Dazu kommen wir gleich", sagte John aufgeregt. „Kannst du bitte den großen Tisch am Fenster leerräumen?"

Sie betraten den schummrigen Raum und Harriet machte sich daran, den Tisch von Stapeln alter Jahrgänge verschiedener Zeitschriften und Zeitungen zu befreien. Währenddessen war John hinter der ersten Reihe der Kisten verschwunden. Als er wieder zum Vorschein kam, hielt er zwei deutlich ältere Kartons in den Händen.

„Hier sind sie!", rief er euphorisch. „Die Unterlagen der Clubjahre 1914 und '15."

„Und warum beginnen wir ausgerechnet mit diesen Jahren?", fragte Harriet, die langsam an seinem Verstand zu zweifeln begann.

„Weil wir, wenn ich mich nicht täusche, vorher nichts finden können."

„Jetzt reicht es, John Stableford! Musst du so geheimnisvoll tun? Sind wir wirklich einem Hinweis auf der Spur oder hast du das alles nur inszeniert, um mit mir allein zu sein?"

„Darüber wollte ich gerade mit dir sprechen", erwiderte John merklich verlegen. „Die Wahrheit ist, dass ich dich gleich für eine kurze Zeit verlassen muss. Ich bin mit Dr Holmes zu Crabtrees Leichenschau verabredet."

„Oh, John!"

„Ich weiß, es ist ungünstig. Aber nimm es als ein Zeichen meines Vertrauens! Und was meine Geheimniskrämerei angeht: Sie gehört zu meiner Rolle, Harriet. Wenn ich dir von jeder noch so kleinen Ahnung gleich erzählen würde, wäre ich ein schlechter Vertreter meiner Zunft. Denk nur an all die literarischen Detektive! Sie sammeln ihre Hinweise im Stillen und präsentieren dann am Ende die Lösung."

Harriet fragte sich, ob ihm seine Rolle nun vollends zu Kopf gestiegen war. Mit einer beißenden Bemerkung über seine Sherlock-Holmes-Fantasie, von der er ihr auf der Herfahrt im Speisewagen erzählt hatte, konnte sie ihn sicherlich schnell auf den Boden der Tatsachen zurückholen. Aber wollte sie das wirklich? Was, wenn sie hier tatsächlich einem Hinweis auf der Spur waren? Einem Hinweis, der ihr den Kopf retten konnte?

„Nun gut", sagte sie schließlich. „Was soll ich also tun?"

„Ich bitte dich um Folgendes: Durchsuche systematisch alle Unterlagen nach dem Namen Arbuthnot, A-R-B-U-T-H-N-O-T, genauer: Colonel Charles Arbuthnot. Alles Weitere wird sich zeigen."

„Und hat der Superdetektiv auch an eine Kerze gedacht?", fragte sie in einem leicht unterkühlten Ton. „Im Deckenleuchter sind nämlich keine Glühbirnen und man könnte meinen, dass es draußen schon wieder dunkel wird."

John zog wortlos eine Kerze aus der Sakkotasche und entzündete sie. Er ließ Wachs auf die Tischplatte tropfen und fixierte sie darauf. Dann öffnete er den ersten Karton und legte einige Akten und Bücher auf den Tisch.

„Leg alles beiseite, was dir irgendwie interessant erscheint. Wir können es dann später gemeinsam begutachten", sagte er.

Harriet nickte, setzte sich an den Tisch und öffnete das erste Aktenbündel.

„Kann ich dich jetzt allein lassen?", fragte er vorsichtig.

„In einer halben Stunde bin ich zurück. Versprochen." Er nahm seine Armbanduhr ab und legte sie neben die ruhig brennende Kerze.

„Alles klar, Sherlock. Und jetzt geh, bevor ich es mir anders überlege."

Kurz nachdem er gegangen war, flackerte die Kerze für einen Moment auf. Unter anderen Umständen hätte Harriet dem sicherlich keine große Bedeutung beigemessen. Sie hatte jedoch keine Streichhölzer und die Vorstellung, plötzlich allein im Halbdunkel in einem unbewohnten Flügel des Hauses zu sitzen, behagte ihr gar nicht.

Wahrscheinlich nur ein Luftzug, versuchte sie sich das Phänomen zu erklären. John ist wohl gerade durch die Tür am Ende des Flurs auf den Gang hinausgetreten.

Um sich abzulenken, griff sie nach seiner Uhr. Eine Weile betrachtete sie das Schrapnellgitter über dem Ziffernblatt. Warum hatte er es nicht längst abgenommen? Dann drehte sie die Uhr um und fand auf dem Boden die Initialen P.M. eingraviert. Wer war P.M.? Eine Geliebte? Sein Mädchen, das ihm die Uhr geschenkt hatte, als er in den Krieg gezogen war? Oder ...

Auf einmal blickte sie in einen bodenlosen Abgrund. Ihr einziger Fixstern in diesem rabenschwarzen Universum aus Mord, Misstrauen und Verdächtigungen war plötzlich verschwunden. Vielleicht war er P.M.! Vielleicht gab es gar keinen John Stableford! Was, wenn William auch ihn erpresst hatte und John – oder wie er auch immer heißen mochte – ihn in der Hecke umgebracht hatte?

Aber er war ja zum Zeitpunkt des Mordes gar nicht auf der Lichtung gewesen, versuchte sie sich zu beruhigen. Fenshaw hatte ihn sogar als Täter ausgeschlossen. Und er hätte die Untersuchung wohl kaum übernommen, wenn ihm nicht an der Aufklärung des Mordes gelegen war.

Ihr Beruhigungsversuch schien Erfolg zu haben. Sie legte die Uhr beiseite, atmete einmal tief durch und begann die Papiere zu sichten. Schon nach kurzer Zeit fand sie einen Brief, in dem sich Colonel Arbuthnot, Mitglied des Petershead Golf Club, für die Aufnahme des ehrenwerten Apothekers John Singer aus St. Ives aussprach. Wer auch immer dieser Colonel Arbuthnot war, Johns Ahnung hatte sich tatsächlich bestätigt. Der Colonel musste ein wichtiges Clubmitglied gewesen sein. Immer wieder fand sie Erwähnungen seines Namens – in Briefen, Ehrungen, Turnierergebnissen. Er hatte den Titel eines Vize-Präsidenten geführt und zu einem Komitee gehört, das den Schatzmeister des Clubs bestimmt und entlassen hatte.

Alle Papiere, die den Colonel betrafen, legte sie sorgfältig auf einen Stapel. Dann griff sie nach einer billig gebundenen Kladde und schlug sie auf. Es war ein Terminbuch, in das die Mitglieder ihre gespielten Runden und teilweise auch ihre Ergebnisse eingetragen hatten. Dass sie den Namen Arbuthnot auf Anhieb fand, überraschte sie nicht. Der Name seines Spielpartners verschlug ihr jedoch den Atem. Im Mai 1914 hatte der Colonel zwei Runden mit einem Gast gespielt, und dieser Gast war ...

„John?", rief Harriet und versuchte die Panik zu unterdrücken, die in ihr aufstieg. Die Kerze hatte wieder geflackert, aber sie hatte weder die Tür am Ende des Flurs noch

Schritte gehört. Überhaupt war nichts zu hören, und doch hatte sie das unbestimmte Gefühl, dass sich etwas im Flur hinter der Tür bewegte. „John, bist du das?" Harriet spürte den Puls in ihrem Hals schlagen und starrte gebannt auf die Kerze.

Die flackerte noch unruhiger und erlosch schließlich.

KAPITEL 28
Gift

„Ich wünschte, Saunders wäre jetzt hier", sagte Holmes müde, nachdem er Crabtrees Leiche gründlich untersucht hatte. „Das wäre ein Problem ganz nach seinem Geschmack."

„Wer ist Saunders?", fragte Stableford, der die Leichenschau vom Fußende des Bettes aus beobachtet hatte.

„Dr John Saunders, Gerichtsmediziner, arbeitet gelegentlich für das Home Office. Er wäre Ihr Mann."

„Jetzt sind Sie mein Mann, Dr Holmes! Haben Sie denn gar nichts entdeckt, was Rückschlüsse auf die Todesart zulässt?"

„Ich bin Psychiater, kein Pathologe und erst recht kein Gerichtsmediziner, mein lieber Stableford. Ich habe den Toten untersucht, weil Sie mich darum gebeten haben. Aber ich kann beim besten Willen keine Gewalteinwirkung erkennen."

„Dann glauben Sie an einen natürlichen Tod?"

„Ist das nicht wahrscheinlich?", gab Holmes sichtbar irritiert zurück.

„Ich denke, es ist höchst unwahrscheinlich", erwiderte Stableford.

„Sie halten einen Mord für wahrscheinlicher als – sagen wir – Herzversagen? Halten Sie unsere Gesellschaft wirklich für derart verdorben?"

„Denken Sie nicht an England. Denken Sie an Peters Peter, an unsere momentane Situation. Der Mord an Slocum war von langer Hand geplant, da bin ich mir mittlerweile ziemlich sicher. Allerdings frage ich mich,

161

ob die Geschehnisse nach dem Mord immer noch dem ursprünglichen Plan des Täters entsprechen. Was, wenn ihm Crabtree in die Quere gekommen ist? Wenn er etwas entdeckt hat und der Mörder ein zweites Mal zuschlagen musste?"

„Nur hat er in diesem Fall eben nicht zugeschlagen", sagte Holmes nüchtern und beugte sich abermals über den Toten. „Es gibt nichts, was auch nur im Entferntesten an eine Wunde erinnert, die von einem Schlag herrührt." Einmal mehr tastete er Crabtrees Hals ab und bewegte vorsichtig dessen Arme und Beine. „Aber um auf Ihre Frage zurückzukommen", sagte er schließlich, „ich würde unter normalen Umständen tatsächlich von einer natürlichen Todesursache ausgehen. Es gibt da allerdings einen Punkt, der mir merkwürdig erscheint."

Stableford wurde hellhörig. „Und verraten Sie mir diesen Punkt, Dr Holmes?"

„Es ist diese ganz leichte Blaufärbung seines Gesichts. Sie deutet darauf hin, dass er erstickt ist. Wenn er aber erstickt wäre, hätte er sich sicherlich in seinem Todeskampf gewunden. Er hätte sich an die Kehle gefasst und vielleicht sogar den Versuch unternommen, mit letzter Kraft aufzustehen, um Hilfe zu holen. Es ist die Diskrepanz zwischen seiner völlig entspannten Haltung und diesem einen Erstickungsmerkmal, die ich mir nicht erklären kann. Das passt einfach nicht zusammen."

„Also könnte unser Mörder doch ein zweites Mal zugeschlagen haben?", fragte Stableford aufgeregt.

„Möglicherweise. Nur wie? Zeigen Sie mir eine Wunde, und mit etwas Glück kann ich Ihnen sagen, ob sie die Todesursache ist. Aber ohne Wunde ..."

„Doch irgendetwas muss ihn getötet haben, nicht

wahr?", unterbrach ihn Stableford gereizt. „Ein Mensch kann ja nicht gewaltsam umkommen, ohne dass es Anzeichen für die Ursache seines Todes gibt!"

„Oh doch, das kann er", erwiderte Holmes, dem gerade etwas eingefallen zu sein schien. „Saunders könnte Ihnen darüber einen Vortrag halten. Ich habe ihn auch schon einige Male gehört, allerdings treiben mich seine langatmigen Ausführungen regelmäßig in Hypnos' Schoß. So viel bekomme ich aber noch zusammen: Nach Taylor, einem forensischen Toxikologen, den Saunders vergöttert, ist es ein verbreiteter Irrglaube, dass ein gewaltsamer Tod stets mit einer deutlich erkennbaren tödlichen Verletzung einhergehen muss. Es gibt mehrere mechanische Methoden, den Tod ohne äußere Spuren herbeizuführen, an die ich mich allerdings nicht mehr erinnern kann. Saunders' Monologe enden allerdings immer mit der einfachsten, wenn auch nicht mechanischen Methode: Gift. Falls es also kein natürlicher Tod war, dann muss Crabtree vergiftet worden sein."

„Und haben Sie einen Verdacht, welches Gift in Frage kommen könnte?"

Holmes stöhnte. „Ich bin auch kein Toxikologe, Mr Stableford, aber ich hätte aufgrund der entspannten, krampffreien Haltung des Toten tatsächlich einen Verdacht. Das Ganze erinnert mich an die Beschreibung eines Falls, der vor einigen Jahren in London ziemliches Aufsehen erregte. Vielleicht erinnern Sie sich noch an den Waterside-Birbeck-Mord?"

Stableford schüttelte den Kopf. „Nein, aber bitte erzählen Sie!"

„Ein Botaniker, Walter Birbeck, vergiftete einen Kollegen mit Coniin, einem Alkaloid, das langsam den ganzen Körper und schließlich auch die Lunge lähmt. Ihnen dürfte dieses Gift aus der Literatur bekannt sein. In gewisser Weise reichte Birbeck dem armen Waterside einen Schierlingsbecher – wie im Falle des Sokrates. Das Gift ist tückisch. Die Lähmung beginnt in den Füßen und breitet sich von dort langsam aus. Nach den Beinen werden die Arme taub und schließlich wandert das Gift den Torso empor, bis durch die Lähmung der Lunge der Tod eintritt. Der Vergiftete bleibt bis zum Schluss praktisch bei vollem Bewusstsein."

„Schrecklich!", sagte Stableford. „Aber das würde seine entspannte Haltung erklären, nicht wahr?"

„Ja, und die Erstickungsmerkmale ebenfalls."

„Ist Coniin geschmacksneutral?"

„Wenn ich mich richtig erinnere, soll es scharf und bitter schmecken. Aber der Brandy hier könnte den Geschmack sicherlich überdecken. Übrigens benutzte auch Birbeck Alkohol, um den Geschmack und den stechenden Geruch des Schierlings zu verbergen. Dazu kommt, dass Coniin, wie alle Alkaloide, sehr gut in Alkohol löslich ist."

Beide Männer schauten zu der Flasche, die noch immer auf Crabtrees Nachttisch stand. Mit einem Taschentuch griff Stableford nach ihr und entkorkte sie, dann roch er vorsichtig an der Öffnung.

„Es riecht nur nach Brandy", sagte er schließlich.

„Das bedeutet nichts. Der Schierling gehört zu den giftigsten Pflanzen unserer Flora. Schon ein paar Tropfen sind absolut tödlich."

Stableford stellte die Flasche zurück und nahm das daneben stehende leere Glas in die Hand. Er roch daran und hielt es dann gegen das Licht der Deckenlampe.

„Mein Gott", flüsterte er. „Sehen Sie sich das an, Dr Holmes!"

Holmes trat zu ihm und betrachtete aufmerksam das Glas. An dessen Rand waren deutlich Spuren von Lippenstift erkennbar.

„Was bedeutet das?", fragte Holmes verwirrt.

„Auf die Schnelle fallen mir zwei Möglichkeiten ein", entgegnete Stableford. „Entweder nahm sich Crabtree aus Versehen ein schon benutztes Glas aus der Küche mit auf sein Zimmer – was ich für eher unwahrscheinlich halte – oder er hatte heute Nacht Damenbesuch."

„Aber müsste es dann nicht eine zweite Leiche geben?"

„Nicht wenn es sich bei der Dame um seine Mörderin handelte. Vielleicht gab es zwei Gläser und sie hat in der Dunkelheit das falsche mitgenommen."

„Vom Weibchen jeder Gattung droht mehr als vom Mann Gefahr", sagte Holmes und pfiff durch die Zähne.

„Was meinen Sie?"

„Kipling, Mr Stableford! Sie hatten ihn bei Ihrem Besuch in meinem Zimmer zitiert und ich habe mich soeben revanchiert. Ich nehme an, Sie kennen sein Gedicht über die erschreckend zielgerichtete Kompromisslosigkeit des weiblichen Geschlechts. Es fiel mir gerade ein, als Sie vom Besuch einer Mörderin sprachen."

„Und Sie dachten dabei an Miss Taylor, nicht wahr?"

„Ich gebe es zu, aber es gibt natürlich auch noch eine ganz andere Erklärung für das Glas. Eine Erklärung, die Ihrer Sichtweise entgegenkommen sollte."

„Und die wäre?", fragte Stableford neugierig.

„Der Täter war ein Mann und hat dieses Glas mitgebracht, um uns auf eine falsche Fährte zu locken."

„Jetzt werden Sie Ihrem Namen gerecht, Dr Holmes",

sagte Stableford. „Aber was es auch heißen mag, es deutet darauf hin, dass wir es tatsächlich mit einem Mord zu tun haben, meinen Sie nicht?"

Holmes schwieg. Also blickte sich Stableford im Zimmer um. Wenn Crabtree auf dem Golfplatz etwas gefunden hatte, das Slocums Mörder belasten konnte, dann hatte dieser den Gegenstand seit letzter Nacht wahrscheinlich wieder in seinem Besitz. Trotzdem untersuchte Stableford sorgfältig den Kleiderschrank und stocherte mit dem Schürhaken in der kalten Asche des Kamins herum, leider ohne Erfolg. Schließlich durchsuchte er die Kleider, die der Tote trug, und fand in einer Hosentasche einen Ball der Marke Silver King.

War das der Ball, den Holmes gespielt hatte? Er hatte zwar behauptet, dass er ihn mitten auf das Fairway geschlagen hatte, aber niemand konnte das bestätigen. Was, wenn Crabtree den Ball auf der Lichtung gefunden hatte? War es dieser Ball, der ihm zum Verhängnis geworden war?

Stableford blickte zu Holmes hinüber, der pfeifend am Fenster stand und hinausblickte. Er ließ den Ball in seiner Sakkotasche verschwinden und trat zu ihm.

„Ich denke, wir sind hier fertig", sagte er leichthin. „In Anbetracht des womöglich vergifteten Brandys sollten wir das Zimmer bis zum Eintreffen der Polizei unter Verschluss halten."

„Sicher", erwiderte Holmes. „Aber wenn dieser Brandy wirklich Coniin enthält, sollten wir alle bereits geöffneten Flaschen im Haus aus dem Verkehr ziehen. Falls Ihre Vermutung stimmt und Slocums Mörder mittlerweile spontan oder vielleicht sogar planlos agiert, ist niemand hier mehr sicher."

Die beiden Männer verließen das Zimmer. Nachdem Stableford die Tür abgeschlossen und den Schlüssel eingesteckt hatte, gingen sie zurück in die Halle. Dort trennten sie sich. Holmes hatte sich bereit erklärt, die offenen Brandy-, Sherry- und Portwein-Flaschen an einen sicheren Ort zu bringen, und Stableford stieg voller Erwartung die Treppe hinauf.

KAPITEL 29
Eine Dame verschwindet

Die Tür am Ende des Gangs stand halb offen. Stableford wunderte sich, denn er hatte sie auf seinem Weg zu Holmes geschlossen. Er öffnete sie ganz, ging den Flur entlang und betrat das Zimmer, in dem er Harriet mit den Clubunterlagen zurückgelassen hatte. Es war leer und die Kerze war erloschen.

„Harriet?", rief er leicht verunsichert in den Flur zurück.

Dann ging er zum Schreibtisch hinüber. Erst jetzt sah er, dass der Stuhl, auf dem sie gesessen hatte, am Boden lag. Auf dem Schreibtisch herrschte Chaos. Geöffnete Ordner und Papiere lagen wild durcheinander.

„Harriet!", rief er lauter und erschrak vor dem Klang seiner eigenen Stimme. Er ging zurück und öffnete die Türen der anderen beiden Zimmer, die vom Flur des Seitenflügels abgingen, aber auch dort war sie nicht. Panisch lief er zum Gang zurück und betrat ihr Zimmer, ohne anzuklopfen. Nichts!

Vielleicht unten oder draußen, schoss es ihm durch den Kopf.

Er rannte die Treppe hinunter. Im Clubraum fand er Fenshaw, der auf ihn gewartet zu haben schien.

„Mr Stableford, ich habe hier etwas, das Sie interessieren wird", sagte er in einem fast feierlichen Ton.

„Jetzt nicht, Mr Fenshaw", rief Stableford. „Haben Sie Miss Taylor gesehen?"

„Äh, nein. Aber es handelt sich wirklich um eine wichtige Entdeckung."

„Später!", rief Stableford dem verdutzt dreinblickenden Herrn zu, rannte auf die Terrasse hinaus und dann weiter, bis er das Tee der zweiten Bahn erreicht hatte. Dort blieb er atemlos stehen. Warum war er so beunruhigt? Vielleicht hatte sie einfach nicht mehr auf ihn warten wollen und war spazieren gegangen, um frische Luft zu schnappen? Immerhin hatte er sich um fast eine halbe Stunde verspätet. Aber der umgestürzte Stuhl passte nicht zu dieser harmlosen Erklärung. Hatte er sie leichtfertig einer Gefahr ausgesetzt?

Er rannte wieder los, an der Hecke entlang. Plötzlich blieb er wie angewurzelt stehen. Am Rande der Klippen hatte er Harriet entdeckt und neben ihr, ganz dicht neben ihr, Fitzpatrick! Die beiden blickten aufs Meer hinaus. Waren sie sich zufällig begegnet oder hatte Fitzpatrick einfach auf eine Gelegenheit gewartet, sie allein anzutreffen? Hatte er sie vielleicht sogar beim Durchsehen der Papiere überrascht und sie mit Gewalt hierhergebracht?

Stableford versuchte sich einzureden, dass die Situation nicht sonderlich bedrohlich wirkte, aber es gelang ihm nicht. Fitzpatricks Verhalten war bisher einfach zu verdächtig gewesen. Wenn er Crabtree vergiftet hatte, könnte er jetzt im Besitz des Revolvers sein, von dem der Greenkeeper gesprochen hatte! Es wäre ein ebenso einfacher wie teuflisch-genialer Plan. Vom Clubhaus aus waren die beiden nicht zu sehen. Fitzpatrick musste Harriet nur einen leichten Stoß geben, um sich ihrer zu entledigen.

Für die Polizei wäre der Fall praktisch gelöst: Sie war die Hauptverdächtige, die ihren Geliebten getötet hatte. Crabtree hatte auf der Lichtung einen Beweis gefunden, der sie überführt hätte. Also hatte sie ihn getötet, am Tatort aber ein Glas mit Lippenstiftspuren hinterlassen. Als sie ihren Fehler entdeckt hatte, war sie sich der Ausweglosigkeit ihrer Lage bewusst geworden, von den Klippen gesprungen und hatte sich so durch Selbstmord der irdischen Gerichtsbarkeit entzogen. Wenn Fitzpatrick tatsächlich der Mörder war, konnte er sich auf diese Weise sicher sein, ungestraft davonzukommen.

Geh von den Klippen weg, Harriet, dachte Stableford. Dann rief er laut: „Harriet!", und ging langsam auf die beiden zu. „Ich habe dich überall gesucht. Ist alles in Ordnung?"

„Sicher", antwortete sie, doch ihre Stimme klang seltsam künstlich. Oder bildete er sich das nur ein?

Als er die beiden erreicht hatte, machte Fitzpatrick einen Schritt zur Seite und nickte Stableford zu.

„Sie sind ja ganz außer Atem, Mann! Ist etwas passiert?"

„Nein", sagte Stableford und trat dicht an Harriet heran.

„Mr Fitzpatrick erzählte mir gerade von seinem geplanten Buch über die Küstenwege von Cornwall und zeigte mir, in welchen Richtungen Cape Cornwall und Land's End liegen", erklärte sie.

„Wir haben uns ganz zufällig getroffen", ergänzte Fitzpatrick aufgeräumt. „Ich ertrage das Herumsitzen in geschlossenen Räumen nicht und bin auf dem Golfplatz spazieren gegangen. Wenn es Ihnen nichts ausmacht, werde ich noch ein Stück weiter gehen. Nass bin ich ja sowieso schon."

Stableford betrachtete Fitzpatricks mit Schlamm bespritzte Hosenbeine und fragte sich, ob er nicht vielmehr auf der Suche nach einem Weg gewesen war, um von Petershead zu verschwinden.

Sie verabschiedeten sich und Fitzpatrick ging an den Klippen entlang. Stableford blieb mit Harriet zurück. Sie blickten Fitzpatrick lange nach und gingen dann über das Fairway zurück in Richtung Clubhaus.

„Geht es dir wirklich gut, Harriet?", fragte Stableford besorgt. „Du siehst blass aus."

„Als ich die Unterlagen durchgesehen habe, war jemand im Flur, John", sagte sie leise und griff nach seiner Hand.

„Fitzpatrick?"

„Ich habe niemanden gesehen. Aber jemand muss die Tür geöffnet haben, die vom Gang in den Flur führt. Die Kerze begann zu flackern und ging schließlich aus. Ich hatte das Gefühl, dass ich nicht allein war. Also rannte ich hinaus und die Treppe hinunter. Die Halle war leer und ich lief nach draußen."

„Und dir ist niemand gefolgt?"

„Nein. Ich ging um das Haus herum und blieb auf der Terrasse stehen. Im Clubraum sah ich Mr Fenshaw sitzen. Dann lief ich ein Stück in Richtung der Klippen und traf auf Mr Fitzpatrick."

„Es ist gut, Harriet", sagte Stableford ruhig. „Von jetzt an werde ich nicht mehr von deiner Seite weichen."

Harriet blieb stehen und ließ seine Hand los. Sie sah ihn lange an.

„Wer ist P.M.?", fragte sie nach einer Weile und reichte ihm seine Grabenuhr.

„Oh, ich verstehe", erwiderte Stableford und blickte über ihre Schulter in Richtung der Klippen. Er sah jedoch nicht das graue Meer, sondern den jungen deutschen Offizier, der ihm die Papiere und die Uhr eines im Lazarett gestorbenen englischen Captains überreichte. Und er roch in diesem Moment auch nicht die frische, leicht salzige Luft,

die sie umgab, sondern den beißenden Salmiak, mit dem
der Verhörraum im Gefangenenlager gewischt worden
war. Die Vergangenheit hatte ihn wieder eingeholt. „Das
ist eine lange Geschichte", sagte er schließlich. „Vielleicht
werde ich sie dir einmal erzählen. Für den Moment kann
ich dir nur sagen, dass mir die Uhr nicht gehört. Sie ist in
gewisser Weise ein Kriegs-Souvenir. Aber du kannst mir
vertrauen, Harriet."

„Ich vertraue dir", sagte sie leise und wischte sich eine
Träne aus dem Auge.

„Würdest du mich dann noch einmal in das Zimmer im
Seitenflügel begleiten?"

„Ja, John. Und ich verspreche dir eine große Überraschung!"

KAPITEL 30
Colonel Arbuthnots Gast

Sie betraten das Haus durch die kleine Seitentür und trafen in der Küche auf Holmes und Mrs Tavy, die gerade dabei waren, mehrere angebrochene Flaschen in einem abschließbaren Vorratsschrank zu verstauen. Wenige Minuten später waren sie abermals im Zimmer am Ende des Flurs. Als Stableford die Kerze angezündet hatte, stieß Harriet, die hinter ihm stand, einen Schrei aus.

„Es war jemand hier", flüsterte sie ängstlich und trat zögerlich an den Schreibtisch heran. „Die Papiere, die ich gefunden hatte, sind verschwunden. Ich hatte sie hier auf die Seite gelegt. Der ganze Stapel ist weg! Und wo ist das Buch?"

„Welches Buch?", fragte Stableford.

„Warte, hier ist es!", rief sie plötzlich und bückte sich. Sie verschwand unter dem Schreibtisch und tauchte dann mit einer Kladde in den Händen wieder auf. „Gott sei Dank! Ich muss es vor Schreck fallen gelassen haben, als die Kerze erlosch." Sie schlug das Buch auf und suchte die Einträge ab. Dann reichte sie es Stableford. „Es ist ein Terminbuch, in das die Mitglieder ihre Runden eingetragen haben. Auf der linken Seite, etwa in der Mitte, findest du zwei Einträge, die dich interessieren werden."

Stableford hielt den Atem an und suchte die handschriftlich verfassten Zeilen ab. Endlich wurde er fündig.

„15. Mai 1914", las er laut. „Col. C. Arbuthnot, 21 Schläge, Mr A. Fenshaw (Tagesgast des Colonels), 22 Schläge." Er schloss das Buch und blickte Harriet an.

„Und sagst du mir jetzt, wer dieser Colonel Arbuthnot ist?", fragte sie.

„Der Vater von Mrs Fenshaw und damit der Schwiegervater unseres Miederwarenfabrikanten und der Großvater von Chloé."

„Dann ist der Fall gelöst?", fragte Harriet ungeduldig.

„Du hältst Mr Fenshaw für den Mörder, weil er schon einmal vor vielen Jahren hier Golf gespielt hat?" Stableford musste lächeln.

„Wenn du es so sagst, klingt es albern", gab Harriet zu. „Aber es ist doch die erste richtige Spur, nicht wahr?"

„Ja. Die Sache kommt in Bewegung, mein lieber Watson! Ich weiß nicht, wohin uns diese Spur führen wird, aber wir haben immerhin eine, und das ist in unserer jetzigen Situation viel wert."

„Hat sich denn an unserer Situation etwas Grundlegendes geändert?"

„Oh, ja", erwiderte Stableford ernst und erzählte ihr von dem Glas mit den Lippenstiftspuren und von Holmes' Theorie vom vergifteten Brandy.

Harriet war während seiner Ausführungen bleich geworden. „Du glaubst doch nicht, dass ..."

„Nein", unterbrach Stableford sie. „Ich glaube nicht, dass du das Glas in Crabtrees Zimmer vergessen hast. Die Umstände seines Todes und die Tatsache, dass die Papiere hier vom Schreibtisch verschwunden sind, deuten für mich darauf hin, dass der Täter sich nicht mehr damit begnügt abzuwarten. Er versucht seine Haut zu retten, und das heißt, er hinterlässt immer neue Spuren. Mit etwas Glück wird auch der alles entscheidende Hinweis darunter sein, der uns noch fehlt, um das Rätsel zu lösen."

„Und an was für einen Hinweis denkst du dabei?"

„An ein Motiv, Harriet. Bisher haben wir sechs Personen, die allein durch ihren Aufenthaltsort zum Zeitpunkt des ersten Mordes verdächtig sind. Alle sechs hatten die Gelegenheit, Slocum zu ermorden. Finden wir eine Person, die neben der Gelegenheit auch ein Motiv hatte, dann hat unsere Suche ein Ende."

„Also warten wir auf eine alles auflösende glückliche Wendung, wie sie von Detektivromanautoren gerne auf den letzten Seiten aus dem Hut gezaubert wird?"

„Du wirst lachen, aber ich habe so eine Ahnung, dass diese glückliche Wendung nicht mehr lange auf sich warten lässt", erwiderte Stableford gut gelaunt. „Hat nicht das ganze Wochenende etwas von einem lebendig gewordenen Detektivroman? Lass uns in den Clubraum gehen! Ich denke, dass Mr Fenshaw dort eine Überraschung für uns bereithält."

KAPITEL 31
Inkognito

Im Clubraum trafen sie tatsächlich auf Fenshaw, der noch immer in der alten Ausgabe des National Geographic Magazine zu lesen schien. Als sie eintraten, stand er auf, reichte Stableford schweigend das Heft und verließ ohne ein weiteres Wort den Raum.

Sie setzten sich auf das Sofa und begannen neugierig in dem Magazin zu blättern. Die Ausgabe war von 1918 und Stableford, der sich erinnerte, am Tag zuvor diese oder zumindest eine Ausgabe desselben Jahrgangs in den Händen gehalten zu haben, spürte, wie sich seine Nackenhaare aufstellten. Sollte ausgerechnet dieses Heft den noch fehlenden Hinweis liefern können?

Die reich bebilderte Titelgeschichte befasste sich mit Funden im Tal der Könige. Stableford wollte sie überblättern, doch Harriet hielt seine Hand fest und starrte lange auf ein Bild, das verschiedene Grabbeigaben zeigte. Als er schließlich weiterblätterte, schien sie das Interesse am Heft verloren zu haben, lehnte sich zurück und schloss die Augen.

Stableford entzündete seine Pfeife und quälte sich dann durch einen langatmigen Bericht über eine Reise von Algerien nach Madagaskar in einem französischen Raupenfahrzeug. Schließlich kam er zur abenteuerlichen Schilderung der berühmten Thursby-Geiger-Expedition, die sich im Jahr 1916 in die südamerikanischen Tropen aufgemacht hatte. Stableford hatte schon viel über diese Expedition gelesen, denn das Unternehmen war vom tragischen Verschwinden des englischen Abenteurers und

Multimillionärs Noël Thursby überschattet gewesen. Der junge Expeditionsleiter, dessen Name Stableford entfallen war, hatte eines Tages das Camp zusammen mit Thursby verlassen, um die Umgebung zu erkunden. Erst eine ganze Woche später war der junge Mann in das Basislager zurückgekehrt, allerdings ohne Thursby. Urs Geiger, der zweite Mäzen des Unternehmens, hatte ihm die Schuld an Thursbys Verschwinden gegeben, und auch in der Presse war der junge Mann scharf attackiert und sogar offen des Mordes beschuldigt worden.

Interessiert betrachtete Stableford die große Fotografie auf der ersten Seite des Berichts, die die wichtigsten Expeditionsteilnehmer zeigte. Thursby und Geiger posierten in heroischer Haltung in der Mitte des Bildes. Links von Thursby stand ein junger Mann mit einem beeindruckenden Vollbart. Laut Bildunterschrift war das Allan Crale, der Expeditionsleiter.

„Harriet", sagte Stableford fassungslos.

„Ja, Sherlock?", erwiderte sie wie aus einem Traum erwachend.

„Schau mal! Diese Fotografie zeigt die Teilnehmer der Thursby-Geiger-Expedition. Erkennst du jemanden wieder?" Er reichte ihr das aufgeschlagene Heft und beobachtete sie gespannt.

Harriet betrachtete das Bild und wurde plötzlich lebendig. „Mein Gott!", rief sie erstaunt. „Er hat sie nicht gesammelt, er hat sie aus Südamerika mitgebracht."

„Was meinst du?", fragte Stableford völlig entgeistert.

„William", sagte Harriet. „Da, am Rand des Bildes, hinter den Männern in der albernen Herrenpose. Er hat die Artefakte nicht einfach gesammelt, er hat sie von dieser Expedition mitgebracht – aus Südamerika! Ich hab dir doch von dem Umhang aus Vogelfedern und den vielen Masken und Figuren in seiner Wohnung erzählt, nicht wahr?"

„Äh, sicher", antwortete Stableford verdutzt und nahm ihr das Heft aus der Hand.

Der Mann im Hintergrund war tatsächlich William Slocum.

„Du hast völlig recht, Harriet. Aber jetzt schau dir noch einmal die Männer in der ersten Reihe an."

Sie beugte sich vor. „Das ist der Mann auf dem Porträt, von dem ich dir erzählt habe", flüsterte sie nach einer Weile und zeigte auf Crale. „Das erste Porträt in der ‚Galerie der Opfer', du erinnerst dich?"

„Ja, aber denk dir jetzt einmal den Bart weg. Achte auf die Form und Stellung der Augen und die Körperhaltung."

„Unglaublich", flüsterte sie angespannt. „Das ist ..."

„Dr Holmes!", rief Stableford plötzlich, denn der Angesprochene hatte gerade den Clubraum betreten. „Kommen Sie, setzen Sie sich zu uns! Wir haben mit Mr Fenshaws Hilfe gerade eine wirklich überraschende Entdeckung gemacht, die wir gerne mit Ihnen teilen würden."

Holmes trat zu ihnen und setzte sich auf die Lehne des Sofas. Harriet reichte ihm das aufgeschlagene Magazin.

„Nicht zu fassen", sagte Holmes nach einer Weile fasziniert. „Slocum und ein bärtiger Fitzpatrick auf einem Bild! Damit ist der Fall wohl gelöst, nicht wahr? Fitzpatrick – oder sollte ich Crale sagen? – wurde von Slocum unter die Gäste des Turniers geschmuggelt, um ihn mit seiner falschen Identität erpressen zu können. Und der gute Fitzpatrick nutzte die Chance, die sich ihm in der Hecke bot, und entledigte sich des Mannes, der ihn erpressen wollte. Wir müssen ihn zur Rede stellen."

„Ich weiß nicht", sagte Stableford skeptisch. „Der Mord erscheint mir, wie soll ich sagen, zu symmetrisch, um in Ihre Theorie zu passen. Aber Sie haben recht. Alles spricht gegen Mr Fitzpatrick und wir sollten uns so schnell wie möglich seine Geschichte anhören."

In diesem Moment betraten Chloé und Fitzpatrick plaudernd den Clubraum. Als Fitzpatrick das gelbe Heft in Holmes' Händen sah, blieb er schlagartig stehen.

„Mr Crale", sagte Stableford freundlich. „Würden Sie sich kurz zu uns setzen?"

KAPITEL 32
Mr Crale erzählt

„Bitte nennen Sie mich nicht Crale", bat Fitzpatrick müde, zog sich einen Stuhl heran und setzte sich. „Allan Crale ist 1918 in gewisser Weise – gestorben. Ich beglückwünsche Sie übrigens zu Ihrem detektivischen Geschick, Mr Stableford, auch wenn ich nicht verstehe, wie Sie an dieses Heft gelangt sind. Ich hatte selbst danach gesucht, aber ich muss es wohl übersehen haben."

„Nun, eigentlich war es Mr Fenshaw, der es gefunden hat. Wahrscheinlich fiel auch ihm auf, dass Sie die National-Geographic-Ausgaben dieses Jahrgangs längere Zeit angespannt studierten, nachdem wir gestern Morgen vom Golfplatz zurückgekehrt waren."

„Mr Fenshaw also. Das hätte ich mir denken können."

„Mr Fitzpatrick, wollen Sie uns jetzt erzählen, in welcher Beziehung Sie zu Mr Slocum standen?", fragte Stableford mit Nachdruck.

„Das will ich, Mr Stableford. Es ist an der Zeit, das Versteckspielen zu beenden. Würdest du dich neben mich setzen, Chloé?"

Einen Moment lang zögerte Chloé, setzte sich dann aber doch in den Sessel, der neben Fitzpatricks Stuhl stand. Stableford hatte das aufgeschlagene Heft auf den flachen Couchtisch gelegt und Chloé betrachtete staunend die Fotografie.

„Ich werde Ihnen die ganze Geschichte erzählen", begann Fitzpatrick. „Sie beginnt im Jahr 1916. Noël Thursby engagierte mich eher zufällig als Leiter der Thursby-Geiger-Expedition. Ich hatte einige Jahre in Südamerika verbracht und mir als Leiter kleinerer Expeditionen in gewisser Weise einen Namen gemacht. Die Forschungsreise sollte ins Innere des Amazonasgebietes gehen. Später erfuhr ich, dass es meine Naivität war, die mir diesen Job eingebracht hatte. Die erfahreneren Kandidaten hatten alle abgelehnt, nachdem sie mitbekommen hatten, wohin es gehen sollte und worum es wirklich ging. Denn natürlich ging es um Gold – Gold und Diamanten. Um den wissenschaftlichen Schein der Expedition nach außen zu wahren, engagierten Thursby und Geiger einige eher zweitrangige Naturwissenschaftler, die wiederum ihre Gehilfen rekrutierten. Einer von denen war William Slocum, ein erfolgloser Kunstmaler, der als botanisch-mineralogischer Zeichner angeheuert hatte." Er hielt inne und fuhr sich mit der Hand über die Augen.

Stableford unterdrückte den Impuls, ihn zum Weitersprechen aufzufordern. Natürlich wollte er wissen, was passiert war, aber er spürte, dass Fitzpatrick etwas Zeit brauchte, um sich zu sammeln.

„Das Unglück geschah nach etwa zwei Monaten im Dschungel", fuhr dieser schließlich fort. „Thursby bat mich, mit ihm die Umgebung des frisch aufgeschlagenen Camps zu erkunden, und ich willigte ein. Es war ein Fehler, den er mit dem Leben und ich mit meiner noch jungen Karriere bezahlen sollte. Dazu müssen Sie wissen, dass schon nach zwei Wochen das Fieber unter den Expeditionsteilnehmern grassierte und Thursby unter einem wirklich ausgeprägten Verfolgungswahn zu leiden begann. Alle meine Versuche, ihn zur Umkehr zu bewegen, schlugen fehl und dann geschah, was geschehen musste: Wir erkundeten wie gesagt die Umgebung des Camps und kamen bald an das Ufer eines kleinen Flusses. Auf einmal richtete er sein Gewehr auf mich und beschuldigte mich, sein Trinkwasser vergiftet zu haben. Ich werde seinen Anblick nie vergessen, diese kleinen, schwarzen, verrückten Augen, wie Stecknadelköpfe in den tiefen Augenhöhlen seines ausgezehrten Gesichts. Zuerst wollte er mich erschießen, dann bat er mich plötzlich, Geiger umzubringen, und schließlich fiel er ohne jede Vorwarnung über mich her. Ich versuchte, ihn zu überwältigen, aber ohne Erfolg. Am Ende blieb mir nur eines übrig: ihn zu töten. Es war Notwehr, das müssen Sie mir glauben", sagte er eindringlich und schaute Stableford verzweifelt an.

„Und wie kam Slocum ins Spiel?", fragte Holmes.

Fitzpatrick seufzte. „Er hatte Thursbys Expeditionstagebuch gestohlen und schickte mir kurz nach unserer Rückkehr nach England die Abschrift einiger im Fieberwahn geschriebener Passagen, in denen Thursby mich beschuldigte, ihm nach dem Leben zu trachten. Slocum drohte mir damit, das Tagebuch der Justiz zu übergeben, wenn ich nicht eine beträchtliche Summe an ihn zahlen würde. Mir war klar, dass mich dieses Tagebuch den Hals kosten würde. Da ich das Geld nicht aufbringen konnte, tauchte ich unter und begann ein neues Leben als Thomas Fitzpatrick. Alles ging gut, bis ich vorgestern Abend Slocum aus einiger Entfernung auf dem Bahnsteig in St. Ives sah. Ich war völlig durcheinander und wäre sicherlich nach London zurückgekehrt, wenn ich Sie nicht getroffen hätte, Mr Stableford. Ich wusste nicht, dass auch Slocum hierher eingeladen worden war. Sie können sich wahrscheinlich nicht vorstellen, was ich fühlte, als ich ihn am Morgen hier am Frühstückstisch sitzen sah."

„Hat er an diesem Morgen in irgendeiner Form mit Ihnen Kontakt aufgenommen?", fragte Stableford nachdenklich.

„Er hat nicht mit mir gesprochen, wenn Sie das meinen. Aber er hat mich wiedererkannt, da bin ich mir sicher. Ich bildete mir ein, in seinem Blick so etwas wie kalte Berechnung gesehen zu haben. Im Nachhinein frage ich mich aber, ob er vielleicht glaubte, in eine Falle geraten zu sein."

„Er ist in eine Falle geraten, Mr Fitzpatrick", sagte Holmes in einem scharfen Ton.

„Ich weiß, worauf Sie hinauswollen, Dr Holmes. Aber ich habe Slocum nicht umgebracht."

„Ich glaube dir", flüsterte Chloé.

„Und ich schließe mich Miss Fenshaw an", sagte Stableford ruhig. „Mr Slocum war, so viel steht nun ein für alle Mal fest, ein Erpresser, und das ist ein starkes Motiv für einen Mord. Aber der Erpressungsversuch an Mr Fitzpatrick liegt nunmehr fast zwanzig Jahre zurück. Ich halte es für durchaus möglich, dass er nicht das einzige Erpressungsopfer unter den hier anwesenden Gästen war."

„Das ist doch lächerlich!", rief Holmes sichtlich verärgert. „Sie halten den Beweis in Ihren Händen, Mr Stableford! Und Mr Fitzpatrick, oder Crale, hat den Erpressungsversuch an ihm doch gerade zugegeben. Erwarten Sie allen Ernstes, dass er sich Ihnen als Hobbydetektiv nun auch noch freiwillig als Täter offenbart? Wir sollten ihn in sein Zimmer sperren, bis die Polizei eintrifft. Oder wollen Sie uns wirklich aufgrund der Möglichkeit, dass es noch weitere Erpressungsopfer unter uns gibt, der Gefahr eines dritten Mordes aussetzen?"

„Es ist mehr als eine Möglichkeit, Dr Holmes", sagte Harriet mit fester Stimme.

Erstaunt blickte Stableford sie an.

Harriet schluckte, doch dann fuhr sie fort: „Ich habe lange gehofft, es für mich behalten zu können, aber da auch ich an Mr Fitzpatricks Unschuld glaube, wird es nun Zeit, die Wahrheit zu sagen. William hat mich ebenfalls erpresst, aber auch ich habe ihn nicht umgebracht."

„Nun gut", erwiderte Holmes und stand auf. „Ich habe genug gehört, um mir meine eigenen Gedanken machen zu können. Tatsache ist, dass Slocum und vielleicht auch Crabtree ermordet worden sind. Ihre Offenheit bezüglich der Erpressung ehrt Sie beide, aber für meinen Geschmack können wir nach diesen Eröffnungen nicht einfach zur Tagesordnung übergehen. Was schlagen Sie also vor, Mr Stableford?"

„Dass wir uns alle heute vor dem Dinner im Clubraum versammeln. Sagen wir sieben Uhr. Bis dahin muss ich noch einige Dinge klären, aber ich glaube, Ihnen dann eine mögliche Auflösung des Falles darlegen zu können."

„Nun, ich bin gespannt", sagte Holmes skeptisch. „Übrigens schlug mir Mr Fenshaw vor, mit ihm gemeinsam einen Versuch zu unternehmen, Crabtrees Wagen zu bergen. Wir treffen uns gleich in der Halle. Wollen Sie uns begleiten, Mr – Fitzpatrick? Ich bin mir keinesfalls sicher, wie ich zu Ihrer Geschichte stehen soll, aber Sie sind fraglos ein ausgezeichneter Autofahrer, wie ich bei unserem letzten ‚Ausflug' mit dem Morris feststellen durfte."

„Sicher", erwiderte Fitzpatrick und die beiden Männer verließen den Clubraum.

KAPITEL 33
Grabbeigaben

John saß auf der Fensterbank in Harriets Zimmer und rauchte seine Pfeife, während sie ihren Koffer auf dem Bett auspackte, die Kleidungsstücke entfaltete, neu zusammenlegte und wieder sorgfältig einpackte.

„Warum tust du das?", fragte er nach einiger Zeit. „Du weißt doch, dass es momentan keinen Weg von Petershead zum Festland gibt."

„Ich muss meine Hände beschäftigen, John. Das beruhigt mich und hilft mir dabei, meine Beichte vorzubereiten."

„Deine Beichte?"

„Nun, willst du denn gar nicht wissen, womit mich William erpresst hat?"

„Nur, wenn du es mir erzählen willst."

„Das muss ich, weil es sonst immer zwischen uns stehen würde. Und das könnte ich nicht ertragen!" Sie setzte sich aufs Bett.

John schloss das Fenster und setzte sich zu ihr.

„Ich habe dir ja schon erzählt, dass ich für ihn Modell gesessen habe. Du erinnerst dich?"

Er nickte.

„Das war zunächst auch alles ganz harmlos, bis er mich nach ein paar Sitzungen zu einem Aktbild überredete. Das Thema war ‚Leda und der Schwan‘." Harriet machte eine Pause und blickte aus dem Fenster. Es war noch schwieriger, als sie es sich vorgestellt hatte. „Ich war so dumm!", fuhr sie schließlich fort. „Es war kalt in seinem Atelier und wie üblich trank ich während der Sitzung Tee. Doch diesmal musste er irgendetwas hineingemischt haben. Ich kann mich bis heute an nichts erinnern, aber zwei Tage später zeigte er mir eine Serie von Fotografien, die mir das Blut in den Adern gefrieren ließen. Pornografische Fotografien, verstehst du?"

„Ja", sagte John tonlos.

„Auf den Bildern waren außer mir noch eine Frau und zwei Männer zu sehen. Sie trugen Masken – sonst nichts. Nachdem er mir die Bilder gezeigt hatte, drohte er mir, sie an meine Eltern zu schicken und weitere Abzüge an einschlägige Adressen in London zu verteilen, wenn, ja wenn ich seinen Forderungen nicht nachkommen würde."

„Und was waren das für Forderungen?"

„Eintausend Pfund oder das Leben als seine ‚Geliebte', solange es ihm gefiel."

„Dieses Schwein, dieses verfluchte Schwein!", rief John und seine Stimme bebte vor Zorn.

„Ich hatte natürlich keine eintausend Pfund und so fügte ich mich meinem Schicksal. Ich tat es für meine Familie. Du musst mir glauben, dass diese Monate ..."

„Harriet", unterbrach er sie, „sprich nicht weiter! Es ist vorbei. Du hast die Fotos gestern Abend im Kamin verbrannt, nicht wahr?"

„Woher ...?"

„Die verkohlten Papierreste sind mir aufgefallen, als ich dich zum Dinner abholte", erklärte er.

„Ich verstehe. Aber John – kannst du mir denn vergeben?", flüsterte sie und blickte zu Boden.

„Was sollte ich dir vergeben?", fragte er überrascht. „Er hat dich erpresst und du hattest keine andere Wahl. Ich bin nur froh, dass er jetzt tot ist, sonst hätte ich ihn nämlich erschlagen müssen und wir würden uns nur an den Besuchstagen im Gefängnis sehen können."

Harriet musste lachen und wischte sich heimlich eine Träne von der Wange. Dann nahm sie all ihren Mut zusammen und küsste ihn. Er erwiderte den Kuss und hielt sie dann fest in seinen Armen. Sie fühlte sich, als ob sie aus einem monatelangen Albtraum erwachte. Es war ein gutes Gefühl voller Wärme und – Liebe.

„Harriet?", fragte er nach einiger Zeit.

„Ja, John?"

„Hast du noch einmal über das ‚farblose Bild' nachgedacht, von dem du mir erzählt hattest?"

„Du bist unmöglich", schimpfte sie halb amüsiert und halb empört und machte sich von ihm los. „Wie Dr Jekyll und Mr Hyde, nur, dass du eine Mischung aus John Stableford und Sherlock Holmes bist – was, nebenbei bemerkt, nicht weniger gruselig ist. Aber ich glaube, ich weiß jetzt tatsächlich, was für ein Bild mir seit gestern Abend im Kopf herumgeht."

„Und was ist es?", fragte er gespannt.

„Eine Bleistiftskizze, die ich in Williams Atelier gesehen habe. Er benutzte die Rückseite des Blattes für eine Zeichnung bei einer unserer Sitzungen. So hatte ich sie stundenlang vor der Nase, ohne darüber groß nachzudenken. Wahrscheinlich war es eine Studie für eine Auftragsarbeit."

John wurde hellhörig. „Woran kannst du dich erinnern?"

„Nun, ich dachte immerzu an einen Maikäfer. Aber vorhin, als wir das Heft durchgeblättert haben, sah ich die Fotografie der Grabbeigaben, die man im Tal der Könige gefunden hatte. Und da fiel es mir plötzlich wieder ein. Es war die Skizze eines Käfers, wie ihn die alten Ägypter als Amulett trugen."

„Der Skarabäus!", rief John. „Mein Gott, Harriet, das ist es: Slocum hat auch Mrs Fenshaw erpresst! Ich wette, die Bleistiftskizze, die du gesehen hast, war eine Vorstudie zu einem weiteren Bild für seine ‚Galerie der Opfer‘."

„Natürlich, Mrs Fenshaws goldene Brosche!" Harriet schlug sich mit der Hand gegen die Stirn. „Wieso ist mir das nicht früher aufgefallen? Und was machen wir jetzt?"

„Wir nutzen die Gunst der Stunde, mein lieber Watson. Lass uns sofort Mrs Fenshaw einen Überraschungsbesuch abstatten, solange ihr Gatte noch versucht, Crabtrees alten Morris zu bergen."

KAPITEL 34
Licht im Dunkel

„Kommen Sie nur herein", begrüßte Mrs Fenshaw die beiden freundlich. Sie saß in ihren Pelzmantel gehüllt am Fenster und hielt ein gelb eingeschlagenes Buch in den Händen. Es war eine alte Ausgabe von Huysmans „Gegen den Strich" und Stableford musste zugeben, dass diese dekadente Lektüre gut zu ihr passte. Die ängstliche Dame aus dem Zugabteil hatte sich binnen vierundzwanzig Stunden in einen Vamp verwandelt.

Oder besser zurückverwandelt, dachte Stableford und erwiderte ihr Lächeln.

„Es ist nett, dass Sie mich besuchen kommen", sagte Mrs Fenshaw. „Man langweilt sich hier wirklich zu Tode, finden Sie nicht?"

„Ennui wäre zumindest die humanste Todesart, seit wir hier festsitzen", antwortete Stableford ernst. „Mrs Fenshaw, ich will gleich zur Sache kommen und bitte Sie schon vorab für meine Direktheit um Verzeihung."

„Sie machen mich neugierig, Mr Stableford!"

„Womit hat Slocum Sie erpresst?"

Für einen Moment wirkte Mrs Fenshaw wie gelähmt, dann legte sie das Buch auf die Fensterbank und richtete sich in ihrem Sessel auf. „Woher wissen Sie davon?", fragte sie mit fester Stimme.

„Nun, sagen wir, es gibt Hinweise. Aber verstehen Sie mich bitte nicht falsch. Wir sind nicht hier, um Sie des Mordes an Slocum oder Crabtree zu beschuldigen. Wir möchten nur wissen, wie Sie Slocum kennengelernt haben, womit er Sie erpresst hat und ob Sie irgendjemandem davon erzählt haben."

Mrs Fenshaw blickte ihn nachdenklich an. „Nun gut", sagte sie schließlich. „Ich will Ihnen meine Geschichte erzählen, Mr Stableford. Alles ist besser, als hier allein herumzusitzen." Sie lachte bitter. „Ich lernte William Slocum in einem Nachtclub in der Tottenham Court Road kennen. Er war sehr charmant und schenkte mir die Aufmerksamkeit, die ich nach zwanzig Jahren Ehe mit Arthur zu vermissen begann. Wir trafen uns regelmäßig in seinem Atelier. Er malte mich, wir tranken Champagner, den ich bezahlte, und wir liebten uns. Es war eine klassische Affäre. Doch nach etwa zwei Monaten begann mich mein schlechtes Gewissen zu plagen und ich wollte die Liaison beenden. Da eröffnete mir William, dass er mich mit den Briefen, die ich ihm geschrieben hatte, erpressen würde. Er zwang mich zu weiteren Treffen und erzählte mir bei diesen Gelegenheiten mit viel Genuss von anderen Opfern seiner abscheulichen Profession."

„Hat er dabei Namen genannt?", fragte Stableford.

„Ja, einen. Und das war schon merkwürdig, denn er begnügte sich sonst mit vagen Andeutungen, denen ich nur entnehmen konnte, dass einige seiner Opfer aus adligen Kreisen stammen mussten. Er sprach allerdings öfter von einem gewissen Crale, den er nach vielen Jahren zufällig auf einem Golfplatz bei London wiedergesehen hatte – Three Oaks."

„Wie bitte?"

„Three Oaks, Mr Stableford. Ich glaube, so hieß der Platz, von dem er sprach. Er deutete an, dass dieser Crale sein erstes Erpressungsopfer gewesen war und er ihn damals aus den Augen verloren hatte. Die Sache schien ihn zu beschäftigen."

„Haben Sie Ihrem Mann von der Affäre mit Slocum erzählt?"

„Ich musste es, denn es blieb nicht bei Champagner und Kaviar, die William regelmäßig auf meine Rechnung bei Fortnum & Mason bestellte. Seine Forderungen überstiegen bald meine Mittel. Also musste ich Arthur meinen Fehltritt beichten und habe ihm alles, wirklich alles, erzählt."

„Auch die Geschichte von Crale?", fragte Stableford und stopfte bedächtig seine Pfeife.

„Sicher. Er reagierte ganz wie ein Gentleman – im Gegensatz zu William."

„Wie hat Slocum denn reagiert?"

„Ich ging wie verabredet zu unserem nächsten ‚Rendezvous'. Wir trafen uns vor dem Bankhaus Milford & Barnes, wo er oft geschäftlich zu tun hatte. Später gingen wir in sein Atelier. Er plante, ein weiteres Bild von mir zu malen, und zwang mich, in einer pikanten Art und Weise für ihn Modell zu sitzen. Als ich ihm erzählte, dass mein Mann Bescheid wusste, wurde er sehr zornig und drohte mir, mich mit den Briefen gesellschaftlich zu ruinieren. Dann warf er mich aus seinem Atelier."

„Hat er es versucht, Mrs Fenshaw?"

„Was meinen Sie?"

„Hat er versucht, Sie zu ruinieren?"

„Ich habe es erwartet, bis gestern eigentlich jeden Tag. Aber merkwürdigerweise hat er es nicht getan. Es war wie ein Albtraum, als ich ihn vorgestern in einem Abteil im Zug erblickte."

„Das kann ich mir gut vorstellen", sagte Stableford

mitfühlend. „Mrs Fenshaw, erlauben Sie mir noch eine letzte Frage: Wann haben Sie Ihrem Mann von Ihrer Affäre mit Slocum erzählt?"

Sie überlegte einen Moment, dann sagte sie: „Im Mai letzten Jahres."

„Das passt", murmelte Stableford mehr zu sich selbst.

Mrs Fenshaw sah ihn erstaunt an und plötzlich weiteten sich ihre Augen, so als ob ihr etwas Schreckliches eingefallen sei. „Mr Stableford, bitte glauben Sie mir, dass Arthur nichts mit dem Mord an William zu tun hat! Er ist ein grundsolider und besonnener Mensch. Seine manchmal recht zornig wirkenden Ausbrüche sind rein verbal, das müssen Sie mir einfach glauben!"

Muss ich das?, fragte sich Stableford und zündete seine Pfeife an. Dann sagte er: „Ich danke Ihnen für Ihre Offenheit und verspreche Ihnen, die Details Ihrer Geschichte, soweit es möglich ist, diskret zu behandeln." Er nickte Harriet zu und sie verabschiedeten sich.

Als sie den Gang entlanggingen, sahen sie Fenshaw und Holmes, die gerade die Treppe hinaufkamen und sich angeregt unterhielten. Während Stableford auf die beiden Männer wartete, ging Harriet weiter und verschwand in ihrem Zimmer.

„Nun, meine Herren, war Ihre Unternehmung erfolgreich?", fragte Stableford, als Fenshaw und Holmes ihn erreicht hatten.

„In der Tat, mein lieber Stableford", erwiderte Holmes und setzte zu einer Schilderung der geglückten Bergung des Morris an.

Nur kurze Zeit später wurde er durch einen hellen Aufschrei unterbrochen, der offenbar aus Harriets Zimmer kam. Die drei Männer fuhren herum. Im Türrahmen des

Zimmers Nummer vier erschien Harriet, blass und verängstigt.

„Was ist passiert?", fragte Stableford besorgt.

„In ... in meinem Koffer, da liegt ein Fläschchen", stammelte sie aufgeregt.

„Ja, und?"

„Es gehört mir nicht, John."

Der Schrei hatte auch Mrs Fenshaw auf den Gang
gelockt und die kleine Gruppe folgte Harriet in ihr
Zimmer. Ihr Koffer lag geöffnet auf dem Bett, genau so,
wie sie ihn zurückgelassen hatten, als sie sich auf den Weg
zu Mrs Fenshaw gemacht hatten. Doch zwischen einem
Tweedrock und einer Strickjacke steckte nun ein kunstvoll geschliffener Glasflacon mit einem messingfarbenen
Drehverschluss in Form einer Krone.

Stableford holte sein Taschentuch hervor. Als er das
Fläschchen damit vorsichtig aus dem Koffer nahm, verließ
Mr Fenshaw das Zimmer. Für einen Moment wunderte
sich Stableford darüber, widmete sich dann aber voll und
ganz dem rätselhaften Flacon in seiner Hand. Er war halb
leer und die transparente Flüssigkeit darin sah aus wie
leicht gelblich verfärbtes öliges Wasser. Stableford öffnete
ihn und hielt ihn sich unter die Nase, fuhr aber sofort
zurück.

„Ein stark stechender Geruch", sagte er und reichte
Holmes das Fläschchen. „Könnte das Coniin sein?"

Holmes roch ebenfalls an der Öffnung und verzog das
Gesicht. „Das kann ich Ihnen beim besten Willen nicht
sagen. Ich habe Coniin noch nie zuvor gesehen, geschweige
denn daran riechen müssen. Aber ausschließen würde ich
es nicht."

„Dann sollten wir das Fläschchen unter Verschluss

halten", sagte Stableford. „Kommen Sie, Dr Holmes, wir werden es sofort in Crabtrees Zimmer bringen. Würden Sie noch für einen Moment bei Miss Taylor bleiben, Mrs Fenshaw?"

Sie antwortete nicht, sondern starrte nur auf den kleinen Lederkoffer. Dann setzte sie sich auf die Bettkante. Stableford deutete das als ein Ja und verließ zusammen mit Holmes den Raum.

In Crabtrees Zimmer stellte Holmes den Flacon neben die Brandyflasche auf den Nachttisch. Stableford schloss die Tür wieder ab und die beiden Männer gingen schweigend zurück in die Halle. Am unteren Treppenabsatz trennten sie sich. Stableford wartete, bis Holmes hinaufgegangen war, und betrat dann die Abstellkammer, in der die Golftaschen lagerten. Zielstrebig ging er auf eine Tasche zu und begann, Schläger für Schläger sorgfältig zu untersuchen. Er verglich die Längen der Schäfte, betrachtete aufmerksam die Schlagflächen und setzte jeden Schläger einzeln auf den Boden, so als ob er mit ihnen einen Golfschlag ausführen wollte. Als er damit fertig war, widmete er sich einer zweiten Tasche. Hier entfernte er alle Schläger, ohne sie auch nur eines Blickes zu würdigen, und griff dann tief in das vom Regen noch immer feuchte Futteral hinein.

Fünf Minuten später schloss er die Kammertür lautlos hinter sich und ging die Treppe hinauf, um sich für das Dinner umzuziehen. Während er seine Fliege band, ließ er die Geschehnisse der letzten Stunde noch einmal Revue passieren, denn sie hatten endlich Licht ins Dunkel gebracht. In dieser kurzen Zeit hatte er ein Motiv für die Tat gefunden und das Rätsel um die scheinbar überflüssige Handlung gelöst, die den Mord auf der Lichtung erst möglich gemacht hatte. Außerdem hatte der Mörder innerhalb dieser Stunde einen entscheidenden Fehler begangen und in Stablefords Smokingtasche befand sich nun ein Beweis, mit dem er ihn überführen konnte.

KAPITEL 35
Sieben bei Tisch

Um kurz nach sieben hatten sich alle Gäste des Petershead Golf Club im Aufenthaltsraum versammelt. Johns Ankündigung, eine Lösung des Falls zu präsentieren, schien wie ein unausgesprochener Dress-Code gewirkt zu haben. Die Herren waren, bis auf Fitzpatrick, im Smoking, die Damen in Abendkleidern erschienen. Harriet trug ein smaragdgrünes Kleid mit einem tiefen Rückenausschnitt. Es war ihr einziges Abendkleid und schon etwas in die Jahre gekommen. Aber sie trug es mit Stolz, denn sie hatte es von ihrem ersten selbst verdienten Geld bei Selfridges gekauft. Als Fenshaw sich anschickte, eine Runde Sherry als Aperitif einzuschenken, nahm ihm John die Flasche wortlos aus der Hand.

„Hat jemand von Ihnen gesehen, ob Mr Fenshaw die Flasche frisch entkorkt hat?", fragte er ernst in die Runde.

Niemand antwortete.

„Gut. Dann möchte ich Sie bitten, eine noch ungeöffnete Flasche von der Anrichte zu holen, Mr Fenshaw. Bitte verstehen Sie das nicht als einen persönlichen Angriff. Aber von nun an sollte bei allen ausgeschenkten alkoholischen Getränken das Vier-Augen-Prinzip gelten. Der Fund des Fläschchens gebietet Vorsicht. Mindestens ein Augenzeuge sollte anwesend sein, wenn eine neue Flasche geöffnet wird."

Nachdem die Gläser verteilt waren, bat John die anderen Gäste, Platz zu nehmen. Er selbst blieb am Kopfende des Tisches stehen. Harriet beobachtete ihn fasziniert. Einmal mehr stand nicht der Professor, sondern der Jäger vor ihr. Seine Augen hatten sich verdunkelt und ihre magnetische Wirkung schien auch die anderen erfasst zu haben. Die Gespräche verstummten schlagartig, selbst Holmes verzichtete auf einen ironischen Kommentar.

„Ich werde Ihnen nun eine Geschichte erzählen, von der ich glaube, dass sie sich genau so oder sehr ähnlich zugetragen hat", begann John nach einer kurzen Pause. „Mr Slocum war ein Kunstmaler, der seinen ausschweifenden Lebensstil mit dem perfiden Geschäft der Erpressung finanzierte. Er war kein sympathischer Zeitgenosse und ich bin mir sicher, dass niemand – weder hier noch sonst wo – sein Ableben bedauern wird. Bis auf Miss Fenshaw, Dr Holmes und mich scheinen alle Anwesenden direkt oder indirekt unter den Machenschaften Slocums gelitten zu haben. Ohne auf die jeweiligen Gründe näher einzugehen zu wollen, können wir festhalten, dass Miss Taylor, Mrs Fenshaw und Mr Fitzpatrick direkt von ihm erpresst wurden. In gewisser Weise gehört auch Mr Fenshaw zu den Opfern, obwohl er nicht selbst erpresst wurde. Doch er musste um seine Integrität fürchten, hätte Slocum seine Drohungen gegenüber seiner Gattin in die Tat umgesetzt."

„Ich werde mir diese unerhörten Verdächtigungen nicht weiter anhören", polterte Fenshaw los, verstummte aber sofort wieder, nachdem ihm seine Frau einen strengen Blick zugeworfen hatte.

„Speziell Sie haben um die Lösung dieses Rätsels gebeten, Mr Fenshaw", sagte John trocken. „Jetzt müssen Sie sich meinen Lösungsversuch auch anhören. Ich versichere Ihnen, dass die Gründe für die Erpressungen für meine Ausführungen nicht von Bedeutung sind und folglich unerwähnt bleiben werden."

Fenshaw verschränkte die Arme vor der Brust und schwieg.

„Also gut", fuhr John fort. „Zunächst ging ich davon aus – und Dr Holmes folgte mir in dieser Vermutung –, dass Slocum einige seiner Opfer unter dem Vorwand eines Golfturniers hierhergelockt hatte. Vielleicht nur, um sich an ihrem Elend zu erfreuen, vielleicht aber auch, um neue kompromittierende Situationen zu schaffen. Er war offenbar ein guter Kunde des Bankhauses Milford & Barnes und es erschien mir nicht ausgeschlossen, dass er – möglicherweise über ein dort angestelltes weiteres Erpressungsopfer – die nötigen Einsichten in den Kundenstamm erhalten konnte. Wäre er im Clubhaus oder irgendwo anders als unter den tatsächlichen Umständen auf dem Golfplatz ermordet worden, hätte ich mit dieser Erklärung problemlos leben können. Doch so, wie die Dinge liegen, scheint mir Slocum eher das Opfer eines gut durchdachten mörderischen Plans geworden zu sein. Ich bin mir sicher, dass niemand bei Milford & Barnes von unserem Golfwochenende hier Kenntnis hat." Er machte eine Pause und trank einen Schluck Sherry. Dann steckte er die Hände in die Hosentaschen und begann langsam vor dem Tisch auf und ab zu gehen.

Harriet nutzte diese Unterbrechung, um die anderen Gäste zu beobachten. Fenshaw starrte vor sich hin. Sein Gesichtsausdruck verriet eine gewisse Verwunderung, so als ob er über etwas nachdachte, das er nicht so recht glauben konnte. Mrs Fenshaw sah zu Chloé hinüber, die damit beschäftigt war, die Falten ihres Tweedrockes zu glätten. Fitzpatrick wirkte müde und Holmes ganz unbeteiligt – wie ein Schüler, der dem Unterricht nicht mehr folgen konnte oder wollte und seinen Tagträumen nachhing.

John räusperte sich. „Kommen wir zunächst zum Tathergang. Slocum wurde mit seinem eigenen Sandeisen erschlagen – oder eben auch nicht, denn bevor er an den Folgen dieses Schlages sterben konnte, wurde er, wie uns Dr Holmes versichert hat, mit einem Tuch, einem Schal oder etwas Ähnlichem erdrosselt. Anfangs war ich davon überzeugt, dass nur ein Linkshänder den Schlag ausgeführt haben konnte, der Slocums rechte Schläfe zerschmetterte, was die Reihe der Verdächtigen auf Dr Holmes, Mr Fitzpatrick und Mrs Fenshaw eingeschränkt hätte."

Unter den Zuhörenden entstand eine gewisse Unruhe.

Beschwichtigend hob John die Hände und fuhr fort: „Allerdings war diese erste Deduktion viel zu einfach, denn sie setzte voraus, dass Slocum dem Täter im Moment des Angriffs zugewandt stand. Hätte sich der Täter von hinten angeschlichen, dann wären genau diese drei Personen am ehesten vom Verdacht freizusprechen. Von der Kopfwunde selbst sind also keine Rückschlüsse auf den Täter möglich. Dazu kommt die nicht unerhebliche Frage, ob derjenige, der den Schlag ausführte, mit dem, der Slocum kurz darauf erdrosselte, identisch ist. Doch davon später mehr." Erneut machte er eine kurze Pause, um einen Schluck Sherry zu trinken.

Harriet rutschte nervös auf ihrem Stuhl hin und her. Warum sagte John nicht einfach, wen er für den Täter hielt?

„Von Anfang an irritierte mich die Symmetrie dieses Mordes", fuhr er fort. „Zum ersten Mal erkannte ich sie, als mir mein Notizbuch, in dem ich eine Skizze des Golfplatzes samt der Flugbahnen der geschlagenen Bälle angefertigt hatte, vom Schoß rutschte. Es lag verkehrt herum vor mir und plötzlich erkannte ich in der Skizze ein abstraktes geometrisches Gebilde: Die zweite und dritte Bahn waren parallel verlaufende Geraden, die von einer dritten Geraden, nämlich der Hecke, getrennt wurden. Die Flugbahnen der beiden weitesten Abschläge sahen wie eine Diagonale aus, die die dritte Gerade genau auf der Höhe durchschnitt, auf der die Lichtung lag, der Ort des Verbrechens. Gerade diese Diagonale erschien mir bemerkenswert."

„Kommen Sie zum Punkt, Mr Stableford!", unterbrach ihn Fenshaw und lächelte spöttisch. „Hat die Geschichte auch eine Pointe?"

„Oh ja, Mr Fenshaw, das hat sie. Denn ich stellte mir folgende Frage: War die auffällige Symmetrie meiner Zeichnung wirklich reiner Zufall oder war sie vielleicht ein Hinweis auf die Tat selbst? Hatte ich in gewisser Weise ganz zufällig den Entwurf des Mordplans entdeckt?" Er blickte in die Runde. „Sie alle werden mir zustimmen, dass ein guter Golfer seinen Ball in der Regel zielgenau an einen bestimmten Punkt spielen kann. Die eine Hälfte der Diagonale wäre somit erklärt. Aber sollte ich tatsächlich auf eine Art Blaupause des Mordplans gestoßen sein, dann musste sich auch die andere Hälfte erklären lassen. Daraus ergab sich eine weitere Frage: Wäre es möglich, den Schlag eines guten Golfers so zu manipulieren, dass dieser seinen Ball ungewollt in eine bestimmte Richtung, an einen bestimmten Ort spielt?"

„Ausgeschlossen!", rief Holmes „Ich könnte mir höchstens vorstellen, dass man so ein Kunststück mit einem manipulierten Ball fertigbringen könnte. Aber Slocum hatte seinen Ball am Abschlag des zweiten Tees nicht gewechselt und am ersten Loch ein Birdie gespielt."

„Völlig richtig, Dr Holmes", stimmte John ihm zu.

„Einen manipulierten Ball können wir ausschließen. Doch was halten Sie von einem manipulierten Schläger?"

Holmes schwieg.

„Vor nicht ganz einer Stunde habe ich mir Slocums Golfschläger noch einmal genauer angesehen. Und ich bin dabei auf etwas Bemerkenswertes gestoßen: Der Driving Cleek, den er kurz vor seiner Abreise erhalten und den er Ihnen, Mr Fenshaw, vor Turnierbeginn noch so stolz als Präsent des Bankhauses Milford & Barnes gezeigt hatte, unterscheidet sich in zwei Punkten sehr deutlich von seinen restlichen Schlägern. Der Griff ist sehr viel dünner und der Lie-Winkel deutlich steiler als bei all den anderen Schlägern in seiner Tasche."

„Was ist ein Lie-Winkel, Mr Stableford?", fragte Chloé.

„Der Winkel zwischen dem Schlägerkopf und dem Schaft, Miss Fenshaw. Ist der Winkel zu steil, berührt die Ferse des Schlägers beim Aufprall zuerst den Rasen, und die Folge ist ein Schlag nach links. Der dünnere Griff verstärkt dieses Phänomen noch einmal. Griffstärke und Winkel können also dazu führen, dass ein sonst gerader, ja eigentlich perfekter Schlag nach links zieht. In diesem Fall nach links in die Hecke nahe der Lichtung."

„Aber was hat denn das alles mit dem Mord zu tun?", fragte Holmes mit einem Anflug von Ungeduld in der Stimme.

„Mit dem Mord selbst nichts, mit dem Mordversuch allerdings alles, mein lieber Holmes", erwiderte John. „Für den Moment können wir einfach festhalten, dass Slocum kurz vor seinem Reiseantritt einen Schläger mit der Post erhielt, den er vor seinem Abschlag am zweiten Tee gestern Morgen nicht testen konnte, da die erste Bahn für einen Driving Cleek zu kurz ist. Des Weiteren können wir festhalten, dass zwei der hier Anwesenden Slocum mehr oder weniger direkt dazu aufforderten, den besagten Schläger am Abschlag der zweiten Bahn zu benutzen: Sie, Mr Fenshaw, taten dies kurz vor Turnierbeginn und Sie, Dr Holmes, direkt auf dem zweiten Tee. Inwieweit das Slocum beeinflusst hat, können wir natürlich nicht beurteilen. Fakt ist jedoch, dass er den Driving Cleek benutzt hat und dass sein Ball tatsächlich mitten in die Hecke flog."

„Mein lieber Stableford", sagte Holmes sichtlich überrascht, „Ihr detektivisches Talent in allen Ehren, aber wäre das nicht ein mehr als blauäugiger Plan, wenn es darum ginge, Slocum auf die Lichtung zu locken, um ihn dort zu ermorden? Die Chance, dass sich ein auf diese Art modifizierter Schläger in exakt dieser Weise auf seinen Abschlag auswirkte, kann doch nicht einmal fünfzig zu fünfzig gewesen sein. Ein Mörder, der sich auf solch einen Plan verlassen würde, müsste die Vorsehung vollends auf seiner Seite wissen. Das wäre doch Irrsinn!"

„Das ist korrekt", erwiderte John gelassen. „Aber deshalb macht es das Ganze nicht weniger wahr und Sie müssen zugeben, dass eine gewisse Portion Irrsinn zu jedem Mord gehört."

„Nun, vielleicht haben Sie recht", bemerkte Holmes. „Aber auch ein Mörder verfügt doch über das, was man gemeinhin als gesunden Menschenverstand bezeichnet, nicht wahr?"

„Oh ja, aber was wäre, wenn unser Mörder sogar noch einen Schritt weiter gegangen ist? Wenn er den sogenannten gesunden Menschenverstand dazu benutzt hat, um seine Tat zu tarnen? Marx bezeichnete den gesunden Menschenverstand als ein Instrument der herrschenden

Klasse. In unserem Fall würde ich ihn als ein Instrument der Verschleierung beschreiben. Allerdings haben uns die weiteren Geschehnisse hier gezeigt, dass unser Mörder auch an eine weitaus sicherere Mordmethode abseits des Golfplatzes gedacht hat."

„Das Gift!", rief Dr Holmes begeistert. „Das ist nun wieder genial, Stableford! Aber warum benutzte er dann nicht gleich den viel sichereren Schierlingsbecher?"

„Weil das Gift ursprünglich nur für den Fall gedacht war, dass der Mordversuch auf dem Golfplatz fehlgeschlagen wäre. Denn jetzt wird es schmutzig, mein lieber Holmes: Der Plan, Slocum zu ermorden, umfasste nämlich auch die perfekt eingefädelte Anwesenheit eines völlig unschuldigen Sündenbocks."

Harriet stockte der Atem. Sie blickte auf die Hände in ihrem Schoß, als sie spürte, wie sich ihre Wangen zu röten begannen. Sprach John von ihr? Hatte man sie als Sündenbock auserkoren? Aber das hieße ja, dass jemand an diesem Tisch Kenntnis von den abscheulichen Fotografien hatte! Sie dachte daran, den Raum zu verlassen, als John weitersprach.

„Um das zu erklären, muss ich ein wenig weiter ausholen. Einer von Ihnen hatte einen ausgesprochen perfiden Plan. Er fingierte ein Einladungsturnier und lud die hier Anwesenden als Statisten für seine Tat ein – alle bis auf Mr Fitzpatrick, denn der sollte eine besondere Rolle in diesem Drama spielen. Das ganze Golf-Wochenende diente einzig und allein dem Zweck, Slocum zu töten und Mr Fitzpatrick als Täter zu diffamieren. Es war ein großartiger Plan, wenn Sie mir diese etwas unpassende Bemerkung erlauben, denn Mr Fitzpatrick war für diese Rolle wie gemacht und füllte sie durch sein unsicheres

Auftreten auch perfekt aus. Er lebte seit Jahren unter einem falschen Namen, fürchtete die Entdeckung seiner wahren Identität und die Enthüllungen der von Slocum entwendeten Tagebücher Thursbys. Damit hatte er ein eindeutiges Mordmotiv, nämlich dem Galgen zu entkommen."

Fitzpatrick sprang auf und wollte protestieren, doch John ließ ihn nicht zu Wort kommen.

„Setzen Sie sich, Mr Fitzpatrick! In Ihrem eigenen Interesse sollten Sie mich an dieser Stelle nicht unterbrechen."

Der Angesprochene tat, wie ihm geheißen, und John fuhr ruhig fort.

„Um das vorher Gesagte auf den Punkt zu bringen: Mr Fitzpatrick war verzweifelt genug, um bei den geringsten Anzeichen von Gefahr zu fliehen, was faktisch einem Schuldeingeständnis gleichgekommen wäre. Um dies zu erreichen, inszenierte der Mörder, wenn wir ihn so nennen wollen, das Verbrechen auf dem Golfplatz. Doch um Mr Fitzpatrick den Mord anhängen zu können, musste die Tat spontan wirken. Nur ein unüberlegter Mord würde zu seiner verzweifelten Situation passen, denn er traf hier ja ganz unverhofft auf Slocum und hatte folglich keine Möglichkeit, den Mord geschickt vorzubereiten. Der ganze minutiös ausgetüftelte Plan diente also letztlich dazu, den Mord als eine Tat im Affekt erscheinen zu lassen."

„Aber so etwas lässt sich doch niemals im Voraus planen", unterbrach ihn Mrs Fenshaw ungläubig.

„Meinen Sie?", entgegnete John freundlich. „Hätte Mr Fitzpatrick nach dem Mord an Slocum tatsächlich das Weite gesucht, dann hätte wohl niemand von uns an seiner Schuld gezweifelt: Er trifft in der Hecke auf Slocum. Die anderen Golfer sind damit beschäftigt, Bälle zu suchen. Er versichert sich, dass niemand in der Nähe ist, und erschlägt Slocum mit dessen Sandeisen. Die Hecke ist der perfekte Ort für diese Tat und die benutzte Waffe ein klarer Beleg für einen Mord im Affekt. Ich bin mir sicher, dass dieser Plan aufgegangen wäre. Doch zum Glück für Sie, Mr Fitzpatrick, machte ihn das Wetter zunichte. Petershead wurde zur Insel und der Weg war Ihnen abgeschnitten."

„Wolltest du gestern Nacht fliehen, als wir uns in der Halle trafen, Thomas?", fragte Chloé leise.

John wirkte für einen Moment irritiert und Harriet bereute, ihm nichts von ihrem nächtlichen Ausflug erzählt zu haben. Er schien eine Frage stellen zu wollen, doch Fitzpatrick kam ihm zuvor.

„Nein, aber Mr Stablefords Ausführungen treffen die Sache schon ganz richtig. Hätte es gestern Nacht einen Weg von Petershead gegeben, dann hätte ich vielleicht das Geld deines Vaters genommen und wäre geflohen. Wenn die Polizei meine wahre Identität entdeckt hätte, wäre es wohl sehr schwierig geworden, sie von meiner Unschuld zu überzeugen."

„Sie haben ihm Geld angeboten, Mr Fenshaw?", fragte John überrascht.

„Ja! Und warum nicht?", antwortete Fenshaw gereizt. „Ich wollte meine Familie vor diesem Halunken schützen. Alle Hinweise deuten doch klar auf ihn als Täter. Das können selbst Sie bei Ihren kindischen Versuchen, Sherlock Holmes spielen zu wollen, nicht übersehen haben, Mann! Ich glaube immer noch felsenfest an seine Schuld."

John sah ihn ruhig an und stopfte seine Pfeife. „Das müssen Sie auch, Mr Fenshaw", sagte er endlich, „denn es war Ihr Plan, nicht wahr?"

KAPITEL 36
Ein mörderischer Plan

„Das ist eine ungeheuerliche Unterstellung, mein Herr!", rief Fenshaw völlig außer sich. „Was erlauben Sie sich uns hier aufzutischen? Ich habe die Einladung oben in meinen Unterlagen und es ist nebenbei bemerkt nicht die erste dieser Art gewesen! Vor zwei Jahren ..."

„... folgten Sie einer Einladung des Bankhauses nach St. Andrews, ich weiß, Mr Fenshaw", ergänzte Stableford nickend und entzündete seine Pfeife. „Ihre Gattin hat mir von dieser Reise erzählt. Sie haben schon auf vielen Plätzen im Königreich gespielt, auch in Petershead, nicht wahr?"

Fenshaw schwieg. Im Clubraum herrschte völlige Stille.

„Ihre Tochter erzählte mir, dass Ihre Gattin aus St. Ives stammt, und das brachte mich auf die Idee, dass Sie den Platz vielleicht kennen würden", sprach Stableford weiter. „Miss Fenshaw wusste zwar nicht, ob ihr Großvater Golf gespielt hatte, aber sie glaubte sich an eine Golftasche in seinem Arbeitszimmer zu erinnern. Da es nicht allzu viele Golfplätze in der Nähe von St. Ives gibt, erschien es mir nicht unwahrscheinlich, dass ihr Großvater hier in Petershead Mitglied gewesen war. Miss Taylor und ich durchsuchten daraufhin heute Nachmittag das Peters Inn nach alten Clubunterlagen – und wurden fündig. Wir begannen mit unserer Recherche im Jahr 1914 ..."

„Wieso ausgerechnet in diesem Jahr?", unterbrach ihn Holmes überrascht.

„Nun, nennen Sie es Intuition, Dr Holmes. Ich wählte ein Jahr, das kurz vor Miss Fenshaws Geburt liegen musste, und spekulierte darauf, dass die Ehe der Fenshaws nicht lange kinderlos geblieben war. Kurzum: Ich nahm an, dass Mrs Fenshaws Vater, Colonel Arbuthnot, seinen frisch gebackenen Schwiegersohn um das Jahr 1914 in seinen Club eingeführt hatte. Und tatsächlich fand Miss Taylor unter den Clubunterlagen ein Terminbuch, das belegt, dass Sie, Mr Fenshaw, 1914 mit dem Colonel hier in Petershead Golf gespielt haben. Ich bin mir übrigens sicher, dass sich auch ein gewisser Mr Surtees an Sie erinnern kann. Er war bis zur Schließung dieses Clubs dessen Sekretär und ist laut Ihrer Tochter ein alter Bekannter Ihrer Gattin."

„Und der Umstand, dass ich vor über zwanzig Jahren hier einmal Golf gespielt habe – was ich übrigens nie bestritten habe –, macht mich zu einem Mörder?", fragte Fenshaw und lächelte selbstgefällig. „Sie machen sich lächerlich. Bleiben Sie bei Ihren Detektivromanen, Mr Stableford!"

„Mit dem größten Vergnügen. Entwerfen wir also eine Handlung für einen Detektivroman, die mit meinen Annahmen korrespondiert: Im Mai des letzten Jahres beichtet Mrs Fenshaw ihrem Gatten, dass sie von Slocum erpresst wird. Der Zeitpunkt ihrer Beichte ist wichtig, denn Mr Fenshaw brauchte für die Umsetzung seines Mordplans viele Monate. Sie erzählt ihm also von der Erpressung und erwähnt dabei auch die Geschichten, die sie von Slocum über andere Erpressungsopfer gehört hat, speziell die von Allan Crale. Mr Fenshaw ist ein Mann mit Prinzipien und – wie er mir gegenüber selbst betont hat – ein Mann der Tat. Er hat nur einen Wunsch: Slocum, der ihn und seine Familie bedroht, zu richten. Er beginnt über ihn zu recherchieren und findet bald seine Verbindung zur Thursby-Geiger-Expedition. Als akribischer Mensch liest er wirklich alles über diese Expedition, was ihm in die Finger kommt. So stößt er eines Tages auch auf die Ausgabe des National Geographic Magazine. Darin findet er nun das Bild von Allan Crale und ich glaube, dass er spätestens zu diesem Zeitpunkt beschließt, Crale in seine mörderischen Überlegungen mit einzubeziehen."

„Aber wie soll er denn Mr Crale ausfindig gemacht haben können?", fragte Holmes überrascht. „Der hatte doch seinen Namen geändert und die Aufnahme in dem Heft war viele Jahre alt."

„Nun, von seiner Gattin weiß er, dass Slocum Crale zufällig auf einem Golfplatz namens Three Oaks getroffen hatte. Er wird zu einem regelmäßigen Gast dieses Clubs und eines Tages hat er einfach Glück und trifft dort auf einen Mann, der bis auf den fehlenden Bart wie Allan Crale aussieht. Er holt dezent Erkundigungen ein und ist sich bald sicher, dass er Crale, der sich nun Fitzpatrick nennt, tatsächlich gefunden hat. Damit hat er die Hauptakteure seines Dramas beisammen. Vielleicht erfährt er von Ihnen, Mrs Fenshaw, dass der Petershead Golf Club mittlerweile geschlossen ist. Immerhin sind Sie mit dem ehemaligen Clubsekretär gut bekannt. Und da kommt Mr Fenshaw eine Idee: Das Bankhaus Milford & Barnes richtet regelmäßig Golf-Wochenenden für gute Kunden aus. Er war selbst schon Gast bei so einer Veranstaltung. Von Ihnen, Mrs Fenshaw, weiß er, dass Slocum ein ausgezeichneter Golfer und Kunde desselben Bankhauses ist. Was wäre also, wenn man im Namen des Bankhauses Milford & Barnes ein Einladungsturnier in einem längst geschlossenen Club fingierte und so praktisch ungestört seinen größten Feind mit dessen wahrscheinlichstem Mörder zusammenbringen würde? Eine geniale

Idee, solange man Slocum und Mr Fitzpatrick diesen Plan unterschieben kann, der Mord selbst spontan wirkt und Mr Fitzpatrick aus Angst, als Allan Crale erkannt zu werden, tatsächlich flieht. Ich befürchte übrigens, dass sich auch Ihr Buchprojekt über die Küstenwege Cornwalls als Teil dieses Plans entpuppen wird, Mr Fitzpatrick. Da Sie kein Kunde des Bankhauses sind und die Einladung vielleicht einfach ignoriert hätten, erfand Mr Fenshaw das spontane Verlagsangebot, um Sie hierherzulocken."

„Mr Stableford", unterbrach ihn Holmes in seinem Monolog, „ist das noch Tabak oder rauchen Sie mittlerweile das Holz Ihres Pfeifenkopfes. Nehmen Sie es mir nicht übel, aber ich bekomme Kopfschmerzen von Ihrer Balkanmischung."

Stableford lachte, ging zum Kamin hinüber und klopfte seine Pfeife aus. „Wo war ich stehen geblieben?"

„Bei einer Vermutung, die mich finanziell ruinieren würde", antwortete Fitzpatrick trocken. „Aber bitte, fahren Sie fort. Wie hat er seinen Plan denn nun in die Tat umgesetzt?"

„Ich denke, dass Mr Fenshaw damit begonnen hat, den Platz auf Petershead, auf dem er vor vielen Jahren schon einmal gespielt hatte, zu besuchen. Die Hecke zwischen der zweiten und der dritten Bahn erscheint ihm als ein idealer Ort für einen spontan wirkenden Mord. Er misst die Bahnen aus und macht dabei auch ein paar Übungsschläge, denn es ist für seinen Plan von elementarer Wichtigkeit, dass er seinen Ball vom dritten Tee gezielt in die Nähe der Lichtung inmitten der Hecke spielt."

„Sie meinen, dass Mr Fenshaw einen Fehlschlag geübt hat?", fragte Fitzpatrick ungläubig.

„Ja", erwiderte Stableford überzeugt. „Nur dass es für

ihn nicht um einen Fehlschlag ging. Mr Fenshaw übte in gewisser Weise die Vollendung der Diagonale, über die ich zu Ihnen sprach. Sie erinnern sich? Die Flugbahnen zweier Bälle bildeten in meiner Skizze eine Diagonale. Slocum spielte mit seinem manipulierten Schläger die eine Hälfte der Diagonale vom zweiten Tee bis zur Lichtung. Mr Fenshaw musste für seinen Plan sicherstellen, dass sein am dritten Tee abgeschlagener Ball ebenfalls auf der Lichtung landete. Und genau das übte er bei seinem Besuch auf Petershead. Ich denke, dass ich einen der dabei verwendeten Bälle auf der Lichtung gefunden habe, einen Silver King. Niemand von Ihnen hat ihn gestern Morgen gespielt, er ist allerdings zu neu, als dass man annehmen könnte, er läge hier seit der Schließung des Clubs." Mit diesen Worten holte er den Ball aus seiner Hosentasche und legte ihn vor Fenshaw auf den Tisch.

„Ich hoffe, Sie halten das nicht für ein Beweisstück", sagte Fenshaw spöttisch. Doch die Selbstgefälligkeit war aus seiner Stimme verschwunden.

Stableford ignorierte seine Bemerkung, lächelte zufrieden und fuhr fort: „Zurück in London beginnt Mr Fenshaw nun damit, Slocum auf dem Golfplatz zu beobachten. Er studiert seine Taktik und macht sich über seine Schlaglängen Notizen. Wie Slocum ist er ein Klassegolfer und vielleicht stellt er sich die gleiche Frage, die ich mir gestellt habe: Wie stellt man es an, dass ein guter Golfer den Ball ungewollt in eine bestimmte Richtung, an einen bestimmten Ort spielt? Der Driving Cleek in Slocums Tasche zeigt, dass Mr Fenshaw eine Antwort auf diese Frage gefunden hat, und ich bin mir sicher, dass man den Schlägermacher ausfindig machen wird, der den Schläger für ihn angefertigt hat."

„Dieser Schlägermacher wäre dann also der erste echte Zeuge, nicht wahr?", fragte Holmes provokant.

„So ist es. Aber lassen Sie uns überlegen, was weiter geschehen sein könnte: Mit dem präparierten Schläger hat Mr Fenshaw nun alles parat, um mit der Ausführung seines Plans beginnen zu können. Unter dem Deckmantel des Bankhauses heuert er Crabtree und die Tavys an, lässt das Haus und den Platz provisorisch herrichten, kauft Zugtickets und organisiert Wagen, die die Gäste vom Bahnhof in St. Ives abholen. Schließlich besorgt er sich, wie auch immer, aus der Kundenkartei des Bankhauses neben den gesetzten Protagonisten zwei ganz unbeteiligte Personen. Dr Holmes und ich wurden nur eingeladen, um die zwei sorgfältig durchdachten Spielgruppen aufzufüllen. Als alle Vorbereitungen getroffen waren, reiste Mr Fenshaw völlig unverdächtig mit all den anderen ‚Gästen' als treu sorgender Familienvater mit Frau und Tochter an."

„Mrs Fenshaw hat also nichts von dem Plan gewusst?", fragte Fitzpatrick vorsichtig.

Stableford blickte zu ihr. „Sicher nicht", erklärte er. „Wir reisten im selben Abteil und ich hörte sie fast wahnsinnig vor Angst zu ihrem Mann flüstern: ‚Ich habe ihn gesehen, ich habe ihn hier im Zug gesehen!' Natürlich meinte sie Slocum."

Fenshaw machte Anstalten zu widersprechen, doch ihm schienen zum ersten Mal an diesem Abend die Worte zu fehlen.

Also sprach Stableford weiter: „Am Morgen des Turniers läuft alles nach Plan. Slocum schlägt mit dem manipulierten Driving Cleek mitten in die Hecke und Mr Fenshaw tut es ihm von der anderen Seite des Platzes gleich. Allerdings fiel mir später auf, dass er im Gegensatz zu Slocum nicht ‚Fore!' gerufen hatte. Merkwürdig für einen so guten Golfer, im Nachhinein aber durchaus verständlich. Golfer rufen ‚Fore!', wenn sie einen Ball verschlagen haben und dieser weit ab vom eigenen Fairway zu landen droht. Es ist ein spontaner Warnruf, der aus einer automatisierten Gewohnheit heraus geschieht. Genau aus diesem Grund kam Mr Fenshaw nicht darauf, ‚Fore!' zu rufen, denn sein Ball flog genau dorthin, wo er ihn hinhaben wollte: in die Hecke – oder ‚Zur Hölle', wenn ich mich recht an seinen Ausruf erinnere."

„Ausgezeichnet!", rief Holmes beeindruckt. „Ein psychologisches Indiz. Schwer zu beweisen, aber grandios beobachtet!"

„Lächerlich!", zischte Fenshaw. „Warum hätte ich ‚Fore!' rufen sollen? Die Spieler der zweiten Gruppe waren doch noch weit von dem Ort entfernt, an dem mein Ball zu landen drohte."

„Wie Sie meinen, Mr Fenshaw", entgegnete Stableford. „Kommen wir also zur Handlung meines Detektivromans zurück: Das Dickicht aus Büschen und Sträuchern bot Ihnen die perfekte Deckung für die Tat. Ich nehme an, dass die zweite Tasche, die Crabtree auf der Lichtung fand, Ihnen gehört, denn ursprünglich planten Sie sicher, einen eigenen Schläger als Waffe zu benutzen. Doch das Glück war auf Ihrer Seite. Slocum suchte am Rande der Lichtung nach seinem Ball, seine Tasche lag in der Nähe. Sie schlichen sich von hinten an, nahmen das Sandeisen heraus und schlugen zu. Slocum hat seinen Mörder wahrscheinlich nie zu Gesicht bekommen."

„Soll ich das Dinner servieren?", fragte in diesem Moment eine unsichere Stimme hinter ihnen.

212

„Ich glaube nicht, dass uns momentan nach Essen ist, Miss Tavy", antwortete Holmes. „Oder doch?" Er blickte in die Runde. Als niemand protestierte, wandte er sich wieder an Miss Tavy: „Bitte sagen Sie Ihrer Mutter, dass wir uns gegebenenfalls später etwas in der Küche holen werden." Dann forderte er Stableford auf: „Erzählen Sie weiter!"

„Nun gut. Als wir ins Clubhaus zurückgekehrt waren, begann Mr Fenshaw sofort damit, den Verdacht auf Mr Fitzpatrick zu lenken. Er fand jede seiner Handlungen verdächtig. Und ich muss zugeben, dass Mr Fitzpatrick es ihm leicht gemacht hat. Vielleicht hat Mr Fenshaw selbst das Telefon lahmgelegt, denn er wollte, dass seinem Sündenbock genügend Zeit zur Flucht bleibt. Er bestärkte Mr Fitzpatrick auch darin, gemeinsam mit Dr Holmes Hilfe zu holen, sicherlich in der Hoffnung, dass er sich bei der erstbesten Gelegenheit absetzen würde. Schließlich bot er ihm sogar Geld für die Flucht an, wie wir vorhin erfahren haben. Auch meine Rolle als Detektiv in diesem Drama verdanke ich wohl einer spontanen Eingebung Mr Fenshaws. Es war seine Idee, mich mit der Untersuchung des Falls zu betrauen – im Nachhinein betrachtet ein wenig schmeichelhaftes Angebot. Ich denke, er hielt mich für einen weltfremden Wichtigtuer, der mit Detektivromanplattitüden um sich werfen würde, ohne dem Rätsel auch nur im Entferntesten näher zu kommen. In Wahrheit ging es ihm allein darum, Mr Fitzpatrick durch die Benennung eines Ermittlers weiter zu verunsichern. Als all das nichts half, spielte er seinen letzten Trumpf aus, die Ausgabe des National Geographic Magazine, in der wir mit seiner Hilfe schließlich ein Bild von Slocum und Crale fanden."

„Ihre Ausführungen amüsieren mich, Mr Stableford", sagte Fenshaw, der seine Fassung nun vollends wiedergefunden zu haben schien. „Ich fand den Artikel, weil ich mich daran erinnerte, wie angespannt Mr Fitzpatrick die gelbe Heftreihe nach unserer Rückkehr in den Clubraum begutachtet hatte. Es schien mir verdächtig, und ich ging der Sache nach."

„Nun, ich glaube nicht, dass Sie der Sache nachgehen mussten", erwiderte Stableford trocken. „Ich bin mir vielmehr sicher, dass Sie die Magazine bei den Vorbereitungen Ihres Plans selbst in das Regal gestellt haben. Sie schienen mir von Anfang an unpassend für die Bibliothek eines Provinzgolfclubs zu sein – ein Gefühl, das sich bestätigte, als Miss Taylor und ich zwischen den Kisten alter Clubunterlagen ganze Jahrgänge verschiedener Zeitschriften fanden. Ich nehme an, dass diese wohl keinen Platz mehr in den Regalen im Clubraum hatten, nachdem Sie die neuen Magazine hergeschafft hatten."

„Aber warum hat Mr Fitzpatrick dann das für ihn so wichtige Heft nicht gefunden?", fragte Holmes. „Oder war es die ganze Zeit über im Besitz von Mr Fenshaw?"

„Wollen Sie darauf antworten, Mr Fenshaw?", fragte Stableford. „Nein? Dann möchte ich eine Vermutung äußern: Ich glaube, dass das besagte Heft an diesem Morgen tatsächlich zwischen den anderen stand. Hätte Mr Fitzpatrick es entdeckt, dann hätte Mr Fenshaw sicherlich einen Weg gefunden, uns darauf aufmerksam zu machen. Doch er entdeckte es nicht. Wahrscheinlich war er einfach zu nervös, und so musste Mr Fenshaw improvisieren." Stableford stellte sich genau vor Fenshaw und sprach ihn nun direkt an: „Da Sie es nicht riskieren konnten, dass Ihr Sündenbock das Heft noch einmal ohne

Zeugen suchen und vielleicht vernichten würde, mussten Sie es in Ihren Besitz bringen. Aus diesem Grund schlichen Sie sich gestern Nacht in den Clubraum und ich nehme an, dass Sie sich dort versteckt hielten, als Mr Fitzpatrick eintrat, um sich eine Flasche Brandy zu holen. Als er es sich kurz darauf in der Halle bequem machte, saßen Sie in der Falle. Mr Fitzpatrick erzählte mir, dass er immer wieder Geräusche aus Richtung des Clubraums vernahm. Sie glaubten, das Parkett im Clubraum knarren zu hören, richtig?", wandte er sich an Fitzpatrick.

Der nickte.

„Sie sagten auch, dass Mr Fenshaw plötzlich vor Ihnen stand. Er könnte also auch aus dem Clubraum gekommen sein, nicht wahr?"

„Ja", bestätigte Fitzpatrick. „Wenn ich jetzt darüber nachdenke, ist das nicht einmal unwahrscheinlich. Einige Stufen der großen Treppe knarren ziemlich laut und das hätte ich sicherlich bemerkt."

„Das denke ich auch. Ich vermute, dass Mr Fenshaw aus dem Clubraum kam und das besagte Heft bei sich trug, als er Ihnen Geld zur Flucht anbot. Trug er vielleicht einen Morgenmantel?"

„Ich glaube schon."

„Dann könnte er das Heft darunter versteckt haben. Aber wie dem auch sei – am nächsten Morgen steckte er es wieder zwischen die anderen Hefte zurück und bezog dann Stellung im Clubraum. Es wird Ihnen vielleicht aufgefallen sein, dass er den Raum heute praktisch nicht verlassen hat. Er wartete darauf, dass Sie, Mr Fitzpatrick, erneut nach dem Heft suchen würden. Er wollte Sie, wie schon am Morgen zuvor, in flagranti erwischen. Als dies nicht gelang, wurde er nervös und begann schließlich selbst demonstrativ in dem Heft zu blättern. Als ihm auch daraufhin niemand Aufmerksamkeit schenkte, verlor er die Nerven und überreichte es mir mit einem äußerst vielsagenden Schweigen." Stableford machte eine Pause und schaute in die Runde.

Doch offenbar wollte keiner der anderen etwas sagen. Alle blickten ihn nur an – einige erwartungsvoll, andere erstaunt, Fenshaw mit einem aufgesetzt wirkenden Lächeln.

Also nahm Stableford die Sherryflasche vom Tisch und füllte die Gläser nach, während er fortfuhr: „Dies ist in groben Zügen die Geschichte, wie ich sie mir zusammengereimt habe. Der geplante Mord auf dem Golfplatz gleicht in seinem Aufbau einem Zaubertrick. Sie erinnern sich an unser Gespräch von gestern Abend? Der Ablauf des Turniers wirkt ganz natürlich, bis man die nur scheinbar überflüssige Handlung entdeckt, welche die minutiös geplante Mechanik hinter dem spontan wirkenden Mord sichtbar werden lässt. Mr Fenshaw hat sich durchaus als ein talentierter Magier bewiesen. Allerdings hatte er von Anfang an mit zwei Problemen zu kämpfen. Zum einen war da Miss Taylor, die – wie Sie, Dr Holmes, ganz richtig bemerkten – zur falschen Zeit am falschen Ort war und so kurzerhand zur Hauptverdächtigen wurde. Zum anderen kam ihm das Unwetter in die Quere, das die Flucht seines Sündenbocks vereitelte."

„Ich hoffe, Sie halten mich nicht für begriffsstutzig", unterbrach ihn Holmes, „aber was genau war denn nun diese nur scheinbar überflüssige Handlung?"

„Das Geschenk an Slocum, Dr Holmes. Ohne den Golfschläger, den er kurz vor seiner Abreise erhalten hatte, hätte der Trick nicht funktioniert. Er brachte Slocum auf

die Lichtung, wo er kurz darauf von Mr Fenshaw niedergeschlagen wurde."

„Ist Ihnen eigentlich klar, dass Sie meinen Mann
des Mordes beschuldigen, ohne auch nur den geringsten Beweis dafür zu haben, Mr Stableford?", fragte Mrs
Fenshaw mit zitternder Stimme.

„Das habe ich nie getan", antwortete Stableford ruhig.
„Ich halte Ihren Gatten für den Urheber dieses Plans –
allerdings hat er im juristischen Sinne weder Slocum noch
Crabtree ermordet."

Diese Bemerkung zeigte bei allen Zuhörern Wirkung.
Harriet schloss die Augen und schien in sich zusammen-
zusinken. Mrs Fenshaw wirkte verunsichert, obwohl sie
doch eigentlich hätte erleichtert sein müssen. Chloé rückte
näher an ihren Vater heran, der wie versteinert dasaß und
ins Leere blickte. Fitzpatrick bückte sich nach seinem
Zigarettenetui, das ihm aus der Hand gefallen war. Allein
Holmes schien sich prächtig zu amüsieren.

„Das ist besser als jeder Wallace! Ganz ausgezeichnet,
Mr Stableford!", rief er. „Fahren Sie fort, Mann, fahren Sie
fort!"

Und genau das hatte Stableford vor.

KAPITEL 37
Die Flucht

„Als ich vorgestern Morgen inmitten der pulsierenden Menschenmenge in der Halle der Paddington Station stand, dachte ich unvermittelt an die ersten Verse des Chors der thebanischen Alten in Sophokles' ‚Antigone'. Sie kennen sie vielleicht? ‚Ungeheuer ist viel. Doch nichts ungeheurer als der Mensch.' Ich will hier nicht von einer Vorahnung sprechen, denn als Literaturprofessor sind derlei Gedanken wohl nichts Ungewöhnliches. Dazu kommt, dass ich angesichts der dampfenden Lokomotiven und einfahrenden Züge wohl auch eher die folgenden Verse, die die Technik preisen, mit der sich der Mensch die Erde untertan gemacht hat, im Sinn hatte."

„Also wirklich!", protestierte Holmes säuerlich. „Was hat denn das nun wieder mit unserem vertrackten Problem zu tun?"

„Nun, Dr Holmes, in gewisser Weise sind wir hier auf Petershead tatsächlich die Protagonisten einer Tragödie griechischen Ausmaßes geworden. Mr Fenshaw hielt sich zunächst für den Regisseur dieses Dramas, doch mittlerweile dürfte ihm klar geworden sein, dass er mit uns auf der Bühne steht. Vielleicht ist auch dem einen oder anderen von Ihnen die Theatralik unserer Situation bewusst geworden? Unsere Schicksale sind auf einmal miteinander verbunden. Manche von uns fühlen sich voneinander angezogen, andere intrigieren und wieder andere fürchten die Entdeckung eines Geheimnisses. Das alles wirkt hoch artifiziell. Von außen betrachtet bilden wir selbst nach den beiden Morden ein zivilisiertes Tableau vivant. Doch das Schicksal hat längst über uns entschieden. Zwei Morde, zwei Täter, aber nur ein Mörder, das ist das unheimliche Rätsel, das uns die Sphinx in unserem Drama aufgibt. Auch der Titel unserer Tragödie könnte kaum klassischer sein, denn wie Sophokles' ‚Antigone' oder Euripides' ‚Medea' trägt sie den Namen ..."

„Chloé!", rief Fenshaw erschrocken, als seine Tochter plötzlich aufsprang und aus dem Zimmer rannte.

Stableford und Fitzpatrick folgten ihr, so schnell sie konnten, doch als sie die Halle erreicht hatten, war Chloé schon aus dem Haus. Die beiden Männer rannten ihr hinterher und blieben dann mitten auf der nur spärlich vom Mondlicht beschienenen Auffahrt stehen. Chloé war verschwunden.

„Wo ist sie hin?", rief Fitzpatrick aufgeregt.

„Ich weiß es nicht, aber weit kann sie allein im Dunkeln nicht kommen", antwortete Stableford. Als er im selben Augenblick einen Motor starten hörte, wusste er, dass er sich in diesem Punkt getäuscht hatte.

Zwei Scheinwerfer flammten links von ihnen auf und Crabtrees Bullnose hielt direkt auf sie zu. Stableford stand wie angewurzelt da. Erst im letzten Moment sprang er zur Seite. Zuvor hatte er noch einen Blick auf Chloé werfen können. Ihre Augen waren starr und weit aufgerissen, ihr Gesicht wirkte wie eine Maske, auf die das Schicksal ein irres Lachen gezeichnet hatte.

Die beiden Männer gingen in die Halle zurück, wo sie auf Holmes und Fenshaw trafen.

„Wo ist Chloé?", rief Fenshaw aufgebracht.

„Sie ist mit Crabtrees Wagen davongefahren", antwortete Fitzpatrick.

„Wir sollten ihr folgen!", meinte Stableford.

„Zu Fuß?" Holmes sah ihn verwundert an.

„Wir haben keine andere Wahl, nicht wahr? Ist Ihre Tochter eine gute Autofahrerin?", wandte sich Stableford an Fenshaw.

Der schloss die Augen, als ob er sich zu sammeln versuchte. „Nun, sie hat wenig Erfahrung und einen ziemlich rasanten Fahrstil", antwortete er nach einer kurzen Pause. „Was hat sie sich überhaupt dabei gedacht und wo will sie hin?"

„Sie ist auf der Flucht, Mr Fenshaw", sagte Stableford. „Aber für Erklärungen haben wir jetzt keine Zeit. Ich schlage vor, dass wir uns sofort aufmachen. Sie ist schnell unterwegs und die Beleuchtung des Morris ist nicht die beste. Außerdem ist der Weg nach Peters Peter unbefestigt und steht wahrscheinlich an vielen Stellen unter Wasser. Es scheint mir nicht unwahrscheinlich, dass sie bald von der aufgeweichten Straße rutschen wird." Er wandte sich an Holmes: „Sind Sie imstande, uns zu begleiten? Ein Arzt könnte vielleicht hilfreich sein."

„Sicher", antwortete Holmes.

„Gut. Warten Sie hier, ich besorge nur schnell etwas!" Stableford rannte in die Küche und kehrte wenig später mit zwei Sturmlaternen in die Halle zurück. Während Holmes sie zu entzünden versuchte, ging Stableford in den Clubraum, um Harriet und Mrs Fenshaw zu informieren.

Die beiden Frauen saßen auf dem Sofa. Mrs Fenshaw blickte starr vor sich hin. Harriet hielt ihre Hand und sprach ruhig auf sie ein. Als sie Stableford entdeckte, verstummte sie und schaute ihn fragend an.

Er kniete sich neben sie. „Chloé ist mit Crabtrees Wagen weggefahren. Wir gehen sie suchen. Würdest du dich so lange um Mrs Fenshaw kümmern?"

„Natürlich", antwortete Harriet und küsste ihn leicht auf die Wange.

Kurze Zeit später brachen die Männer auf. Sie folgten der Straße nach Peters Peter. Am ersten erkennbaren Abzweig blieben sie stehen und suchten nach Reifenspuren. Doch die Wege standen hier unter Wasser und so beschlossen sie, sich in zwei Gruppen aufzuteilen. Während Holmes und Fenshaw weiter Richtung Peters Peter gingen, schlugen Stableford und Fitzpatrick ohne viel Hoffnung auf Erfolg den Weg nach Süden ein. Als sie nach etwa einer halben Meile einen kleinen Hügel erklommen hatten, drehte sich Stableford um. Links von ihm konnte er die scharfen schwarzen Umrisse des Peters Inn gegen den Nachthimmel ausmachen. Im Osten tanzte die Sturmlaterne von Holmes und Fenshaw langsam im Rhythmus ihrer Schritte über das Moor.

Nach etwa einer Stunde, in der sie so gut wie nicht miteinander gesprochen hatten, standen die beiden Männer schließlich vor den Ruinen eines alten Turmes, an dessen Seite Stableford die Reste eines Schornsteins ausmachte. Er leuchtete mit der Laterne in den halb verfallenen Turm hinein und las auf einer Plakette „Trevillian Mine". Der Turm war also das Maschinenhaus einer längst verlassenen Mine gewesen. Der Weg war hier zu Ende. Von Crabtrees Wagen war weit und breit nichts zu sehen, und so beschlossen sie umzukehren.

Als sie die Straße, die nach Peters Peter führte, wieder erreicht hatten, näherte sich auch der zweite Suchtrupp der unscheinbaren Kreuzung. Fenshaws Gesicht verriet unzweifelhaft, dass ihre Suche ebenfalls erfolglos geblieben war. Schweigend gingen die vier gemeinsam zum Haus zurück.

KAPITEL 38
Des Rätsels Lösung

„Habt ihr sie gefunden?", fragte Harriet besorgt, als die Männer den Clubraum betraten.

„Keine Spur", entgegnete ihr Holmes erschöpft. „Wir gingen bis nach Peters Peter, ein wirklich unheimlicher Ort, erst recht im Dunkeln! Ich hoffe nur ..." Er brach den Satz ab, ging zur Anrichte hinüber und schenkte sich einen großen Brandy ein.

Stableford, der sich zu Harriet aufs Sofa gesetzt hatte, sprang auf und nahm ihm das Glas aus der Hand. „Es ist Gift im Haus. Nehmen Sie die letzte nicht angebrochene Flasche und seien Sie so nett, mir auch ein Glas einzugießen!"

„Wo ist meine Frau?", fragte Fenshaw, der in den letzten Stunden um Jahre gealtert zu sein schien.

„Sie hat sich vor etwa einer halben Stunde zurückgezogen", sagte Harriet. „Sie klagte über Kopfschmerzen und wollte eine Tablette nehmen."

„Das ist gut", erwiderte Fenshaw müde und setzte sich in einen der Sessel. „Sie muss nicht mit anhören, was Chloé getan hat. Aber ich will es wissen, Mr Stableford. Die Ungewissheit raubt mir noch den Verstand. Ist ihre Flucht ein Schuldeingeständnis? Wenn es so ist, dann erzählen Sie uns bitte, wie sich das Unglück auf dem Golfplatz aus Ihrer Sicht zugetragen hat."

Stableford blickte in die Runde. „Sind Sie alle damit einverstanden? Es ist schon spät und ..."

„Niemand denkt jetzt an Schlaf", sagte Holmes und setzte sich ebenfalls.

Fitzpatrick tat es ihm gleich.

„Also gut", begann Stableford. „Der Detektiv ist ein Prophet, der rückwärts sieht. Er beobachtet eine Wirkung und sucht nach der Ursache dafür. Dieses ‚Sehen' wirkt oft kalt, aber bitte glauben Sie mir, Mr Fenshaw, dass ich trotz allem, was Sie getan haben, tiefes Mitgefühl für Sie empfinde."

„Das habe ich nicht verdient", erwiderte Fenshaw und blickte zu Boden. „Ich habe Slocum für das, was er meiner Frau angetan hat, gehasst! Und ich habe ihn von hinten mit seinem eigenen Sandeisen niedergeschlagen, genau so, wie Sie es geschildert haben. Ich dachte, er wäre tot, und ich empfinde für diese Tat keine Reue. Aber bitte, Mr Stableford, was geschah danach?"

„Nachdem Sie sich vom Tatort entfernt hatten, muss Chloé den wahrscheinlich bewusstlosen, aber zumindest doch hilflosen Slocum auf der Lichtung gefunden haben. Sie nahm ihren Schal ab und erdrosselte ihn."

„Aber warum tat sie es und wie sind Sie, verdammt noch mal, darauf gekommen?", fragte Holmes.

„Die zweite Frage ist relativ einfach zu beantworten. Vor dem Turnier trugen alle Damen Topfhüte, doch als ich die Lichtung betrat, hatte Chloé keinen Hut mehr auf. Ihr nasses Haar war mir gleich aufgefallen. Der Penny fiel allerdings erst heute Mittag, als ich sie und Mr Fitzpatrick auf der Terrasse beim Putten beobachtete. Ich erinnerte mich daran, wie Sie, Dr Holmes, gestern mit Chloé an genau derselben Stelle kurz vor Turnierbeginn den Bunkerschlag übten. Die Szene heute wirkte fast identisch, nur dass Chloé ohne Hut puttete."

„Und ihr fehlender Hut ist ...?"

„Ein Hinweis, Dr Holmes", sagte Stableford. „Aber

kehren wir zurück zur Lichtung. Beim schnellen Abnehmen des Schals muss Chloé ihren Hut verloren haben, der unglücklich auf Slocums Wunde fiel. Da er nun voller Blut war, krempelte sie ihn vielleicht um und steckte ihn in die Tasche ihres Kostüms. Später ließ sie ihn dann in ihrer Golftasche verschwinden. Schon bei meinem ersten Besuch in der Abstellkammer unter der Treppe störte etwas mein ästhetisches Empfinden. Allerdings kam ich erst heute Abend darauf, was es war: die Schläger einer Golftasche, die ein Stück zu weit über den Rand standen. Am Boden dieser Tasche fand ich Chloés Hut." Er zog den Hut aus der Tasche seiner Smokingjacke hervor und reichte ihn Holmes. „Ich nehme an, dass es sich bei den dunklen Flecken um Blut handelt. Was meinen Sie?"

„Möglich ist es", erwiderte Holmes vage.

„Bei der Antwort auf die Frage, wieso sie es getan hat, kann ich nur spekulieren", fuhr Stableford unbeirrt fort. „Ich könnte mir vorstellen, dass Chloé ihre Eltern bei Mrs Fenshaws Beichte und der darauf folgenden Aussprache belauscht hat. Sie muss von Slocums Erpressung gewusst haben. Anders ist die Tat nicht zu erklären. Als sie ihn so wehrlos vor sich fand, entlud sich all ihr Hass auf den Peiniger ihrer Mutter. Ich glaube nicht, dass sie bei Sinnen war, als sie Slocum tötete."

„Und wo ist der Schal geblieben?", fragte Harriet.

„Eine ausgezeichnete Frage, denn er ist das Bindeglied zum Mord an Crabtree", antwortete Stableford und lächelte sie an. „Wie auch immer es passiert sein mag, Chloé hat den Schal auf der Lichtung verloren und Crabtree muss ihn dort gefunden haben. Als Sie, Dr Holmes, ihn beim Dinner nach dem Verbleib des Sandeisens fragten, erzählte er uns von den Golftaschen auf der Lichtung und wollte noch etwas ergänzen, als ihn Chloé plötzlich unterbrach. Später verließ sie blass und verängstigt als Erste den Clubraum und ich bin mir sicher, dass sie sofort Crabtree aufsuchte."

„Um von ihm den Schal zurückzufordern", warf Holmes ein.

„Genau. Ich vermute, dass er für die Herausgabe des Schals, sagen wir, eine Gefälligkeit einforderte, und Chloé schaltete schnell. Sie versprach, ihn nachts in seinem Zimmer zu besuchen, und er willigte ahnungslos ein. Als ich ihn nach dem Besuch im Gärtnerschuppen bat, seinen von Chloé unterbrochenen Satz zu beenden, wimmelte er mich mit einer Bemerkung über die schlechten Sichtverhältnisse aufgrund des Unwetters ab. Chloé muss jedenfalls von Ihrem ‚Plan B' gewusst haben, Mr Fenshaw, denn sie benutzte Ihr Gift, um sich Crabtree vom Hals zu schaffen, der sie hätte verraten können."

„Mein Gott!", flüsterte Fenshaw. „Ich wollte den Mann töten, der meine Familie bedroht hat, und habe das Leben meiner Tochter zerstört. Es ist übrigens tatsächlich Coniin. Dr Holmes hatte mit seiner Vermutung ganz recht. In einem Punkt haben Sie sich allerdings geirrt, Mr Stableford. Das Gift war für mich bestimmt, falls mit meinem Plan etwas schiefgehen würde. Ich hätte nie daran gedacht, Slocum zu vergiften. Das Coniin ist seit über zehn Jahren in meinem Besitz. Ich entwendete es damals dem Nachbarn meines Schwiegervaters, einem Apotheker und Hobby-Herbalisten, der uns oft zu kleinen chemischen Vorführungen einlud, wenn wir den Colonel in St. Ives besuchten. Schon damals war es allein für mich gedacht, für den Fall eines Bankrotts. Meine Geschäfte brachten mich mehr als einmal an den Rand des Ruins und ich hätte die Schmach des Scheiterns nicht ertragen. Ich hielt das Fläschchen in meinem Schreibtisch unter Verschluss, so wie andere es mit einem geladenen Revolver tun."

„War auch Chloé damals bei den chemischen Vorführungen zugegen?", fragte Stableford.

„Oh ja, als kleines Mädchen war sie ganz verrückt nach Mr Singers Experimenten und liebte die kleinen Fläschchen, die sauber aufgereiht in seinem Labor standen."

„Dann hat sie vielleicht schon damals gut aufgepasst", sagte Stableford. „Um den bitteren Geschmack des Giftes zu überdecken, mischte sie das Coniin mit Brandy, nahm zwei Gläser von der Anrichte und stattete Crabtree, wie versprochen, den nächtlichen Besuch ab. Wahrscheinlich blieb sie bei ihm, bis die Lähmung in seinen Beinen einsetzte. Dann nahm sie den Schal und verbrannte ihn vermutlich gleich im Kamin in Crabtrees Zimmer. Dummerweise griff sie beim Gehen im Dunkeln nach dem falschen Glas und ließ ihr eigenes mit den Lippenstiftspuren zurück."

„Sie kam also gar nicht aus ihrem Zimmer, als wir uns nachts in der Halle begegneten", sagte Fitzpatrick wie zu sich selbst.

„Nein. Aber warum haben Sie mir Ihr nächtliches Aufeinandertreffen bei unserem ersten Gespräch eigentlich verschwiegen, Mr Fitzpatrick?"

„Ich wollte Chloé nicht noch mehr in Schwierigkeiten bringen. Wenn ich es Ihnen erzählt hätte, dann hätten Sie es vielleicht Mr Fenshaw gegenüber erwähnt. Er war außer sich, als er uns in der Halle überraschte, und schickte sie wütend auf ihr Zimmer."

„Sie hatte es verdient", bemerkte Holmes trocken, stand auf und streckte seine langen Glieder. „Eine Frage habe ich noch, Mr Stableford: Seit wann wissen Sie, dass Chloé Crabtree ermordet hat?"

„Als Harriet, ich meine Miss Taylor, das Fläschchen in ihrem Koffer fand, war ich mir sicher. Ich vermutete es jedoch schon vorher. Sie können es nicht wissen, aber als Miss Taylor die Clubunterlagen durchsuchte, hatte sie das Gefühl, dass sich jemand im Flur des Seitenflügels befand. Sie tat das einzig Richtige und floh. Als wir einige Zeit später gemeinsam in das Zimmer zurückkehrten, fehlten die Unterlagen, in denen Mr Fenshaws Schwiegervater erwähnt wurde. Ich konnte zu diesem Zeitpunkt nicht mit Gewissheit sagen, wer die Papiere an sich genommen hatte, doch ich hatte nur mit Chloé über Colonel Arbuthnot gesprochen."

„Verstehe", sagte Holmes. „Und wieso wussten Sie es dann nach dem Fund des Fläschchens im Koffer?"

„Weil nur Chloé es da hineingelegt haben konnte", erwiderte Stableford. „Sie drei", er zeigte nacheinander auf Fenshaw, Fitzpatrick und Holmes, „waren nicht im Haus, denn sie versuchten zu diesem Zeitpunkt, den Morris zu bergen. Als ich gemeinsam mit Miss Taylor beschloss, Mrs Fenshaw einen Besuch abzustatten, war ich Augenzeuge, wie sie ihren Koffer komplett aus- und wieder einpackte. Ich kann also mit Gewissheit sagen, dass sich das Fläschchen nicht im Koffer befand, als wir das Zimmer verließen. Direkt im Anschluss sprachen wir mit Mrs Fenshaw. Auch sie konnte es somit nicht gewesen sein. Bleibt also nur Chloé. Wahrscheinlich belauschte sie unser Gespräch mit ihrer Mutter – wie Sie sicherlich wissen, hat sie das Zimmer gleich neben dem ihrer Eltern. Sie vermutete vielleicht, dass wir der Wahrheit immer näher kamen, und beschloss, sich des Giftes zu entledigen. Also schlich sie aus ihrem Zimmer und versteckte das Gift in Miss Taylors Koffer, um ihr den Mord an Crabtree in die Schuhe zu schieben." Er gähnte und blickte auf die Uhr. „Aber ich schlage vor, dass wir jetzt zu Bett gehen. Der morgige Tag wird anstrengend, denn wir müssen einen Weg von dieser Toteninsel finden." Mit diesen Worten stellte er sein Glas auf den Kaminsims.

„Sie haben das Rätsel gelöst", sagte Holmes anerkennend.

Das habe ich tatsächlich, dachte Stableford, doch ein Gefühl der Zufriedenheit wollte sich bei ihm nicht einstellen. Er blickte zu Fenshaw hinüber und sah einen gebrochenen Mann. Dann dachte er an Mrs Fenshaw und daran, wie sie das Giftfläschchen in Harriets Koffer angestarrt hatte. Er war sich sicher, dass sie in diesem Moment geahnt hatte, was ihre Tochter getan hatte. Und Chloé selbst? Sie war eine Mörderin, zweifellos, aber war sie nicht auch ein Opfer der Umstände? Es war eine Sache, einen Mörder zu entlarven und den Toten damit Gerechtigkeit wiederfahren zu lassen. Eine andere aber war es, das Leid und die Not der Lebenden vor Augen zu haben.

Er nickte Holmes zu, dann trat er zu Harriet und Fitzpatrick, die sich in der Zwischenzeit erhoben hatten. Schweigend verließen sie alle den Clubraum, nur Fenshaw blieb allein zurück.

KAPITEL 39
Ein unerwartetes Angebot

„Glauben Sie an Gott, Mr Stableford?", fragte Holmes lakonisch, während er mit großer Sorgfalt einen Toast mit Butter bestrich.

Es war kurz nach sieben und die anderen waren noch nicht zum Frühstück erschienen.

Die Frage überraschte Stableford. „Nun, ich glaube an eine höhere Ordnung der Dinge", antwortete er und nippte an seinem Kaffee.

„Das klingt philosophisch und – wenn Sie mir die Bemerkung erlauben – etwas ausweichend."

„Was haben Sie denn erwartet?"

„Ich bildete mir ein, bei Ihnen eine Leidenschaft für eine höhere Gerechtigkeit ausgemacht zu haben. Es schien mir gestern Abend, als ob Sie Mr Fenshaw für den eigentlichen Übeltäter halten würden."

„Obwohl er die Morde im juristischen Sinne nicht begangen hat, meinen Sie?"

„Richtig. Mord und versuchter Mord sind ja nicht dasselbe."

„Moralisch gesehen sind sie es", sagte Stableford ernst. „Hier liegt tatsächlich oft ein unangenehmer Widerspruch zwischen unserer Rechtsprechung und dem, was Sie ‚höhere Gerechtigkeit' nennen."

„Ah!", erwiderte Holmes und bediente sich großzügig aus dem Marmeladentöpfchen. „Meinen Sie, dass Sie Mr Fenshaw auch auf die Schliche gekommen wären, wenn ihm seine Tochter und das Unwetter nicht einen oder besser gesagt gleich zwei Striche durch die Rechnung gemacht hätten? Oder wäre es dann ein perfekter Mord geworden?"

„Möglich, nur könnten wir dann nicht darüber sprechen, Dr Holmes. Der perfekte Mord ist genau genommen ein logisches Problem. Seine Tragik besteht darin, dass er ohne seine Aufklärung unvollkommen bleibt. Er braucht den Moment der Würdigung und wird doch gleichzeitig im Akt des Erklärens seiner Perfektion beraubt und damit hinfällig."

„Ich verstehe. Das denke ich zumindest", sagte Holmes und trank einen Schluck Kaffee. „Aber ich würde zu gerne wissen, wo Miss Fenshaw abgeblieben ist."

„Wahrscheinlich hat sie die Nacht im Auto verbracht. Sie wird bis zur eingestürzten Brücke gekommen sein und nun bei Tageslicht nach einem Ort suchen, an dem sie den Fluss zu Fuß überqueren kann. Früher oder später wird sie sich stellen. Chloé ist nicht dumm. Sie weiß, dass sie in dieser unwirtlichen Gegend keine Chance hat, ihrer Verhaftung zu entgehen."

„Hm", machte Holmes und wechselte dann völlig unvermittelt das Thema. „Sie sind ledig, nicht wahr?"

„Ja", antwortete Stableford irritiert.

„Und Ihre Familie stammt aus ...?"

„London."

„Ihr Vater ...?"

„War ein Londoner Kaufmann und meine Mutter – um Ihrer nächsten Frage zuvorzukommen – die Tochter eines Hamburger Teekontor-Besitzers. Sie starben beide, als ich noch ein Kind war."

„Dann sprechen Sie Deutsch?"

„Ja. Ich lebte einige Jahre bei meiner Großmutter in Hamburg."

„Ausgezeichnet!", rief Holmes und schlug so heftig mit der flachen Hand auf den Tisch, dass das Frühstücksgeschirr klapperte. „Würden Sie sich als Patrioten beschreiben, Mr Stableford?"

„Nun, nach Dr Johnson ist der Patriotismus die letzte Zuflucht des Halunken, daher bin ich mir nicht sicher, wie ich Ihre Frage verstehen soll. Ich habe das Gefühl, Sie verhören mich, Dr Holmes. Haben Sie eine eigene Theorie zu den Vorfällen der letzten Tage? Halten Sie mich vielleicht sogar für den Täter?"

Holmes lachte. „Gott bewahre, nein! Allerdings haben Sie mich bei unserer ersten Begegnung angelogen. Ich fragte Sie nach Ihrer Einheit im großen Krieg und Sie nannten mir das Barsetshire Regiment. Nun bin ich beileibe kein Fachmann auf dem Gebiet der Literatur, aber selbst ich kenne die fiktive Grafschaft Barsetshire aus Trollopes Romanen."

„Ich verstehe", sagte Stableford vorsichtig.

„Das möchte ich bezweifeln", erwiderte Holmes geheimnisvoll und drehte sich zur Tür um, als ob er sich versichern wollte, dass niemand im Begriff war einzutreten. Dann zog er seinen Stuhl näher an den Tisch heran und fuhr in einem deutlich leiseren Ton fort: „Ich will ehrlich zu Ihnen sein, Mr Stableford. Ihre Vorstellung als Detektiv hat mich tief beeindruckt. Meine Fragen dienten allein dazu, mir ein genaueres Bild von Ihnen machen zu können. Sie sind nicht religiös, aber hochmoralisch. Sie haben einen Sinn für Gerechtigkeit, aber eine gesunde Skepsis gegenüber unserer Rechtsprechung. Ihre Auffassungsgabe ist – sagen wir – weit überdurchschnittlich, Sie haben Ihre Nerven im Griff, und obwohl Sie einen Teil Ihrer Vergangenheit verschweigen, bin ich zu dem Schluss gekommen, dass Sie gut zu uns passen würden."

Stableford war ratlos. Worauf wollte Holmes hinaus? Waren die Ereignisse der letzten Tage vielleicht zu viel für ihn gewesen? War er geistig verwirrt – oder sogar doch selbst der Täter? Sein Benehmen war merkwürdig genug. Aber sollte er sich bei der Rekonstruktion der beiden Morde dermaßen getäuscht haben?

„Und wer ist ‚uns'?", fragte er vorsichtig.

„Eine Spezial-Abteilung des Inlandgeheimdienstes", flüsterte ihm Holmes zu.

Stableford lachte auf. Das musste ein Scherz sein. Doch das Lachen verging ihm schlagartig, als er Holmes' erwartungsvollen Blick sah, in dem keine Spur von Humor lag. Er meinte es ernst.

„Ich weiß, was Sie jetzt denken", sagte Holmes und lächelte. „Und ich kann es verstehen. Mir ging es ähnlich, als man mich vor Jahren rekrutierte. Aber glauben Sie mir, ich biete Ihnen gerade die gelegentliche Mitarbeit im Britischen Geheimdienst an. Der Inlandsgeheimdienst ist immer auf der Suche nach Spezialisten. Ich meine Amateure mit überdurchschnittlichen Fähigkeiten, die bei bestimmten Fällen um ihre Mitarbeit gebeten werden, aber sonst ihren bürgerlichen Berufen nachgehen. Auch ich bin so ein Amateur – ich erstelle gelegentlich psychologische Gutachten für das War Office. Darüber hinaus bin ich für die Rekrutierung geeigneter Männer und Frauen zuständig. Da Sie eine überdurchschnittliche Auffassungsgabe besitzen, wird Ihnen klar sein, dass ich gerade aufgrund meiner zuletzt genannten Tätigkeit mit Ihnen spreche."

„Ich bin Literaturprofessor, Dr Holmes. Wie sollte ich

den Geheimdienst unterstützen können? Ich kann weder boxen noch beherrsche ich die Kunst des Jiu Jitsu."

„Und ich suche keinen Bulldog Drummond, mein lieber Stableford, sondern einen klugen Kopf, der in heiklen Fällen detektivisch helfen kann, wenn das Hinzuziehen der Polizei aus geheimdienstlicher Sicht nicht als wünschenswert erscheint. Denken Sie etwa an politische oder diplomatische Kreise. Ihre Deutschkenntnisse sind da übrigens Gold wert. Sie wissen ja selbst, dass sich auf dem Kontinent gerade etwas Bedrohliches zusammenbraut. Verstehen Sie das Angebot als Möglichkeit, Ihre Suche nach Wahrheit und Gerechtigkeit gelegentlich vom Kopf auf die Füße zu stellen. Hat Ihnen das Detektivspielen nicht gefallen? Haben Sie den Nervenkitzel nicht genossen?"

„Nun, mir reicht die Art von Nervenkitzel, die ich während eines Matches bei einem Gleichstand am sechzehnten Loch empfinde, in der Regel aus", antwortete Stableford.

„Wir wissen beide, dass dem nicht so ist", sagte Holmes mit ruhiger Stimme. „Vergessen Sie nicht, dass ich Psychiater bin."

„Vielleicht haben Sie recht. Aber verzeihen Sie mir die Frage: Wie verträgt sich Ihre gelegentliche Mitarbeit beim Geheimdienst mit Ihren Idealen, Dr Holmes?"

„Sie meinen meine Pazifismus-Thesen? Nun, ich befürchte, ich bin zu alt für diese radikalen Ideen geworden. Lassen Sie alle Waffen auf der Welt einschmelzen und ich quittierte meinen Dienst auf der Stelle. Aber so, wie die Dinge liegen, halte ich die Arbeit der Geheimdienste zur Vermeidung eines Krieges für moralisch gerechtfertigt."

Stableford schwieg. Das Angebot war reizvoll. Aber er war sich auch sicher, dass er früher oder später seine Vergangenheit offenlegen müsste, sollte er es annehmen. War er dazu bereit? Musste er vielleicht sogar mit Konsequenzen rechnen, wenn seine Kriegserlebnisse ans Licht kommen würden?

Holmes schien sein Zögern zu spüren. „Sie müssen sich nicht sofort entscheiden, aber ich denke, dass wir gut zusammenarbeiten könnten, meinen Sie nicht? Offiziell wäre ich Ihr Verbindungsoffizier, aber ich sehe uns eher als ein schlagkräftiges Team, wie Sigmund Freud und Sherlock Holmes."

„Haben die beiden denn mehr gemein als ihre Vorlieben für Tabak und Kokain?", fragte Stableford und lachte.

„Also wirklich", entgegnete Holmes aufgeräumt, „Freud ist der Meisterdetektiv des Seelenlebens. Denken Sie an die Traumdeutung oder noch besser an die antiken Dramen, an die Sie uns gestern erinnert haben. Viele haben diese Tragödien interpretiert, aber Freud hat den Fall Ödipus gelöst!" Er drehte sich abermals zur Tür um. Dann zog er seine Brieftasche hervor. „Hier ist eine Karte. Wenn Sie mein Angebot annehmen wollen, gehen Sie an einem Freitagnachmittag zu dieser Adresse und nennen Sie dem Offizier am Empfang meinen Namen. Der Eingang befindet sich übrigens in der Horse Guards Avenue."

Stableford nahm die Karte und las: „The War Office. Whitehall, SW 1."

Als er aufblickte, sah er Mrs Tavy in der Tür stehen. Sie war kreidebleich.

KAPITEL 40
Ein tragisches Ende

„Mr Stableford, Dr Holmes", begann Mrs Tavy unsicher, „die Tür zu Mr Crabtrees Zimmer ist nur angelehnt. Im Schloss steckt von außen ein Schlüssel. Ich weiß nicht, was es bedeutet, aber ich traue mich nicht hineinzugehen."

Stableford stand auf und tastete nach dem Schlüssel in seiner Sakkotasche. Er zog ihn heraus, betrachtete ihn kurz und folgte dann gemeinsam mit Holmes der Köchin in den Dienstbotentrakt. Die Tür zu Mr Crabtrees Zimmer war tatsächlich angelehnt. Stableford öffnete sie nur so weit, dass er und Holmes eintreten konnten. Mrs Tavy blieb im Gang zurück.

Crabtrees Leiche lag noch immer zugedeckt auf dem Bett. Auf dem Nachttisch daneben standen die Brandyflasche und das Glas mit den Lippenstiftspuren. Das Coniin-Fläschchen, das Stableford selbst tags zuvor dort abgestellt hatte, war verschwunden. Er überlegte einen Moment lang, dann gab er Holmes ein Zeichen und die beiden Männer verließen den Raum. Auf dem Gang holte Stableford seinen Schlüssel hervor und trat dann an die Tür des Nachbarzimmers.

„Steht dieser Raum leer?", fragte er Mrs Tavy.

Sie nickte. Stableford steckte den Schlüssel ins Schloss – er passte. Dann drehte er ihn vorsichtig herum. Nach einer halben Umdrehung spürte er einen Widerstand und kurz darauf fuhr der Riegel mit einem lauten Klacken zurück. Stableford blickte auf und schüttelte den Kopf.

„Sind alle Schlüssel und Schlösser im Dienstbotentrakt identisch, Mrs Tavy?"

Die Köchin sah ihn verwundert an. „In den vornehmen Häusern, in denen ich früher angestellt war, ist es immer so gewesen."

„Und Grimpen Manor war so ein vornehmes Haus, bevor es zum Peters Inn umgebaut wurde, nicht wahr?"

„Ich denke schon, Mr Stableford", antwortete sie zaghaft. „Als wir hier eintrafen, steckten die Schlüssel alle innen in den Türen. Ich habe nie darüber nachgedacht und wir ließen sie dort stecken."

„Natürlich taten Sie das. Und warum auch nicht. Es war allein mein Fehler, Mrs Tavy. Ich bin mit den Gepflogenheiten in herrschaftlichen Häusern nicht sehr gut vertraut. Aber was passiert ist, ist passiert. Die einzig wichtige Frage ist nun, wo der Glasflacon abgeblieben ist."

„Oh Gott!", stöhnte Holmes. „Ich dachte, der Albtraum wäre vorbei."

„Das dachte ich auch", sagte Stableford müde. Dann ging er von Tür zu Tür und sammelte die Schlüssel ein. Als er damit fertig war, verschloss er Crabtrees Zimmer wieder.

Miss Tavy empfing sie in der Küche mit frisch aufgebrühtem Kaffee. Die beiden Männer nahmen die dampfenden Tassen dankbar entgegen und machten sich wenig später auf den Weg zurück in den Clubraum. Als sie eintraten, standen Harriet und Fitzpatrick am Büfett und unterhielten sich. Nur die Fenshaws waren noch nicht zum Frühstück erschienen.

Stableford war das verständlich, und doch verspürte er plötzlich eine innere Unruhe. Mrs Fenshaw hatte sich zurückgezogen, bevor er mit den anderen Männern von der Suche nach Chloé zurückgekehrt war. Und ihr Gatte war allein im Clubraum zurückgeblieben, als Harriet,

Holmes, Fitzpatrick und er zurück in ihre Zimmer gegangen waren. Natürlich hätte jeder von ihnen mitten in der Nacht in den Dienstbotentrakt schleichen können, um das Coniin zu entwenden, doch allein die Fenshaws ...

Stableford entschuldigte sich und lief in die Halle hinaus. Am Fuße der großen Treppe blieb er einen Moment lang stehen und atmete tief durch. Dann fasste er sich ein Herz und ging hinauf, um kurze Zeit später an die Tür der Fenshaws zu klopfen. Als niemand antwortete, trat er ungebeten ein. Das Paar lag vollkommen bekleidet in einer innigen Umarmung auf dem Bett und regte sich nicht. Der Glasflacon stand auf einem kleinen Tischchen am Fenster – leer.

Stableford musste unvermittelt an eine Zeile aus Sophokles' „Antigone" denken. „So liegt er tot, umarmend eine Tote", sagte er leise.

In dem Moment richtete sich Fenshaw langsam auf und legte vorsichtig den Arm seiner Gattin zur Seite. „Sie hat sich vergiftet", sagte er tonlos. „Vermutlich hat sie die Vorstellung, mit mir weiterzuleben, nicht ertragen. Als ich mich heute Nacht zu ihr legte, ahnte ich nichts von ihrer Tat. Sie lag so friedlich da. Ich erinnerte sie an glücklichere Tage und bat sie immer wieder um Verzeihung. Sie antwortete nicht und ich dachte, dass sie mir böse sei. Aber sie wehrte sich auch nicht, als ich sie umarmte. Sie war wohl schon tot, Mr Stableford. Tot lag sie in meinen Armen und ich merkte es nicht."

Stableford war sprachlos. Die Gewalt, mit der das Schicksal diese Familie bestraft hatte, ließ ihn erschauern. Er hatte das Thema der griechischen Tragödie am Vorabend selbst ins Spiel gebracht, sogar von einer Vorahnung gesprochen. Aber er hatte es als rhetorisches

Mittel genutzt, als intellektuellen Schmuck für seine Herleitung des Verbrechens. Nun war er Zeuge einer wirklichen Tragödie und es war ihm, als könnte er den Chor der thebanischen Alten vernehmen: „Was der Götter ist, entweihe keiner, Überhebung büßt er mit großem Fall."

Er nickte Fenshaw zu. Es war eine kurze, aber bedeutungsschwere Geste. In ihr lag tiefes Mitleid, aber auch ehrlich empfundener Respekt – das musste Stableford sich eingestehen. Arthur Gordon Fenshaw hatte die Götter versucht und sie hatten ihm alles genommen, wofür er lebte.

Stableford drehte sich um und verließ den Raum. Nachdem er die Tür hinter sich geschlossen hatte, vernahm er eine laute Stimme, die aus der Halle zu kommen schien.

„Nein, guter Mann, ich will Sie nicht auf den Arm nehmen!", schrie Holmes gerade ins Telefon, als Stableford die Treppe herunterkam.

Die Verbindung war also wieder intakt. Er trat zu Harriet und Fitzpatrick, die dem Gespräch gespannt zu folgen versuchten.

„Ich rufe aus dem Petershead Golf Club an. ... Nein, er ist nicht geschlossen! ... Es ist mir egal, ob Ihr Vater Mitglied war. ... Ihr Bedarf an Humor interessiert mich nicht. ... Wir sind von der Außenwelt abgeschnitten. ... Ich weiß, dass Petershead keine Insel ist, aber die Petersbridge ist eingestürzt! ... Eine andere Straße? ... Jetzt wollen Sie mich wohl auf den Arm nehmen. ... Hallo? Hallo? Idiot!" Aufgebracht warf Holmes den Hörer auf die Gabel. Dann entdeckte er Stableford. „Was ist passiert? Sie sehen schrecklich aus."

„Ich war gerade Zeuge der letzten Szene unserer Wochenend-Tragödie", erwiderte Stableford düster. „Kreon beklagt den Tod der Eurydike."

„Was meinen Sie?", fragte Holmes irritiert.

„Mrs Fenshaw ist tot. Sie hat das Gift aus Crabtrees Zimmer entwendet und ihrem Leben selbst ein Ende gesetzt."

„Mein Gott!", rief Holmes bestürzt. „Eine dritte Leiche und die Polizei denkt, dass wir uns hier mit Telefonstreichen die Zeit vertreiben."

KAPITEL 41
Die Polizei trifft ein

Gegen drei Uhr nachmittags traf die Polizei ein. Harriet hatte einen zweiten Anlauf unternommen und bei ihrem Gespräch mit dem diensthabenden Wachtmeister deutlich mehr Erfolg gehabt als Holmes. Mrs Tavy führte die beiden Polizisten in den Clubraum. Dort stellten sie sich als Superintendent Hattam und Sergeant Tippett vor. Während Holmes die beiden Männer mit den anwesenden Gästen bekannt machte, musterte Harriet die Neuankömmlinge.

Sie sahen misstrauisch aus, so als ob sie jeden Moment damit rechneten, als Opfer eines Streiches bloßgestellt zu werden. Und wer wollte es ihnen verdenken! Die Geschichte, die sie dem Wachtmeister in groben Zügen am Telefon erzählt hatte, war wirklich kaum zu glauben: ein Einladungsturnier ohne Gastgeber, drei Tote und eine mutmaßliche Doppelmörderin auf der Flucht! Es klang lächerlich, wie der Klappentext eines Kriminalromans.

Hattam war ein groß gewachsener Mann um die fünfzig mit grauen Schläfen und einem kurz geschnittenen Schnauzbart. Er trug einen perfekt geschneiderten, aber in die Jahre gekommenen Tweedanzug. Seine Laune schien nicht die beste zu sein. Er sah aus, als ob man ihn mitten im Hauptrennen von einer Hunderennbahn geholt hätte. Einen Schritt hinter ihm stand Tippett, ein junger Bursche in einer schlecht sitzenden Uniform, der bei seinem Eintreten den obligatorischen Block gezückt hatte und nun darauf wartete, Notizen machen zu dürfen.

Langsam ging Hattam zum Kamin hinüber und klopfte seine Pfeife aus.

Holmes, der neben Harriet stand, atmete hörbar auf. „Man mag es kaum glauben, aber dieser Tabak riecht noch widerlicher als der unseres Professors", flüsterte er Harriet zu.

„Wenn das ein Scherz sein soll", begann Hattam endlich, „dann muss ich Sie alle darauf hinweisen, dass dergleichen in unserem County strafbar ist."

„Es ist kein Scherz, oder sehen Sie jemanden lachen?", erwiderte Holmes gereizt.

Hattam ignorierte die Bemerkung. Er schob die Hände in die Hosentaschen, begann auf seinen Fußballen zu wippen und ließ seinen Blick über die Anwesenden gleiten. „Eine junge Dame erzählte dem Wachtmeister am Telefon, dass sie vom Festland abgeschnitten sind, da die Petersbridge eingestürzt ist. Die Petersbridge führt über den Acron. Der Acron ist ein Fluss. Ich frage Sie nun: Wie kann ein Fluss eine Landzunge vom Festland trennen?"

„Gar nicht", antwortete John bestürzt. „Wir waren so von unserer Isolation überzeugt, dass keiner von uns darüber nachgedacht hat."

„Dann gibt es einen zweiten Weg?", fragte Harriet.

„Natürlich", sagte Hattam säuerlich. „Was glauben Sie denn, wie wir hierhergekommen sind? Unser Wagen steht vor dem Haus. Der Weg geht in Peters Peter ab und führt auf die Straße nach St. Just. Allerdings muss ich zugeben, dass der Abzweig nicht leicht zu finden ist und die Straße schon früher kaum benutzt wurde. Kann ich wenigstens davon ausgehen, dass die Toten, von denen Sie sprachen, wirklich existieren? Denn wenn nicht, hätte ich nicht wenig Lust, Sie alle wegen groben Unfugs festnehmen zu lassen. Ihretwegen verpasse ich Lord Charwoods jährliches Fasanenschießen! Ich war gerade im Begriff, das Haus zu verlassen, als mich der Sergeant anrief und um Hilfe bat, da er den Chief Inspector nicht erreichen konnte."

„Im Haus befinden sich zwei Leichen und eine dritte liegt im Gärtnerschuppen nebenan", erklärte John ernst. „Ein Gast, Miss Fenshaw, ist gestern Abend mit einem alten Morris in Richtung Peters Peter aufgebrochen. Vielleicht sollte sich einer der Herren zuerst einmal auf die Suche nach ihr begeben. Ich will Ihren Ermittlungen nicht vorgreifen, aber Miss Fenshaw könnte im juristischen Sinne zwei Morde begangen haben."

„Nun gut. Sie nehmen den Wagen und machen sich auf den Weg, Sergeant. Und seien Sie vorsichtig. Wenn Mr – wie war doch gleich Ihr Name?"

„Stableford, John Stableford."

„Wenn Mr Stableford recht hat, dann könnte die Dame gefährlich sein."

„Ja, Sir!" Tippett steckte seinen Notizblock ein und ging.

„Ich möchte mir zunächst die Toten ansehen", fuhr Hattam fort. „Wollen Sie mich begleiten, Mr ...?"

„Stableford", entgegnete John entnervt. „Wie der Erfinder der Golfzählmethode."

Die beiden Männer verließen ebenfalls den Clubraum.

„Bei seiner Beförderung ging es nicht nach Charme", bemerkte Holmes zu Harriet, nachdem sie gegangen waren.

Nach etwa einer halben Stunde kehrte John mit einem ernsten, aber deutlich beschwichtigten Superintendent zurück. Holmes bot ihm einen Brandy an und Hattam nahm das Glas und trank es in einem Zug aus.

„Nun gut", begann er nach einer kurzen Pause. „Ich muss Ihnen wohl nicht sagen, dass Sie alle unser County bis zur gerichtlichen Feststellung der Todesursache nicht verlassen dürfen. Diese Untersuchung wird in zwei oder drei Tagen in St. Just stattfinden. In Anbetracht der Situation werden wir dort Zimmer für Sie organisieren. Mr, äh, Mr Stableford hier hat mir seine Sicht der Vorkommnisse dargelegt, und obwohl ich wenig von derlei privaten Ermittlungsversuchen halte, muss ich zugeben, dass seine Geschichte zwar weit hergeholt, aber zumindest nicht unlogisch erscheint. Wo finde ich diesen Mr Fenshaw, von dem Sie immer wieder sprachen? Ich muss ihm ein paar Fragen stellen."

„Er ist in meinem Zimmer und schläft", sagte John. „Zimmer Nummer fünf. Er war völlig durcheinander und ich habe ihm eine Schlaftablette gegeben. Miss Taylor und ich blieben bei ihm, bis er eingeschlafen war. Mittlerweile sollte er aber wieder ansprechbar sein."

Hattam nickte und verließ den Raum.

„Und?", fragte Holmes neugierig. „Hat er Ihre Geschichte wirklich so einfach geschluckt? Ich nehme an, dass man trotzdem Scotland Yard hinzuziehen wird. Immerhin ist keiner von uns ein Einheimischer."

„Ich glaube nicht, dass das passieren wird", erwiderte John und lächelte. „Er hat mir erzählt, dass der Chief Constable nicht gut auf den Assistent Commissioner zu sprechen ist. Wenn er eine Chance sieht, die ‚Wichtigtuer aus London', wie Hattam sich ausdrückte, rauszuhalten, dann wird er das tun. Nun wird viel davon abhängen, was ihm Mr Fenshaw erzählt und wie sich Miss Fenshaw, wenn sie gefasst wird, vor Gericht verhalten wird."

„Hast du ihm alles erzählt?", fragte Harriet mit aufgesetzter Gleichgültigkeit.

„Soweit es für den Fall wichtig ist, ja. Ich habe mir jedoch erlaubt, einige Details zu verschweigen. Niemand muss erfahren, dass Slocum auch dich und Mr Fitzpatrick erpresst hat. Und ich denke, wir können uns darauf einigen, Mr Fitzpatricks wahre Identität unter den Tisch fallen zu lassen, nicht wahr?"

„Sicher", entgegnete Holmes.

Harriet nickte.

„Ich danke Ihnen", sagte Fitzpatrick. „Ich frage mich nur, ob Mr Fenshaw das auch so sieht."

„Ob er was auch so sieht?", fragte Hattam, der in diesem Moment den Clubraum betrat.

„Ob er einsieht, dass das Spiel vorbei ist und es nun an der Zeit ist, reinen Tisch zu machen", log John.

„Genau das hat er getan", sagte Hattam aufgeräumt. „Es scheint, als würde Ihre Geschichte der Wahrheit entsprechen, Mr Stableford. Ich hoffe nur, dass Tippett bald zurückkommt. Mr Fenshaws Zustand gefällt mir nicht. Sie sollten ihn sich einmal ansehen, Dr Holmes."

„Natürlich", sagte der und verließ den Raum. Etwa zehn Minuten später kehrte er zurück. „Wenn Ihr Sergeant kommt, sollten Sie Mr Fenshaw schleunigst in ein Krankenhaus bringen", erklärte er ernst. „Vielleicht ist es ein Schock, vielleicht sein Herz. Auf jeden Fall braucht er so schnell wie möglich ärztliche Hilfe."

Wie aufs Stichwort fiel die schwere Eingangstür ins Schloss und kurz darauf erschien Tippett in der Tür zum Clubraum. Seine Hosenbeine waren völlig durchnässt und seine Miene verriet nichts Gutes. Harriet griff nach Johns Hand.

„Und?", fragte Hattam gespannt.

„Ich habe sie gefunden, Sir!"

„Wo?"

„Ich fuhr nach Peters Peter und hielt an der Kreuzung,

an der der Weg nach St. Just abgeht, um nach Reifenspuren zu suchen. Die Straße steht allerdings unter Wasser und so überlegte ich ..."

„Sergeant!", unterbrach ihn der Superintendent barsch. „Haben Sie die Tatverdächtige gefasst?"

„Nein, Sir", antwortete Tippett eingeschüchtert.

„Warum nicht?"

„Sie ist tot, Sir."

„Mein Gott!", entfuhr es Hattam. „Was ist passiert, Mann? Konzentrieren Sie sich und berichten Sie!"

„Ja, Sir. Verzeihung, Sir. Ich fand die Leiche der Flüchtigen im Wrack ihres Fluchtwagens eingeklemmt vor. Der Wagen liegt mitten im Acron. Sie muss sehr schnell gefahren sein. Aufgrund fehlender Bremsspuren nehme ich an, dass sie in voller Fahrt in den Fluss gestürzt ist. Genau dort, wo die Petersbridge gestanden hat. Ich watete zum Wagen, aber ich konnte nichts mehr für sie tun."

Als Hattam nicht reagierte, sagte Holmes freundlich: „Es ist gut, Tippett." Dann wandte er sich an den Superintendent: „Erlauben Sie Ihrem Sergeant einen Brandy? Ich glaube, er hat ihn sich mehr als verdient."

Hattam nickte abwesend und schaute nachdenklich in das lodernde Kaminfeuer. „Es ist schon eine merkwürdige Sache mit diesem Haus", sagte er dann. „Früher war es bekannt als Grimpen Manor, der angestammte Wohnsitz der Talbots. Einige Familienmitglieder sollen auf mysteriöse Weise ums Leben gekommen sein, und schließlich zogen die Talbots Mitte des letzten Jahrhunderts fort. Vor etwa fünfzig Jahren wurde auf dem Anwesen der Golfclub gegründet. Die Mitglieder kamen aus ganz Cornwall, nur nicht aus dieser Gegend hier. Die Einheimischen halten das Haus für verhext, und langsam glaube ich, dass sie recht damit haben. Meine Großmutter erzählte mir oft vom alten Talbot, der nachts ..."

John drückte Harriets Hand und die beiden verließen leise das Zimmer. Sie gingen durch die Halle und traten auf die Auffahrt hinaus.

„Ich brauchte frische Luft", sagte John leise. „Und mein Bedarf an Spukgeschichten ist für lange Zeit gedeckt."

Harriet blickte über die sanften Hügel der Moorlandschaft. Ein starker Wind wehte von Osten her und in der Ferne hörte sie leise eine Glocke schlagen. Es musste die Kirchturmglocke von Peters Peter sein. Aber konnte der Wind allein sie bewegen, oder spukte es tatsächlich auf Petershead?

Als sie gerade im Begriff war, John ihre Gedanken mitzuteilen, umarmte er sie und die Antwort auf ihre Frage war ihr plötzlich egal.

KAPITEL 42
Ein glückliches Ende

„Verzeihung, ist dieser Platz noch frei?"

Stableford sah von seiner Zeitung auf und lächelte. „Nun, er ist eigentlich für meine schlechten Manieren reserviert. Das hat zumindest eine junge Dame vermutet, mit der ich so ziemlich genau vor einer Woche in diesem Zug nach St. Ives gereist bin."

„Ich bin mir sicher, dass sie sich geirrt hat", sagte Harriet und setzte sich.

Sie bestellten Kaffee.

„Steht etwas von der gestrigen Untersuchung in deiner Zeitung?", fragte sie neugierig.

Stableford blätterte zurück und überflog noch einmal den kurzen Artikel, der mit der Schlagzeile „Doppelmord auf Petershead" überschrieben war. „Nur, dass der Rathaussaal in St. Just bis auf den letzten Platz gefüllt war und der bestellte Coroner ständig um Ruhe bitten musste, da eine gewisse Miss Taylor ungeheures Aufsehen erregte", erklärte er.

„Du bist albern", schimpfte Harriet.

„Ich versuche dir lediglich etwas Neues zu berichten. Schließlich warst du ja hautnah dabei und der Artikel beinhaltet nichts, was du nicht selbst mit angehört hast: Die Jury befand in zwei Fällen auf einen gewaltsam beigebrachten, nicht natürlichen Tod und ein als Zeuge geladener Verdächtiger war zur Anhörung selbst nicht erschienen. Der zuständige Amtsarzt äußerte auf Nachfrage des Coroners die Befürchtung, dass der Mann die Hauptverhandlung wohl nicht erleben werde. Der Beitrag schließt allerdings mit einer Bemerkung, die auch für mich neu war: ‚Es ist allein dem großen Geschick des brillanten Superintendent Cyril Hattam zu verdanken, dass der Fall schon vor der Eröffnung des ordentlichen Gerichtsverfahrens als restlos aufgeklärt gelten darf.'"

Harriet lachte. „Das wusste ich tatsächlich auch nicht, aber es erscheint mir logisch. Er ist ja schließlich ein Polizist, nicht wahr?"

„Ein folgerichtiger Schluss, mein lieber Watson!"

Der Zug setzte sich langsam in Bewegung und die beiden schauten aus dem Fenster, um die von der Morgensonne beschienene Silhouette von St. Ives zu bewundern.

„Ich soll dich übrigens sehr herzlich von Mr Fitzpatrick grüßen", sagte Harriet nach einer Weile. „Er hat mir erzählt, dass er nach Südamerika zurückgehen will."

„Das freut mich zu hören", erwiderte Stableford. „Nach all den Jahren des Versteckspielens hat er eine zweite Chance verdient."

„Ich hätte mich auch gerne von Dr Holmes verabschiedet", fuhr Harriet fort, „aber ich habe ihn nach der Verhandlung aus den Augen verloren. Der junge Bursche an der Rezeption meinte, dass er ebenfalls heute Morgen ausgecheckt hat. Er hat ihm ein Taxi nach St. Ives bestellt. Ich dachte, dass wir ihn auf dem Bahnsteig treffen würden, aber gesehen habe ich ihn nicht. Weißt du, wo er abgeblieben ist?"

„Oh ja", sagte Stableford und faltete die Zeitung zusammen. „Er ist für ein paar Tage zu den Tavys gezogen. Sie haben eine kleine Pension hier in St. Ives und Holmes sehnte sich – wie er es ausdrückte – nach Ruhe, Frieden und Fish & Chips."

„Ich werde ihn ein wenig vermissen", meinte Harriet nachdenklich. „Geht es dir auch so?"

„Wir werden ihn bestimmt bald wiedersehen."

„Wir?", fragte Harriet überrascht. „Dann hast du eine Idee, wie es mit uns weitergehen wird?"

„Nun, wir besuchen deine Eltern in Yorkshire und ich bitte den Vikar von Upper Biggins um deine Hand. Dieses Vorgehen ist bei der Werbung um eine Pastorentochter wohl angemessen, meinst du nicht?"

„Soll das ein Antrag sein?"

„Ja. Und was sagst du dazu?"

„Ich sage ja", antwortete Harriet, beugte sich über den Tisch und küsste ihn.

Sie zahlten und verließen kurz darauf den Speisewagen. Der Zug nach London war nur spärlich besetzt und so fanden sie in einem Zweite-Klasse-Wagon ein Abteil ganz für sich allein. Sie setzten sich nebeneinander und blickten aus dem Fenster. Stableford war glücklich. Die Anspannung der letzten Tage fiel langsam von ihm ab und er gab sich dem wohligen Gefühl der Schläfrigkeit hin.

„Meinst du, dass Mr Fenshaw verurteilt wird?", fragte Harriet nach einer Weile müde.

„Ich glaube nicht, dass er die Verhandlung überlebt. Aber wie dem auch sei, er hat seine Strafe erhalten. Es ist die tragische Fallhöhe, die mich an dieser Geschichte so erschreckt, diese antike Wucht, die so gar nicht in unsere Zeit zu passen scheint. Sein Stolz hat seine Familie ausgelöscht, die Tochter zur Mörderin gemacht und die Gattin in den Selbstmord getrieben. Die alten Dramatiker hätten sich diesen Stoff sicher nicht entgehen lassen. Chloé hat in gewisser Weise ein mythisches Schicksal ereilt. Wie

Antigone starb sie unvermählt und wie sie war Chloé schicksalhaft dem Acheron versprochen, dem Gott des Flusses, der ins Totenreich führt." Stableford schloss die Augen und begann zu rezitieren:

> „Der alles schwaigende Todesgott,
> Lebendig führt er mich zu des Acherons Ufer,
> Und nicht zu Hymenäen berufen bin ich,
> Noch ein bräutlicher singt mich,
> irgendein Lobgesang,
> Dagegen dem Acheron bin ich vermählt."

„Was sind Hymenäen?", fragte Harriet schläfrig.

„Hochzeitslieder."

„Das ist hübsch."

„Wo war ich stehen geblieben?"

„John?"

„Ja, Harriet?"

„Halt den Mund!" Sie küsste ihn und legte dann ihren Kopf an seine Schulter. „Eines sag mir aber doch noch: Woher wusstest du, dass ich nichts mit dem Mord an William zu tun hatte?"

„Ich wusste es nicht", entgegnete Stableford ehrlich. „Ich vertraute einfach einem ungeschriebenen Detektivroman-Gesetz: Die offensichtlich Verdächtigen sind am Ende immer unschuldig. Der Umstand, dass ich mich bei unserer ersten Begegnung Hals über Kopf in dich verliebt habe, mag allerdings auch eine Rolle gespielt haben."

Harriet antwortete nicht. Ihre tiefen Atemzüge verrieten ihm, dass sie eingeschlafen war. Er sah aus dem Fenster und überlegte, wo er mit ihr leben würde. Mitten in London oder vielleicht in einem kleinen Cottage auf dem Land? Kinder sollten auf dem Land aufwachsen. Die Luft war gesünder und ...

Plötzlich fiel ihm auf, dass er seit Tagen keine Medikamente mehr genommen hatte. Er hatte es einfach vergessen. Hatte er sie überhaupt eingepackt, oder lagen sie noch auf dem Nachttisch im Peters Inn?

Er kämpfte gegen den Schlaf. Doch dann musste er an Holmes' unglaubliches Angebot denken. Er blickte auf seine Uhr und strich mit dem Daumen über das kalte Metall des Schrapnellgitters. Nach einer Weile löste er das Armband und entfernte den aufgesteckten durchbrochenen Deckel über dem Ziffernblatt. Er konnte seiner Vergangenheit nicht entkommen, aber er hatte zum ersten Mal das Gefühl, dass sie wirklich hinter ihm lag. Und was lag vor ihm?

Eine vielversprechende Zukunft, dachte Stableford und schlief ein.

Skizze des Petershead Golf Club

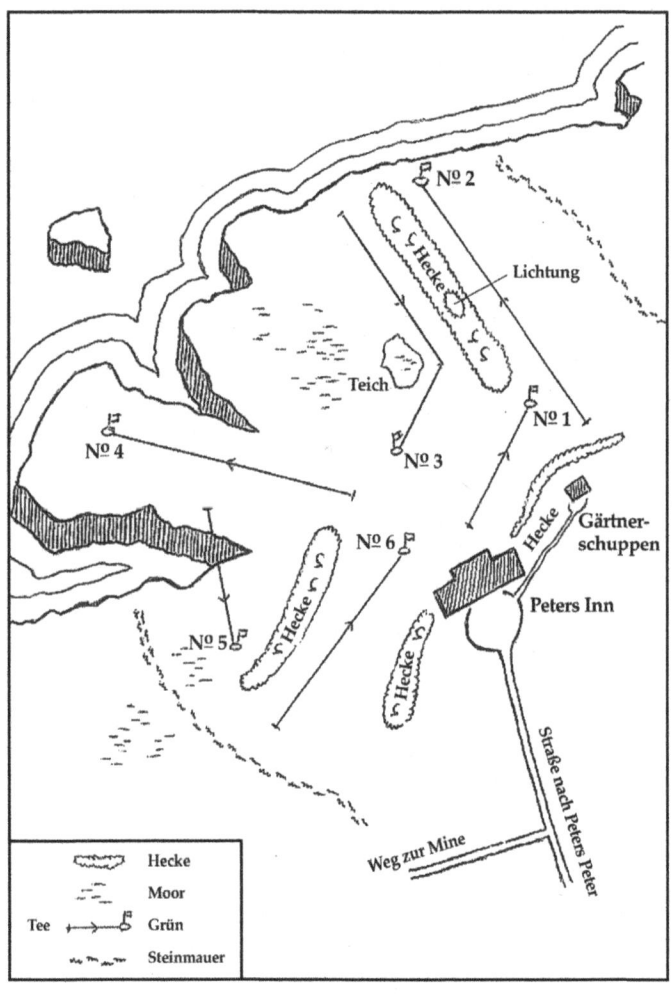

Nº 2

Lichtung

Hecke

Teich

Nº 1

Nº 4

Nº 3

Gärtner-
schuppen

Hecke

Nº 6

Peters Inn

Hecke

Nº 5

Hecke

Straße nach Peters Peter

Weg zur Mine

	Hecke
	Moor
Tee	Grün
	Steinmauer

Peters Inn (Grimpen Manor)
Plan des ersten Stockwerkes

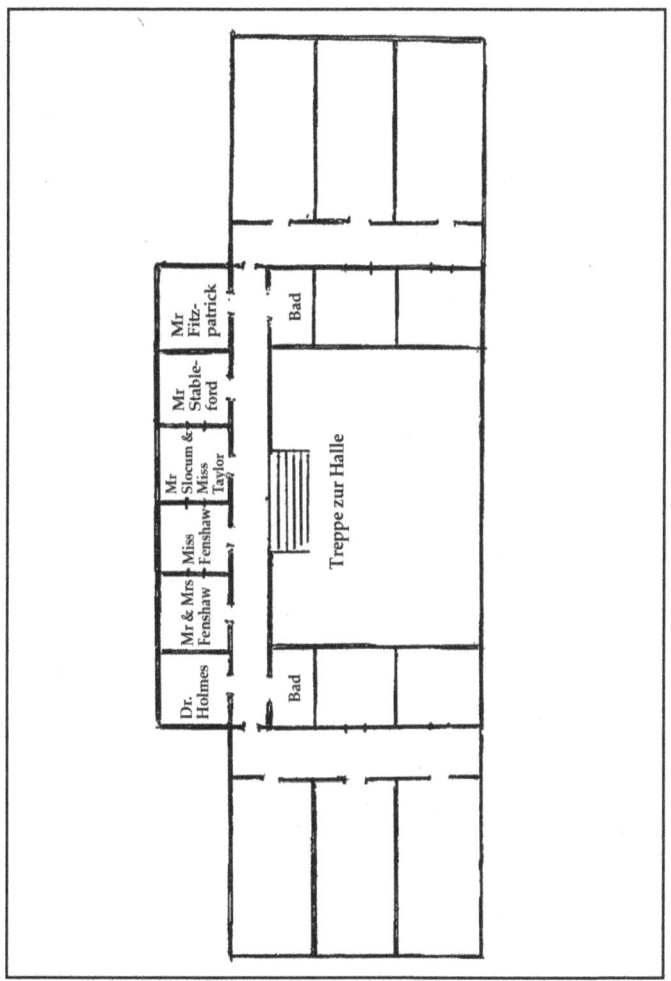

Mr Fitz-patrick

Bad

Mr Stable-ford

Mr Slocum & Miss Taylor

Treppe zur Halle

Miss Fenshaw

Mr & Mrs Fenshaw

Dr. Holmes

Bad

KLEINES GOLF-GLOSSAR

ABSCHLAG: Der Abschlag ist der Beginn jeder einzelnen Spielbahn.

ANNÄHERUNG: Den Schlag, mit dem der Spieler das Grün anspielt, nennt man Annäherung.

AUS: Beim Aus handelt es sich um die fest definierten Grenzen eines Golfplatzes. Ein ins Aus gespielter Ball zieht einen Strafschlag nach sich. Vom Ort des Fehlschlages muss ein neuer Ball ins Spiel gebracht werden.

BIRDIE: Ein Birdie ist ein mit einem Schlag unter Par gespieltes Loch (z. B. ein mit 2 Schlägen absolviertes Par-3-Loch).

BOGEY: Ein Bogey ist ein mit einem Schlag über Par gespieltes Loch (z. B. ein mit 4 Schlägen absolviertes Par-3-Loch).

BUNKER: Ein mit Sand gefülltes Hindernis, das in der Regel auf dem Fairway oder rund um das Grün anzutreffen ist.

CADDIE: Der klassische Caddie trägt die Golftasche des Spielers und kennt sich mit den Tücken und Längen des Platzes aus.

DOGLEG: Bezeichnung für ein Loch, dessen Spielbahn nach rechts oder links abknickt.

DOPPELBOGEY ist ein mit zwei Schlägen über Par gespieltes Loch (z. B. ein mit 5 Schlägen absolviertes Par-3-Loch).

DORMY: Führt eine Partei beim Lochspiel mit genau so viel gewonnenen Löchern, wie noch zu spielen sind, so liegt sie „dormy". Die Gegenpartei muss von nun an alle Löcher gewinnen, um ein Stechen zu erzwingen.

DROPPEN heißt, einen Ball neu ins Spiel zu bringen, indem man ihn mit ausgestrecktem Arm aus Höhe der Schulter fallen lässt. Dies geschieht z. B., wenn der ursprünglich gespielte Ball in einem Wasserhindernis verloren gegangen ist.

EAGLE ist ein mit zwei Schlägen unter Par gespieltes Loch.

EHRE: Der Spieler mit dem niedrigsten Handicap hat die Ehre des ersten Abschlags. An den darauf folgenden Löchern hat immer der Spieler die Ehre, der das letzte Loch mit den wenigsten Schlägen absolviert hat.

FAHNE: Die Fahne markiert das Loch, damit der Spieler schon von Weitem erkennen kann, wo es sich auf dem Grün befindet.

FAIRWAY: Die kurz gemähte Spielbahn zwischen Abschlag und Grün. Der Begriff kommt ursprünglich aus der Seefahrt und beschreibt dort eine von Felsen und Untiefen freie Fahrrinne. Erst Anfang des 20. Jahrhunderts ersetzte er im Golfsport die bis dahin gebräuchliche Bezeichnung „fair green".

FLIGHT ist die Bezeichnung für eine Gruppe von Spielern, die gemeinsam eine Runde Golf spielen. Bemerkenswerterweise ist dieser Begriff ausgerechnet in angelsächsischen Ländern kaum gebräuchlich.

FORE! ist der Warnruf der Golfer, wenn die Möglichkeit besteht, dass der geschlagene Ball Spieler (auf anderen Bahnen) treffen könnte. Wahrscheinlich stammt der Begriff aus dem Militär und meint „Achtung voraus!" (Beware before!).

GREENKEEPER: Der Greenkeeper ist für die Pflege und Instandhaltung des Golfplatzes zuständig.

GRÜN: Auf dem Grün befindet sich das Loch. Es ist eine speziell präparierte Fläche, auf der der Ball in der Regel geputtet wird.

HANDICAP: Rechnerisch handelt es sich um die Anzahl der Schläge, die ein Golfer durchschnittlich über den Platzstandard (heute in der Regel 72) hinaus benötigt. Braucht er also beispielsweise im Schnitt 78 Schläge, beträgt sein Handicap „6".

LINKS nennt man die klassischen Küsten-Golfplätze Großbritanniens.

LOCH: Das Loch ist das Ziel des Golfers auf jeder Golfbahn. Als Loch bezeichnet man auch die gesamte Spielbahn vom Tee bis zum Grün.

LOCHSPIEL: Beim Lochspiel spielen zwei Spieler oder Teams gegeneinander eine vereinbarte Anzahl Löcher. Ein Loch wird von der Partei gewonnen, welche den Ball mit weniger Schlägen einlocht. Bei gleicher Schlagzahl wird das Loch halbiert. Führt eine Partei mit mehr Löchern, als noch zu spielen sind, so gewinnt sie das Lochspiel.

PAR: Für jede Spielbahn ist ein sogenanntes Par definiert, das für die Anzahl von Schlägen steht, die ein sehr guter Golfer durchschnittlich benötigt, um den Ball vom Abschlag in das Loch zu spielen. Das Par ergibt sich aus der Länge der Spielbahn.

PUTT: Der Putt ist jener Schlag, der, meistens auf dem Grün, mit dem Putter ausgeführt wird. Der Ball fliegt nicht, sondern rollt.

PUTTER: Der zum Einlochen benutzte Schläger mit einer senkrechten Schlagfläche. Grundsätzlich darf zum Putten aber jeder Schläger verwendet werden.

PUTTING GREEN: Ein Übungsgrün mit mehreren Löchern, auf dem das Putten trainiert wird.

ROUGH: Das Rough wird in den Golfregeln nicht besonders definiert. Praktisch bezeichnet man alles, was außerhalb der Fairways oder Grüns liegt, als Rough, also jene Flächen, die nicht oder selten gemäht werden und naturbelassen bleiben.

RUNDE: Unter einer Runde Golf versteht man das Spielen aller Bahnen eines Golfplatzes.

SCHLÄGERNAMEN: Bis in die späten zwanziger Jahre des 20. Jahrhunderts hatten Golfschläger keine Nummern, sondern Namen. Die heute gebräuchliche Nummerierung der Schläger entstand erst Mitte der dreißiger Jahre durch die Massenproduktion und Vermarktung kompletter Schlägersätze. Ein Golfer zwischen 1870 und 1940 hatte sicherlich einige der folgenden Schläger in seiner Golftasche:

- BRASSIE: Ein langes Fairway-Holz mit einer Messingplatte auf der Sohle des Schlägerkopfes, die die Schwunggeschwindigkeit erhöht und dem Holz gleichzeitig seinen Namen gab (Messing = engl. Brass).

- SPOON: Der Spoon ist mit einem Holz 3 vergleichbar. Der Name entstand durch die Form des Schlägerkopfes, die an einen Löffel erinnert.

- DRIVING CLEEK: Dieser Schläger wurde für lange Schläge vom Tee und auf dem Fairway benutzt. Er entspricht in etwa dem heutigen Eisen 1.

- MASHIE: Ein Eisenschläger für hohe Schläge. Er wurde um 1880 eingeführt und entspricht einem heutigen Eisen 5.

- LOFTER: Ein dem Eisen 8 vergleichbarer Schläger für Annäherungen.

- NIBLICK: Ein Eisenschläger für schlechte Ballagen und Annäherungsschläge. Am ehesten vergleichbar mit einem heutigen Eisen 9 oder Pitching Wedge.

- SAND IRON: Das Sandeisen ist der Vorgänger des 1928 erstmals patentierten Sand Wedges, das Gene Sarazen Anfang der dreißiger Jahre populär machte. Ein kurzes, schweres Eisen für Schläge aus Sandbunkern und anderen prekären Lagen.

SCORE: Der Score ist das erzielte Ergebnis bzw. die Anzahl der Schläge, die ein Golfer auf einer Runde benötigt hat.

SCOREKARTE: Hier sind alle wichtigen Angaben zu jedem Loch verzeichnet. Auf der Scorekarte trägt man die an den einzelnen Löchern erzielten Ergebnisse ein.

STABLEFORD: Eine 1931 zum ersten Mal dokumentierte Golf-Zählmethode, die auf den englischen Arzt Dr. Frank Stableford zurückgeht. Stableford war ein exzellenter Golfer, dem – wie vielen anderen Klubmitgliedern – die starken Winde auf seinem Heimatplatz Wallasey zu schaffen machten. Er begann mit den erzielten Scores zu experimentieren und erfand so ein Zählsystem, das sich den gnadenlosen Regeln des Zählspiels entzog und selbst die Ballaufnahme an einzelnen Löchern möglich machte, ohne dem Golfer den Spaß am Spiel und an seinem Score zu verderben. Beim Stableford sammelt der Spieler Punkte, die er nicht wieder verlieren kann. So erhält er z. B. für ein erzieltes Bogey einen Punkt, für ein Par zwei Punkte und für ein Birdie drei Punkte.
Die heute übliche Nettowertung nach Stableford, bei der der Golfer sogenannte Vorgabeschläge bekommt, die auf die zu spielenden Löcher verteilt werden, hat – wie die Errechnung des Handicaps nach Stableford – nichts mit der ursprünglichen Idee des Arztes zu tun.

STRAFSCHLAG: Beim Golfen gibt es diverse Spielsituationen, bei denen sich ein Spieler einen Strafschlag zu seinem Score hinzuzurechnen hat. Am häufigsten geschieht dies, wenn ein Ball ins Aus gespielt, für unspielbar erklärt oder nicht mehr wiedergefunden wird.

TEE: Dieser Begriff hat zwei Bedeutungen: Zum einen wird damit der Abschlag bezeichnet, zum anderen der kleine Holz- oder Plastikstift, mit dem der Spieler seinen Ball aufteet. Ursprünglich errichtete der Caddie einen kleinen Sandhaufen, auf dem der Ball zum Abschlag aufgesetzt wurde.

THREESOME: Eine Lochspielvariante, bei der ein Einzelspieler gegen ein Team aus zwei Spielern antritt, wobei die Teamspieler ihren Ball abwechselnd schlagen.

TOPFBUNKER: Ein kleiner, tiefer und meist runder Bunker mit hohen Bunkerwänden wird Topfbunker genannt. Topfbunker sind die typischen Sandhindernisse auf britischen Links.

WASSER: Wasserhindernissen sagt man eine magische Anziehungskraft auf Bälle nach. Landet der Ball im Wasser, darf nach bestimmten Regeln und unter Hinzurechnung eines Strafschlages ein neuer Ball ins Spiel gebracht werden.

ZÄHLSPIEL: Beim Zählspiel spielen mehrere Spieler einzeln oder als Team gegeneinander eine festgesetzte Anzahl an Löchern. Gewonnen hat am Ende, wer in der Summe die wenigsten Schläge benötigt hat.